ullstein

Das Buch

Hals über Kopf, Hormone über Hirn, verlässt Markus seine Frau und die beiden Kinder für eine Jüngere. Als die Beziehung zu der jungen Studentin Sandra erwartungsgemäß noch schneller vorbei ist als sie überhaupt begonnen hatte, genießt er zunächst mal dieses neue Leben ohne jede Verantwortung, Nächte in Bars, Kurzurlaube mit seinen Kumpels. Und doch fühlt sich das alles leer an, schal. Und verflucht einsam. Aber wie bitte kann ein Mann eine Frau zurückgewinnen, der er vor wenigen Monaten noch das Herz rausgerissen hat, die er bis in ihr tiefstes Inneres verletzt hat? Markus weiß, dass es nur einen Platz auf dieser Welt gibt, an dem er überhaupt eine Chance zur Versöhnung hat: Sepiana – Lenas legendären Sehnsuchtsort im tiefen Süden Italiens. Dort macht sie seit drei Jahrzehnten Urlaub auf einem Campingplatz mit dem vielversprechenden Namen »Il Grande Paradiso« …

Der Autor

Markus Götting, Jahrgang 1971, lebt in München. Nach Stationen bei der *Süddeutschen Zeitung*, beim *Süddeutschen Magazin* und dem *stern*, wo er als Reporter für das Auslandsressort unterwegs war, arbeitet er seit 2012 für die Zeitschrift *Bunte*.

Von Markus Götting sind in unserem Hause bereits erschienen:

Nachts im Sägewerk. Die chaotische Liebesgeschichte eines Schnarchers

Alles Azzurro. Unter deutschen Campern in Italien

Markus Götting

Alles Amore

Wie ich in Italien um meine Liebe campte

Ullstein

Besuchen Sie uns im Internet:
www.ullstein-taschenbuch.de

MIX
Papier aus verantwortungsvollen Quellen
FSC® C014496

Originalausgabe im Ullstein Taschenbuch
1. Auflage Juni 2014

Umschlaggestaltung: sempersmile Werbeagentur, München
Titelillustrationen: © Getty Images/Simon (Auto, Gepäck)
Winnall; © Shutterstock/daniana (Häuser)
Satz: Pinkuin Satz und Datentechnik, Berlin
Gesetzt aus der Excelsior
Papier: Pamo Super von Arctic Paper Mochenwangen GmbH
Druck und Bindearbeiten: GGP Media GmbH, Pößneck
Printed in Germany
ISBN 978-3-548-37555-7

Für meine wundervolle kleine Familie

Uno

Himmel, ist das heiß hier. Und Hölle: In meinem Schädel pocht der Kopfschmerz auch Stunden später noch wie die Bässe einer Hardcore-Techno-Hymne.

Wumm wumm wumm.

Wie lange bin ich jetzt wohl unterwegs? Gefühlt mindestens drei Tage, und wenn meine Uhr richtig geht, dann sind es immerhin gute zwanzig Stunden. Und die letzten beiden in diesem an sich herrlich anachronistischen Bummelzug von San Severo haben mich total fertiggemacht. Natürlich ist das bezaubernd. Dieses gemütliche Rattern und Rumpeln entlang der adriatischen Küste in der hübschen Provinz Foggit. Aber fertig macht es mich trotzdem. Physisch, weil mein Rücken nach einer ganzen Weile so sehr mit den alten rissigen Kunstledersitzen verschmolzen war, dass ich glaubte, nur ein Einsatzkommando der lokalen Feuerwehr könne mich je wieder ablösen.

Mental war ich nicht minder ausgelaugt. Ermattet und entsprechend wehrlos saß ich da. Krächzende Stimmen hatten sich in meinen Kopf gebohrt, die drei alten Schnattertanten hatten schon beim Einsteigen eine offenbar ziemlich kontroverse Diskussion begonnen, die sie mit allerlei Gesten und bemerkenswerten Amplituden in ihrem süditalienischen Singsang bis zum Aussteigen durchgeorgelt hatten.

Das ist ja das Verrückte hier in Süditalien: so viele Stunden bei Donatella, meiner lombardischen Italienischlehrerin; Zeitung lesen, Gameshows in der RAI gucken, alles bene. *Semplice*. Aber sobald die hier in ihrem Dialekt palavern, versteht man selbst als ambitionierter Hilfsitaliener genauso wenig wie ein Krabbenfischer, der ins Ötztal verschleppt wurde.

Mein Schwiegervater liebt diesen Bummelzug. Wahrscheinlich weniger, weil er eine Reise im Sinne des Raumgewinns darstellt, sondern vielmehr eine in die Vergangenheit. In eine Zeit, in der die Deutschen grässlichen Wein aus bauchigen Flaschen tranken und diese nachher zu Kerzenständern umfunktionierten. Damals war Peter noch ein Pionier, der seine Familie in einem schnaufenden VW-Bus bis in den äußersten Zipfel Apuliens expedierte; und seine vier Kinder wurden noch wie wundersame Wesen bestaunt. Diese blonden Haare! Das älteste dieser Kinder ist meine Frau Lena.

Vor dem Gesetz und fürs Finanzamt ist sie das jedenfalls immer noch …

Die Lok ächzt, als der Zug zum Stehen kommt. Willkommen in Sepiana. »Stazione terminale«, sagt der Schaffner über Lautsprecher. Ich muss resigniert schmunzeln: Endstation.

Der sogenannte Bahnhof, das hatte ich schon fast vergessen, ist ein niedlicher Witz. Ein gelbes Siebziger-Jahre-Häuschen, das exakt so aussieht wie aus einem Modelleisenbahn-Bausatz von Faller; die Zypressen auf dem kleinen Vorplatz erscheinen arg mitgenommen. Viel geregnet hat es wohl nicht in den vergangenen Wochen. Zwei Dutzend Leute steigen aus; die Schnattertanten schlurfen durch den Staub hinüber zum Bus, der wie die übrigen Autos nach guter italienischer Sitte mit laufendem Motor wartet. Auch, wenn er frühestens in einer Viertelstunde fährt.

Ein Typ, der mir irgendwie bekannt vorkommt, holt in seinem roten Golf Cabrio zwei Touristinnen mit schweren Rucksäcken ab, die er sich vorbildlich über je eine Schulter hängt. Ich krame Zigaretten aus meiner Umhängetasche hervor, dann blicke ich mich um. Wo ist Willi?

Willi ist mein väterlicher Camper-Kumpel, den ich vor ein paar Jahren während meiner Hochzeitsreise hier auf dem Campingplatz kennengelernt habe. Ein patenter Rentner aus dem Rheinland, der mir nicht nur half, meinen allerersten Wohnwagenurlaub in Würde zu überstehen, sondern mich geduldig in dieses seltsamste aller Ferien-Milieus einführte. Vor ein paar Tagen hatte er mich angerufen, als Lena mit den Kindern im »Grande Paradiso« angekommen war; und dabei hat er mich dermaßen zusammengefaltet, wie ich es sonst nur von meinem echten Vater kenne, wenn ich ihn alle paar Monate mal wieder anpumpe, um mein defizitäres Konto auszugleichen.

Kein Willi. Nirgends. Und ich muss zugeben, meine Ankunft hier hätte ich auch besser organisieren können. Wie so ziemlich alles in meinem verkorksten Leben.

Es ist noch keine 24 Stunden her, da wäre ich im Augustiner-Garten beinahe von der Bierbank gepurzelt. Wir waren eine ziemlich lustige Runde in ständig wechselnder Besetzung (ich war wenigstens diesmal die einzige Konstante), die schon am Nachmittag damit begonnen hatte, Erfrischung in

Maßkrügen zu suchen. So ganz konkret und in allen Details erinnere ich mich leider nicht mehr. Ein paar Filmfetzen sind mir geblieben: Toni, mein bester, wenn auch nicht seriösester Freund, war von meinem bluesigen Gejammer dermaßen genervt, dass er bloß sagte: »Dann fahr ihr doch hinterher.«

Und ich weiß auch noch, wie ich in der Dämmerung die Arnulfstraße entlang zum Hauptbahnhof getaumelt bin. Aber statt in die U-Bahn zu steigen und die zwei Haltestellen nach Hause zu fahren, um meinen Rausch auszuschlafen, bin ich geradewegs in das Service-Center gewankt.

Da können die Leute ja noch so viel über die Deutsche Bahn und ihr unfreundliches Personal meckern: Ich muss ehrlich sagen: Wie es der Frau am Schalter gelungen ist, aus meinem Gelalle die wesentlichen Informationen herauszufiltern und mir tatsächlich ein Ticket nach Sepiana statt nach Sardinien oder sonst wohin zu verkaufen, das nötigt mir Respekt ab. Jedenfalls saß ich nur wenig später im Nachtzug nach Bologna.

Und ja: In diesem Fall ist der Begriff Odyssee ausnahmsweise mal völlig angemessen. Schließlich geht es bei dieser Irrfahrt tatsächlich um einen Mann, der sich nichts sehnlicher wünscht, als endlich wieder nach Hause zurückkehren zu dürfen.

Der Bus hupt. Die Türen schließen. Kein Willi. Immerhin gelingen mir trotz meines erbärmlichen Zustands noch ein paar sinnvolle Assoziationen – ich renne also los und kann den Bus gerade noch an der Ausfahrt des Bahnhofsvorplatzes stoppen. Keuchend lasse ich mich auf einen Platz fallen, die Schnattertanten labern zwei Reihen hinter mir munter weiter.

Ist jetzt auch wurscht. Wir fahren zwanzig Minuten durch wild bewucherte Serpentinen Richtung Marktplatz von Sepiana. Die Kurven werden zu einer Belastungsprobe für meinen Magen. Bevor ich mich übergeben muss, löse ich den obersten Knopf meiner Jeans. Platz schaffen. Dann wähle ich erneut Willis Nummer. Heute in der Früh, beim Umsteigen in Bologna, hatte ich es schon mal bei ihm versucht, aber sofort sprang seine Mailbox an. Wahrscheinlich gibt es mal wieder kein Netz auf dem »Grande Paradiso«. Wenn es immer heißt, unser Campingplatz habe sich seine malerische Ursprünglichkeit bewahrt, schließt das wohl auch ein, selbst im 21. Jahrhundert auf Mobilfunkmasten zu verzichten. Dabei hatte ich früher immer geglaubt, man würde einen Italiener sofort für klinisch tot erklären müssen, sobald er sein Handy und die Sonnenbrille verloren hat.

Meine SMS hat Willi jedenfalls auch nur bekommen, falls er wirklich den Platz mal verlassen sollte. Und hoffentlich kann er als Rentner überhaupt etwas mit SMS anfangen.

Immer noch die Mailbox.

In der Zwischenzeit kommt auch hier wieder die Adria in Sicht und die ersten windigen Häuschen von Sepiana, deren von der Sonne angestrahltes Weiß dem Reisenden schon von weitem entgegenleuchtet. Sepiana war bis vor 15 Jahren ein unbedeutendes Fischerdörfchen, das vorübergehend mal berühmt wurde, als eine Tippgemeinschaft von hundert Leuten den bis dahin größten Jackpot der italienischen Lottogeschichte geknackt hat. Vor allem aber ist es seit Jahrzehnten Lenas absoluter Sehnsuchtsort – eine Obsession, an die ich mich im Laufe der Jahre notgedrungen gewöhnt habe. Die sich nun aber auf unsere zwar unmündigen, dafür jedoch sehr meinungsstarken Kinder übertragen hat.

Der Bus lässt uns an der Piazza raus. In meinem Fall sollte ich eher sagen: er spuckt uns aus. So jedenfalls fühle ich mich – wie ausgekotzt. In meinem Kopf schwirrt die Melodie von »Strada del Sole« herum. Großartiges Lied, in dem Rainhard Fendrich das Schicksal eines armen Tropfs besingt, der am Rande der italienischen Autobahn A1 in der Hitze steht und von seiner Frau sitzengelassen wurde für einen dieser schmierigen Papagalli. Und jetzt ist er allein und komplett abgebrannt: »I hob kaane Lire und kaane Papiere.«

Zugegeben, die Ausgangssituation in meinem Fall ist eher andersherum, soweit es das Sitzenlassen betrifft, und meine Papiere habe ich auch noch am Mann, aber i hob kaane Euros. Jedenfalls nur noch erschreckend wenige.

Als Krisenreporter einer großen Hamburger Zeitschrift hatte ich schon die ein oder andere unangenehme Situationen erlebt. Naturkatastrophen, Kriege, Straßenschlachten, Staaten, die dem Bankrott entgegengetaumelt sind. Aber es waren immer die Krisen anderer, und ich war nur der teilnehmende Beobachter. Jetzt ist es meine eigene. Und wieder einmal muss ich feststellen, dass ich sehr viel besser darin bin, die Fehler Fremder zu analysieren als meinen eigenen, selbstverschuldeten Schlamassel.

Mein Hemd klebt an meinem Rücken, Schweißflecken unter den Achseln. Vor ein paar Wochen war ich noch monsterstolz darauf, dank eines entschlossenen Ernährungs- und Fitnessprogramms endlich wieder in diese supereng geschnittenen Slimfit-Klamotten reinzupassen. Jetzt muss ich allerdings feststellen, dass ich mit meinen albernen schmalen Jeans und den überehrgeizigen Lederschuhen allenfalls in der Via Montenapoleone in Mailand eine *bella figura* machen würde. Hier auf dem *corso* eines Touristendorfes glotzen mich die Leute völlig zurecht an wie einen Volldeppen.

Meine Zunge ist so pelzig, als würden mir Haare aus dem Mund wachsen. Es ist später Nachmittag, und das Dörfchen erwacht gerade aus seiner Siesta – mit allem, was dazu gehört: Kinder-Gezeter, Vespa-Geknatter und einem handfesten Streit unter den sonst so fröhlichen Afrikanern, die gerade um den besten Platz rangeln, um ihre gefälschten Vuitton-Taschen an deutsche Feriengäste zu verhökern. Alles bewegt sich und wuselt und geht irgendwie zu schnell für einen Menschen, der gerade nur in Slowmotion denken und agieren kann. Für einen Menschen wie mich.

Ich habe Durst. Und weil ich gelernt habe, dass in Italien ein Cappuccino um diese Uhrzeit noch peinlicher ist als in München Weißwurst zum Abendessen, hocke ich mich in die nächstbeste Bar. Soll ich wirklich ein Konterbierchen trinken? Soll ja den Gleichgewichtssinn wiederherstellen, heißt es doch immer. Ich hab so was noch nie ausprobiert. Am Ende siegt doch die Vernunft, und ich bestelle einen *caffè americano* und ein großes Wasser. Und dieser Platz hier unter der schattenspendenden Markise erscheint mir als der einzig erträgliche Ort.

»Mahlzeit!«

Eine Stimme wie das Versprechen auf Erlösung.

Ich war gerade völlig auf mein Handy und die nächste Verzweiflungs-SMS an Willi fixiert und aus der Welt um mich herum quasi verdunstet, als er leibhaftig vor mir steht. Vielleicht sollte ich besser sagen: beleibthaftig.

Was mich wirklich beruhigt, sind Dinge und Menschen, die sich nie ändern. So wie mein Freund aus Bergisch-Gladbach. Er trägt das amtliche Teutonen-Outfit aus khakifarbenen Bermudas und Sandalen, Hütchen auf, und über seinem mächtigen Bauch spannt ein T-Shirt, auf dem steht: »Nicht vergessen – sechs Bier sind auch ein Essen.«

»Willi! Endlich!«

Ich springe auf und will ihm um den Hals fallen, bleibe dabei aber dermaßen blöde an der Tischkante hängen, dass meine Kaffeetasse umfällt und meine Hose einsaut. Meine einzige Hose.

Nachdem er sich aus meiner äffchenartigen Umklammerung gelöst hat, hält mich Willi mit ausgestreckten Armen an beiden Schultern fest und betrachtet meine elende Erscheinung.

»Jung', bist du bescheuert?«

»Öhm, ja, schon, aber was genau meinst du? Den Kaffeefleck?«

»Du weißt genau, was ich meine.«

Ich wünschte, ich wüsste es. Die Checkliste meiner Dummheiten ist ungefähr so lang wie diese Anmeldezettel, die man ausfüllen muss, wenn man einen neuen Arzt besucht.

Leiden Sie unter unstetem Lebenswandel? Check.

Konto überzogen? Kann man wohl sagen.

Kreditkarten gesperrt? Einstweilen.

Führerschein verloren? Aber wirklich gerade erst.

Ärger mit Ihren Chefs? Öfter als nötig.

Problem mit der Frau? Nicht nur mit einer.

Und sind Sie wirklich hackevoll in einen Zug nach Italien gestiegen? Yo, ganz offensichtlich.

»Willi«, sage ich, »um ehrlich zu sein – ich mache gerade nichts, was nicht irgendwie radikal behämmert wäre. Es ist, als würde eine kosmische Kraft mir das Hirn aus dem Schädel saugen und Aliens damit füttern. Verstehst du?«

Willi versteht *niente*. Okay, das war jetzt vielleicht auch ein bisschen zu abstrakt formuliert. In seiner praktischen Welt funktionieren die Dinge einfach. Und was nicht passt, wird passend gemacht. Handwerksmeister eben.

Wir setzen uns an den Tisch mit der Kaffeepfütze drauf; ich zünde mir – unter Willis erneutem Stirnrunzeln – noch eine Zigarette an und erzähle von meiner Anreise, die ich erst südlich von Ancona bei einigermaßen vollem Bewusstsein erlebt habe.

Wir sitzen schon eine gute Viertelstunde beisammen, als es mir gelingt, den Kellner heranzuwinken: *»Due birre, per favore.«*

»Das ist das erste Mal, dass du was Vernünftiges sagst«, findet Willi.

Bislang kannte er die ganze Trennungsgeschichte von Lena und mir ja schon aus zwei Perspektiven: jener von Peter, meinem Schwiegervater, der nie wieder ein Wort mit mir reden will und schon sechs Wochen in Sepiana Urlaub gemacht hat. Jetzt ist er Gott sei Dank schon wieder weg. Und wenn ich Willis Schilderung glauben darf, müsste ich mich nicht wundern, wenn die weitere Umgebung des »Grande Paradiso« bereits mit Bildern von mir tapeziert ist, wie man sie früher im Wilden Westen von Steckbriefen für Billy the Kid kannte.

Seit ein paar Tagen ist auch Lena mit den Kindern da, und ihre Darstellung ist auch nicht sehr viel schmeichelhafter für mich.

»Um es für dich noch einmal zusammenzufassen«, sagt Willi und blickt so finster drein, wie ich es nicht mal erlebt habe, als ich bei meinem ersten Besuch im »Grande Paradiso« ausgerechnet während der Übertragung eines Fußball-Länderspiels für einen kompletten Stromausfall auf dem Campingplatz gesorgt hatte. »Jeder, und zwar absolut jeder auf dem Platz hält dich für ein riesengroßes Arschloch. Das schließt mich übrigens ein. Aber das habe ich dir vor ein paar Tagen ja schon am Telefon gesagt.«

In der Bar haben sie die Musik schon mal in den Abendprogramm-Modus hochgeschaltet. Aus den Boxen dröhnt »Get Lucky« von Daft Punk, so was mögen sie ja hier in Disco-Land. *»She's up all night to the sun / I'm up all night to get some / She's up all night for good fun / I'm up all night to get lucky.«* Im Prinzip geht's in dem Lied um einen Typen, der die ganze Nacht über wach bleibt, weil er unbedingt noch diese eine Frau flachlegen will. Für mich klingt der Text schon ein bisschen zynisch, während ich meine billigen Ausflüchte gegen die laute Musik anbrülle.

Ich beuge mich weiter über den Tisch, noch näher ran an Willi, und versuche, jetzt mal vernünftig zu klingen: »Pass auf, ich weiß gut genug, dass ich einen Haufen Blödsinn angerichtet habe, und ich weiß auch, dass Lena nur noch mit mir redet, um ein paar Sachen wegen der Kinder abzuklären. Aber ich will sie zurück! Deshalb bin ich hier. Und du musst mir helfen.«

»Ich bin Gas- und Wasserinstallateur, nicht Jesus.«

»Lass Jesus aus dem Spiel, und auch keine Witze über den lieben Gott. Darauf reagieren die hier in Italien echt allergisch, so abergläubisch wie die sind. Nee, du musst so 'ne Art Mandela spielen.«

»Wat?« Willi hat ein sehr, sehr großes Fragezeichen auf der Stirn und starrt mich an, als würde mir ein rosa Bart wachsen.

»Nelson Mandela! Der Mann, der Weiß und Schwarz in Südafrika wieder zusammengebracht hat? Friedensstifter? Definitiv der größte Versöhner des 20. Jahrhunderts.«

Gut, ich gebe zu, dass dieser Nachsatz auch Willis Verständnis nicht auf die Sprünge hielf, aber im Groben scheint er allmählich zu kapieren. Ohne Unterstützung kann ich das hier komplett vergessen. Ich erzähle ihm von meinen Freunden, die beim »Playboy« arbeiten und mir mal das Prinzip des *Wingman* erklärt haben. Das ist der Kumpel, mit dem du in eine Bar gehst, um Frauen aufzureißen. Einer, der dir hilft, möglichst geistreich zu erscheinen, sobald du einen Flirt anfängst, und sich dann zum geeigneten Zeitpunkt auch wieder diskret verdrückt. Vor allem aber gibt er dir Rückendeckung, falls du mal die Falsche angebaggert hast und ihr Freund dir eine reinhauen will.

Willi ist entsetzt: »Du hast den falschen Job. Und vor allem die falschen Freunde. Und genau so ein Wing-Ding hat dich wahrscheinlich auch in diese Scheiße gebracht, in der du jetzt sitzt.«

Damit hat er natürlich nicht ganz unrecht. Der Kellner bringt gerade eine neue Runde und, wie es eigentlich eher in Norditalien so üblich ist zum Aperitivo, auch ein paar kleine Häppchen zum Knabbern. Angesichts meiner tristen finanziellen Situation betrachte ich das mal als Mahlzeit.

Ich sage: »Es geht ja auch nicht darum, dass wir jetzt im Grande Paradiso lässig mit der Sonnenbrille im Gesicht an die Bar spazieren und einen auf Top Gun machen, eher …«

Willi unterbricht mich: »Du! Spazierst! Ganz sicher nicht ins Grande Paradiso. Die lassen dich da gar nicht mehr rein. Kein Paradies für dich!«

Na bravissimo, das ist sie also: Die Vertreibung aus dem Paradiso. Das klingt schon verdammt alttestamentarisch, beängstigend archaisch irgendwie. Aber in der Tat ist das ja alles nur passiert, um im Bild zu bleiben, weil ich von den verbotenen Früchten genascht hatte. So viel ist sicher.

Als ich Willi in groben Zügen meine Sicht auf die vergangenen Monate geschildert hatte, wurde seine Sympathie für mich und mein Handeln nur geringfügig besser. Aber er war sehr interessiert an Details. Und mein beachtliches Ausmaß an Zerknirschtheit und Reue hat zumindest ein gewisses Verständnis bewirkt. Am Ende ist der Willi halt auch nur ein Mann.

Ich stürze das Bier runter: »Wer von den Jungs ist gerade auf dem Platz?«

»Der Bürgermeister ist da, wie immer, seit drei Monaten schon. Und Herbert ist mit seinem neuen Wohnmobil auf dem Weg.«

Der Bürgermeister ist eine Legende unter den deutschen Campern im »Grande Paradiso«. Viele, viele Jahre lang führte er in der *Zona Dragone*, wo traditionell die Deutschen ihre Wohnwagen aufbauen, ein strengeres Regime als Saddam Hussein im Irak. In den gut zwanzig Jahren, die er schon hierherkommt, hatte er sich als eine Art Parallelregierung zum Campingplatz-Manager betrachtet (es war eine Machtergreifung, da hatte niemand die Wahl); und am Anfang war auch ich ganz schön mit ihm zusammengerasselt. Die Altersmilde hält ihn inzwischen davon ab, sein sogenanntes Amt weiter auszuüben, aber immerhin hat er seinen Ehrentitel als Spitznamen behalten. Weil: Helmut heißen hier eh genügend andere auch.

»Bingo«, sage ich, »das ist genau die richtige Besetzung. Wir brauchen eine Task-Force! Einen Plan!«

Willi schaut auf seine Uhr und erschrickt: »Heiland, ich hab völlig die Zeit vergessen. Ich hab der Inge gesagt, ich geh nur kurz was beim Gemüsehändler einkaufen.«

»Wie bitte? Du belügst deine Frau?«

»Um dich zu treffen, muss man lügen, mein Lieber. Kann ich dich noch irgendwohin mitnehmen? Wo pennst du denn überhaupt?«

»Keine Ahnung. Ich hatte gehofft, ich könnte irgendwie ein paar Tage bei euch … Aber das ist ja wohl passé. Mein Entschluss war ja auch … öhm … dann doch etwas spontan.«

Willi sieht an mir herunter, an mir vorbei, als wolle er prüfen, ob das Stuhlbein angesägt ist; er schaut unter den Tisch. Dann sagt er: »Wo ist dein Gepäck?«

»Sag ich doch – war spontan. Ich hab kein Gepäck. Und Geld hab ich eigentlich auch keins mehr.«

Due

Schon wieder so ein pelziges Gefühl. Nur diesmal habe ich es nicht im Mund, sondern im Gesicht. Als ich kurz aufwache, streicht eine kleine getigerte Katze mit ihrem Schwanz durch mein Gesicht. Wenigstens hat sie nicht die Krallen ausgefahren.

Mit einem kleinen Satz hüpft sie auf mein Bett und legt sich neben mich. Wie zu einem Knäuel zusammengerollt. Nun, ein Mann in meiner Situation darf ja nicht besonders wählerisch sein, was die Bettpartner betrifft. Aber um die Uhrzeit? Es ist 6.30 Uhr. Und ich will weiterpennen. Bitte!

Wahrscheinlich war ich noch mal für eine Weile eingedöst. Jetzt jedenfalls reißt mich das rege Treiben aus der Küche nebenan aus dem Schlaf. Schüsseln scheppern, und als ein Teller krachend zu Boden fällt, springt die Katze maunzend auf, reckt ihren Schwanz nach oben und macht einen Buckel.

Von der Frauentoilette dringen durch die dünne Wand Geräusche an mein Ohr, die ich lieber überhört hätte; auf dem kleinen Flur ein wildes Stimmengewirr und das übliche italienische Geschrei. »A-les-saaandraaaa!!!« – *»Si, un attimo. Aspetta, aspetta!«*

Auch das ist das Land, in dem die Zitronen blühen.

Ein paar Sonnenstrahlen bahnen sich ihren Weg durch die Staubschicht auf der kleinen Fensterscheibe meines Zimmers; ich schwinge mich aus meinem Bett.

Okay, vielleicht sollte ich das weniger idealisieren: Ich klettere aus einer quietschenden Pritsche, angesichts derer mein Orthopäde seinen Rezeptblock aufschlagen würde. Ringsum kahle, weiße Wände. Die einzige Dekoration in diesem Zimmer sind die Madonnenfigur auf einer Kommode, der gekreuzigte Gottessohn an der einen Wand sowie ein vergilbtes Poster an der anderen, das vermutlich die Fische darstellt, die man hier traditionell aus der Adria zieht. Ich mache zwei Schritte rüber ans Waschbecken. Es gibt wie erwartet nur kaltes Wasser, und ich haue mir eine ordentliche Ladung ins müde Gesicht.

Mein Hemd liegt noch auf dem Boden über meiner Jeans. Ich beuge mich runter und schrecke angeekelt zurück. Boah, stinkt das! Ich kann nicht glauben, dass dieser Geruch wirklich von mir stammt. Vielleicht hat ja auch die Katze auf meinen Klamottenhaufen gepinkelt.

Ich schwitze schon in der Früh ganz erbärmlich, und mein Körper fühlt sich an, als wäre er auf doppelte Breite angeschwollen. Ich quetsche mich in mein müffelndes Hemd und lasse nach landesüblicher Sitte drei statt zwei Knopflöcher offen. So passt es auch besser. Nur die Jeans bringe ich kaum höher als bis zum Oberschenkel; ein Ruckeln und Reißen und Zerren, dass mich an entwürdigende Szenen erinnert, wie ich sie früher beim Klamottenkauf in Umkleidekabinen erlebt habe, wenn Verkäuferinnen meine Größe falsch eingeschätzt haben. Oder einfach nur mal wieder einen Kunden erniedrigen wollten.

Letztlich kriege ich die Hose dann doch noch

hochgezogen; allerdings zwickt sie an einer äußerst empfindlichen Stelle. Wäre ich jetzt aus einer Vielzahl trauriger Gründe nicht eh schon mit der Familienplanung durch, müsste ich mir ernsthaft Sorgen machen.

Ich ziehe zu Belüftungszwecken die Schnürsenkel aus meinen Lederschuhen, auf Socken verzichte ich gänzlich.

»Buongiorno.« Matteo steht neben der mächtigen chrom-glänzenden Kaffeemaschine. *»Un caffè? Un doppio?«*

»In Wahrheit könnte ich einen Dreifachen vertragen«, sage ich. Mein Nacken schmerzt, und so richtig kriege ich die Augen noch gar nicht auf.

Er drückt mir eine Tasse in die Hand, als ich ihm in die Küche folge. Immerhin überdeckt der verlockende Duft frischer Kräuter, angebräunter Zwiebeln und der Tomatensaucen, die seine beiden Köchinnen gerade anrühren, meinen ranzigen Gestank.

»Danke«, murmele ich.

»Dafür nicht«, sagt Matteo lächelnd.

»Ich meine auch eher für den Unterschlupf.«

»Kannst gern ein paar Tage bleiben. Ist das Zimmer okay?«

»Da bringst du doch sonst immer deine illegalen Küchenhilfen unter, oder?«

Er grinst: »Na klar, aber zu dritt. Und wer Glück mit seiner Schicht hat, bekommt das Bett sogar für sich allein.«

Matteo spricht phantastisch Deutsch – so wie eigentlich alle, die seit Jahrzehnten in Sepiana vom Tourismus leben. Als Lena uns vor ein paar Jahren vorstellte, mochte ich ihn sofort; er sieht ungefähr so aus wie der amerikanische Komiker Jerry Lewis in jungen Jahren. Allerdings ist Matteo bedeutend lustiger.

Er und Lena sind als Teenies aufgewachsen wie Geschwister. Wenn sie zweimal im Jahr mit ihrer Familie auf dem »Grande Paradiso« Urlaub machte, verbrachten die beiden den ganzen Tag gemeinsam am Strand; später fuhr er sie abends auch gern mal mit seiner Vespa hoch ins Dorf und in die einschlägigen Bauerndiscos.

Ich hatte befürchtet, dass ihn die gemeinsame Geschichte in einen unüberbrückbaren Loyalitätskonflikt stürzen könnte, als Willi mich gestern Abend spontan hier an Matteos Restaurant ablud. Aber italienische Männer haben viel Verständnis für einen Typen, der seiner Frau fremdgeht. Jedenfalls, solange er dabei kein Kreuzfahrtschiff auf Grund setzt. Und sie haben noch mehr Verständnis dafür, wenn er später reumütig bei seiner Frau an der Haustür kratzt. Familie ist doch das große Thema in diesem schönen Land. Und die Läuterung eines fremdgegangenen Mannes wird da natürlich sehr begrüßt. Allein schon wegen der *bambini*.

»Warum hilfst du mir?«, frage ich.

»Nächstenliebe«, sagt Matteo.

»Kapier ich nicht.«

»Nun, du bist ein Mann. Und du hast Schwäche gezeigt. Und den Schwachen muss geholfen werden«, sagt Matteo. »Das ist Nächstenliebe.«

Ich muss ein wenig lachen. Hätte nicht gedacht, dass ausgerechnet Matteo sich dermaßen christlichen Traditionen verpflichtet fühlt. Aber man muss den italienischen Katholizismus vielleicht auch nur als das akzeptieren, was er ist: ein Leitfaden fürs

Leben, der auch gewisse heuchlerische Elemente spielerisch zu integrieren versteht.

Matteo redet von der Versuchung, der Verführung, der ich nicht widerstehen konnte. Fehlt nur noch, dass er was vom sündigen Apfel faselt.

Matteo fragt: »Wie geht das weiter mit dir und Lena? Hast du einen Plan?«

»Schau mich an! Wenn ich einen Plan hätte, müsste ich nicht in einem stinkenden Hemd rumlaufen. Und in einer Hose, die mir die Eier abklemmt.«

Wir gehen raus auf die Terrasse, die sich spätestens zum Mittagessen wieder bis auf den letzten Platz füllen wird. Mittagessen, das ist spätestens um zwölf Uhr – deutsche Camper sind pünktlich. Und den Rhythmus ihrer Kantine gewöhnt.

Matteos Vater klettert auf diesem Holzgestell rum, das dem Restaurant seinen Namen gegeben hat: Trabucco. Entlang der apulischen Küste stehen diese Konstruktionen alle paar Kilometer; eine Plattform auf gut zwanzig Meter langen Stelzen im Wasser, hier sogar mit einer kleinen Hütte drauf. Es ist eine so simple wie geniale Konstruktion. Ein paarmal am Tag lässt man die Netze runter, Fische rein, Netz rauf, fertig. Würde sogar ich mir noch zutrauen. Und wer weiß – wenn ich wirklich länger bleibe, ziehen sie mich bestimmt noch zu leichteren Arbeiten heran.

Matteo hat den Trabucco in eine Premium-Location verwandelt. Am Rand der Terrasse hat er seit diesem Sommer eine Lounge eingerichtet. Cremefarbene Kunstlederpolster auf Europaletten, dazu brennen Fackeln auf Holzgestellen. Urbaner Style mitten in der Provinz. Im Prinzip ist das exakt die

Welt, aus der ich komme, und vielleicht funktioniert sie ja auch deshalb als Brücke.

Das Restaurant ist ein kurioser Mix aus Piratenspelunke und Szenebar, wie man sie sonst eher auf Ibiza findet. Eine Bretterbude, die als Bar und Gästecounter fungiert, drei Dutzend windschiefe Tische mit Eigenbau-Stühlen für insgesamt einhundert Gäste, über den Köpfen Fischernetze und getrocknete Palmenblätter. Der Laden thront ganz oben auf genau jenem Felsen, der die Bucht des »Grande Paradiso« zur Linken begrenzt. Auf der anderen Seite blickt man auf Sepiana herab. Und abends geht die Sonne hier so unverschämt atemberaubend unter, dass sich ständig Touristen ins Bild drängen und sich gegenseitig fotografieren.

Noch heute rühmt sich Peter, mein Schwiegervater, dafür, der wahre Erfinder dieses Geschäftsmodells zu sein. Früher hat Matteos Vater die Fische tagsüber auf Eis gelegt und abends kurz auf den Grill gehauen. Ob er jemals Deutsch gelernt hat, ist schwer zu sagen, weil ich ihn noch nie habe reden hören. Meistens sitzt er abends an einem kleinen Tisch in dem zugigen Flur, von dem auch mein Zimmer abgeht, und mümmelt an frittierten Kleinstfischen rum. Zu seinen Füßen liegen zwei Mischlingshunde, die so grotesk verwachsen sind, als hätte sich in ihre DNA auch etwas Artfremdes gemischt. Sie liegen da und warten auf herunterfallende Happen. Währenddessen starrt der alte Gino wie hypnotisiert auf seinen alten Fernseher, wo Fußballspiele laufen oder irgendeine stumpfsinnige Gameshow mit blonder Assistentin.

Matteo ist seit knapp zehn Jahren mit einer hübschen blonden Australierin verheiratet und lebt abwechselnd in Sepiana und am Strand von Byron Bay in New South Wales. Das macht zwölf Monate Sommer im Jahr.

Er ist einer der wenigen, die auch mal rauskommen aus diesem Dorf. Und so hat er auch das Konzept des *ristorante* ein bisschen abgewandelt und in die Gegenwart übertragen. Auf der Terrasse gibt's WLAN-Empfang, und aus den Lautsprechern läuft Ibiza Global Radio oder Radio Swiss Jazz. Sogar Handys funktionieren hier gelegentlich mal, wenn auch nicht zuverlässig. Vor der Bretterbude reiht man sich in eine lange Schlange ein, bestellt sein Essen, zu dem auch gern mal Austern gehören. Dafür ruft Matteo dann einen Preis auf, wie er sonst in Sterne-Lokalen üblich ist. Aber nicht mal die notorisch geizigen Campingfreunde nörgeln daran rum.

Wir lehnen uns an die Brüstung der Terrasse und schauen runter aufs Wasser. Das Meer klatscht wuchtig an die Felsen, die Gischt spritzt bis hinauf zu uns. Salz auf meiner Haut.

Gino, der alte Fischer, zieht jetzt die Netze hoch, darin zappeln ein paar Fische. Kleinvieh, das er früher wahrscheinlich zurück ins Meer geworfen hätte. Ohne Frage: Auch er hat, zumindest was seine Beute betrifft, schon bessere Zeiten erlebt.

»Was ist denn überhaupt passiert?«, fragt Matteo scheinheilig.

Als ob er das nicht schon längst gehört hätte. Lena und ihre Familie kommen seit gut drei Jahrzehnten mindestens zweimal im Jahr hierher; sie gelten gewissermaßen als Einheimische, und natürlich zerreißt man sich auch über sie das Maul. Sepiana ist ein Dorf, das es in puncto Geschwätzigkeit und übler Nachrede mit jeder Zeitungsredaktion aufnehmen kann.

»Willst du die ganze Geschichte oder die Kurzfassung?«

»Kurzfassung reicht.«

»Mit ’ner anderen rumgemacht, aufgeflogen und dann zu Hause rausgeflogen.«

»So kurz nun auch wieder nicht. Wie alt, wie groß, wie sieht sie aus?«

»Und welche Körbchengröße?«, ergänze ich. Typisch Italiener, denke ich, der ist wieder nur an den technischen Daten interessiert.

Ich zeige ihm ein Foto von Sandra auf meinem Handy. Matteo macht ein anerkennendes Kenner-Gesicht. Letztlich ist er Italiener genug, als dass ihn die amourösen Details doch mehr interessieren, als er zugeben will. Also erzähle ich ihm von Sandra, wie ich sie in einer meiner Lieblingsbars in München kennengelernt hatte. Sie sah aus wie Jean Seberg in dem Film »Außer Atem«, kurzes blondes Haar, von dem ihr gern mal ein paar kecke Strähnchen wie ein sanfter Schleier ins Gesicht hingen. Frische 25 Jahre und ein Blick, der am Anfang in meinem Körper das Testosteron zum Tanzen brachte. Auf den ersten Blick war sie eine beinahe schüchterne Philosophie-Studentin. Allerdings stellte sich schon bald heraus, dass sie sich im Nachtleben sehr viel besser auskannte als mit Hegel oder Kant.

»Und Lena hat nix bemerkt?«

»Dachte ich zumindest. Das ging ja auch zuerst nur ein paar Wochen, und eigentlich wollte ich das auch beenden, aber dann bin ich einen Abend total besoffen nach Hause gekommen und hab mein Handy auf dem Küchentisch liegen lassen. Na ja, und dann kamen die ganze Nacht über SMS, und Lena ist von dem Gepiepe aufgewacht und hat alles gelesen. Am nächsten Morgen, als die Kinder weg waren, hat sie mich dann rausgeschmissen.«

»Verständlich. Du bist aber auch ein Trottel. Das Handy liegen lassen!«

»Anfängerfehler. Ich weiß.«

Handy liegen lassen geht heutzutage gar nicht mehr. Natürlich sollte jede Frau skeptisch werden, wenn ihr Mann von einem Tag auf den anderen sein Mobiltelefon nicht mehr unbewacht lässt. Dann liegt etwas im Argen.

Das Handy ist die Black Box der Untreue, das Logbuch zum Ehebruch.

»Du hast der anderen wirklich deine ganz normale Handynummer gegeben?« Matteo blickt mich ungläubig an und schaltet jetzt auf so einen Casanova-Modus um, den ich bisher nur aus Lenas Erzählungen kannte.

In Sepiana gibt es ja nicht mal ein Kino. Und wenn du in so einem Dorf aufwächst, bist du hauptsächlich damit beschäftigt, deine Vespa zu frisieren, und sobald du 18 bist, legst du dein Auto tiefer und versiehst es mit allerhand Spoilern. Ansonsten betreiben die Kids hier im Wesentlichen drei Sportarten: Fußball, Surfen und blonden Urlauberinnen nachstellen – da ist es egal, ob sie aus Deutschland, Holland oder Schweden kommen. Im Fußball war Matteo immer schon eine Niete. Surfen, das hat er auch jetzt noch drauf wie kein Zweiter. Und bei den Mädels spielte er bis kurz vor seiner Hochzeit in Pokal, Meisterschaft und Champions League gleichzeitig.

»Wie dämlich seid ihr Deutschen eigentlich?«, murmelt Matteo und schüttelt den Kopf.

Er sagt: »Zwei Frauen, zwei Handys – wichtigste italienische Regel.« Und dann erzählt er von einem Kumpel, der unter den Jungs im Ort für immer eine Legende ist, weil er gleich mit fünf Handys hantierte, in einem kleinen Büchlein genau notierte, was er welcher Frau erzählte und einen Master-Kalender führte, in dem er alle Termine synchronisierte. Dummerweise hat er am Ende trotzdem den Überblick verloren. Eine keine Narbe am Handgelenk erinnert ihn heute noch an den Nachmittag, als es zu dieser folgenreichen Doppel-Verabredung kam, in deren Verlauf eine der Frauen ihm ihren frisch gebrühten Espresso ins Gesicht schütten wollte und er gerade noch die Hände hochreißen konnte, um sich zu schützen.

»Bei uns«, sage ich, »würde ihn das zum Wettermoderator im Fernsehen qualifizieren.«

Matteo schaut mich ein bisschen verständnislos an. Auch, wenn in Sepiana an jeder Ecke die Bild-Zeitung verkauft wird, scheint er in deutschen Boulevard-Storys nicht ganz so sattelfest. Kann man aber auch verstehen. In einem Land, das immer wieder von Silvio Berlusconi regiert wurde, haben sie genug eigene lustige Schmuddelgeschichten.

»Aber bist du nicht extra wegen Lena und den Kindern wieder nach München gezogen?«

»Das ist ja das Absurde«, sage ich. Monatelang hatte ich meine Chefredakteure bequatscht, mich doch von zu Hause arbeiten zu lassen. Ich hatte es mit professionellen Argumenten versucht, dass ich als Auslandsreporter ohnehin die meiste Zeit unterwegs sei. Ich war mir auch nicht zu schade, die Tränendrüsen-Nummer abzuziehen: die vielen Reisen und dann noch die Pendelei zwischen Hamburg und München und dass meine beiden Kinder auch ihren Vater bräuchten. Und irgendwann, als sie wahrscheinlich das Gefühl hatten, ihnen würde das Blut aus den Ohren laufen, ließen sie sich auf das Experiment ein.

»Und weißt du, was? Kaum war ich wieder zu Hause, war alles noch viel nerviger als vorher.«

Ich erzähle Matteo von den ständigen Streits mit Lena, diesen alltäglichen gegenseitigen Sticheleien, die uns irgendwann beide mürbe gemacht hatten. Von ihrem Genörgel an meinem Lebensstil und den Dienstreisen, von unseren Meinungsverschiedenheiten um die Erziehung der Kinder – im Prinzip alles, was meine Kumpels schon ein paar Jahre zuvor durchlitten hatten. Bis sie wieder Single waren.

Gewonnen haben sie dadurch nicht viel. Ebenso wenig wie ich jetzt.

Wie also konnte mir das alles bloß passieren? Mich in so ein junges Ding zu verknallen, das ich zunächst als eine Art Spielzeug betrachtet hatte; in eine Frau, die dann allerdings umgekehrt, nämlich mich, ziemlich zügig entsorgt hat. Wie ein Spielzeug, das jetzt doch irgendwie langweilig geworden ist.

Natürlich hatte mir das mit Sandra geschmeichelt. Du testest deinen Marktwert und löst ihn mal ein. Männer in meinem Alter sind anfällig für so was; es sei denn, sie haben ein Ego, das durch keine Tür passt. Ich aber bin ein notorischer Selbstzweifler, auch wenn ich auf manche Menschen arrogant wirken mag. Und ich war ja immer wie besessen darauf, anderen Leute zu gefallen, egal wie wichtig sie wirklich in meinem Leben sind. Inzwischen habe ich festgestellt, dass man durchaus ohne den ständigen Applaus überleben kann.

Es ist eher so: Wenn du's ständig allen recht machen willst, ist das der sicherste Weg in die Klapse.

Ich schaue hinunter auf das Meer, das in der Sonne glitzert wie Millionen Diamanten.

»Weißt du eigentlich, wie wundervoll das ist?«, sage ich. »Das ist das Paradies.«

»Es ist *il culo al mondo*«, korrigiert mich Matteo grinsend – der Arsch der Welt. Matteo sagt: »Aber ich gehöre hier hin. Ganz einfach. Und wenn du einmal weißt, wo du zu Hause bist, willst du auch immer wieder da hin.«

Ich nicke nachdenklich: »Verstehe.«

»Und damals wolltest du erst gar nicht her.«

»Stimmt, aber was du sagst, gilt ja nicht nur für Sepiana. Das ist doch das Irre. Manchmal merkst du erst, wie großartig etwas ist, wenn du es verloren hast.«

»Damit kennst du dich ja aus.« Matteo lacht und schlägt mir mit der flachen Hand auf den Oberarm: »Dann lern zu kämpfen.«

Er klingt dabei fast so wie Lena während unserer Hochzeitsreise, als sie sagte: »Dann lern zu campen.«

Matteo geht zurück an die Arbeit, und ich streune ziellos über die Terrasse, am äußersten Zipfel gibt es ein schönes schattiges Plätzchen mit Blick auf den Campingplatz.

»Markuuus?!«

Das dürfte Alessandras Stimme sein, wenn ich mich nicht täusche. Sie trägt einen Teller in der einen Hand, in der anderen eine Flasche Wasser, über deren Öffnung sie ein Glas gestülpt hat.

»Mangi, mangi«, sagt sie, als sie den Teller mit einem monströsen Makrelen-Omelett vor mir auf dem Tisch abstellt. Sie befiehlt es vielmehr: Iss!

Wenn ich an die Geräusche denke, die ich vorhin von der Toilette gehört hatte, kann ich nur hoffen, die gute Alessandra hat sich in der Zwischenzeit die Hände gewaschen.

Jetzt bin ich erst mal allein. Mit mir und meinen wirren Gedanken. Das Absurde ist ja, dass ich eigentlich weit weg wollte von all dem hier. Und nun frage ich mich: Warum eigentlich?

Mit Anfang vierzig fängt so ziemlich jeder Mann damit an, Bilanz zu ziehen. Oder schlimmer noch: Vergleiche anzustellen. Das ist bei uns Männern offenbar genetisch einprogrammiert. Wir wollen uns messen und vergleichen, am Ende ist doch das ganze Leben ein Wettkampf. Irgendwie. Das soll jetzt gar nicht kulturpessimistisch oder sozial-darwinistisch klingen. Es ist einfach so.

Früher gab es diese Sparkassenwerbung: Mein Haus, mein Auto, mein Pferd. Das war mutig, weil: ein Spiel mit Arschlöchern. Aber es passte in den Zeitgeist des Börsenbooms, vor allem konnte sich jeder Mann in diesen beiden Typen wiedererkennen.

Andere in meinem Alter leiten ganze Fernsehsender, den Telekom-Konzern oder das Bundeswirtschaftsministerium. Sie sind Vizekanzler, wenn auch der schlechteste in 65 Jahren Bundesrepublik.

Und ich? Hatte immer von einem Korrespondentenjob in New York oder wenigstens in London geträumt, von Freiheit und Abenteuer, und das alles mit einer fröhlichen Familie im Rücken. Lena hatte mir neulich eröffnet, dass sie das alles nicht will. Sondern lieber München – für immer und ewig.

Und ich fragte mich: Kann das hier alles gewesen sein?

Vielleicht habe ich wirklich verlernt, einfach mal zufrieden zu sein mit dem, was ich habe. So schlecht ist das in Wahrheit ja gar nicht. Aber letztlich geht es fast allen meinen Freunden so. Sie können einfach nicht glücklich sein – egal, wie reich sie sind, wie perfekt, zumindest von außen betrachtet, ihr Leben auch sein mag.

Irgendwie war mein persönliches Koordinatensystem komplett kollabiert. Und das nicht allein wegen Sandra – sie war mehr Symptom als Auslöser. So viel hatte ich dann auch verstanden.

Die Luft riecht ein wenig nach Maggi; das kommt von dem Kraut, das hier an den Felsen wächst. Da unten liegt das »Grande Paradiso«. Seit dem verheerenden Brand, den wir vor ein paar Jahren während unserer Hochzeitsreise miterleben mussten, hat sich die Vegetation erstaunlich schnell erholt. Grundstücksspekulanten, so heißt es, hatten damals das Feuer gelegt. Die Walze war wie eine Lawine den Hügel bis hinunter an den Strand gedonnert; hinter der Rezeption flogen Gastanks in die Luft, dann rissen die Flammen Wohnwagen und Caravans mit sich. Bilder wie aus dem Film Armageddon. Wir packten die wichtigsten Dinge in einer wasserfesten Tasche zusammen und flohen wie all die anderen Urlauber einfach geradeaus ins Meer. Über uns kreisten Löschflugzeuge und Hubschrauber, und letztlich hatten uns Rettungskräfte mit kleinen Booten gleich in der Nähe evakuiert.

Ich habe von vielen Campingplatz-Stammgästen gehört, die seither nie wieder nach Sepiana gefahren sind. So traumatisiert sind sie noch heute. Für uns und unsere Freunde aber war immer klar, dass wir nun erst recht unsere Urlaube hier verbringen würden. Das hat mit Trotz und Wehrhaftigkeit gegenüber diesen mafiösen Drecksäcken zu tun, die vermutlich nicht mal aus der Gegend stammen. Und natürlich auch ganz generell mit der legendären Camper-Solidarität.

Aus dem Kohlrabenschwarz der Hügel war ja schon recht bald ein Kackbraun geworden; nun also mehr oder weniger blühende Landschaften. Trotz der sommerlichen Dürre säumen Hunderte grüner Bäumchen den Buckel des Platzes und wachsen tapfer weiter in die Höhe. Ich nehme mal an, sie werden einstweilen noch künstlich bewässert. Die Campingplatzbetreiber jedenfalls haben sich die Wiederaufforstung eine Menge Geld kosten lassen, und selbst die bettelarme Region Gargano investiert eine stattliche Summe in dieses Projekt. Andererseits bleibt der Bezirksverwaltung auch kaum was anderes übrig: Außer dem Tourismus gibt es kaum mehr einen Wirtschaftszweig, der die Menschen ernährt.

Wenn ich jetzt runterschaue aufs »Grande Paradiso«, verstehe ich kaum noch, warum ich mich immer so gewehrt habe, hierherzufahren. Gut, bis wir das erste Mal in Sepiana waren, klang Camping für mich immer nach dem denkbar größten Alptraum. Als Jugendlicher hört sich das immer nach Saufen und Kiffen an, also ganz cool, aber ich habe mich immer gefragt, warum man das nicht auch in einem ordentlichen Hotel machen kann, da stinkt's dann auch nicht so nach Socken und verbrannten Nackensteaks vom Grill.

Der Campingplatz ist im Prinzip ein Robinson Club in schlicht. Zwei Tenniscourts, ein Bolzplatz im Zentrum; gleich daneben das Ristorante »Pico Bello«, in dem mein Freund Ercole die beste Pizza der Welt backt. Ein paar geteerte Wege durchziehen den Platz wie Adern. Und dazwischen stehen dann Wohnwagen mit Geranien vor den Butzenfenstern. Selbstgehäkelte Gardinchen, Lampions, also das gesamte Panoptikum der 80er-Jahre-Ästhetik. Gibt es alles hier. Eine Dichte von Satellitenschüsseln, wie man sie nicht mal in den Wohnsilos von Berlin-Marzahn oder München-Neuperlach vorfindet. Wie sonst sollten sie sonntags die »Lindenstraße« oder den »Tatort« empfangen? Da fahren die Leute anderthalbtausend Kilometer und schleppen sogar ihr Wohnzimmer an der Anhängerkupplung mit in den Süden, und dann schauen sie, was es Neues im Leben von Mutter Beimer gibt. So bewahren sie sich eben auch an der Adria ihr Stück Castrop-Rauxel oder Oberbayern. Camping ist ja auch transportable Heimat.

Am anderen Ende der Bucht kann ich die Grotte erkennen, und mit einem Mal habe ich diese Bilder von unseren letzten Urlauben vor Augen. Wie ein Film. Linda mit ihrer viel zu großen Taucherbrille und den Flossen, und der kleine tapsige Luca, der wirklich glaubte, mit seinem Kescher Fische fangen zu können und immer wieder in Tränen ausbrach, wenn ihm die Stichlinge entwischten. Ich habe ihn immer rübertragen müssen zur Grotte, und dann erzählten Linda und ich wilde Schauergeschichten von Krokodilen und Monsterfischen, von Wasserungeheuern und Höhlengespenstern, und irgendwann hatte Luca so viel Schiss, dass er sich erst mal nicht mehr in die Nähe der Grotte traute.

Linda ist das sensibelste Kind der Welt – mit einem Herzen, das eigentlich viel zu groß ist für ihren Körper. Sie ist jetzt sieben und so phantasievoll und kreativ, dass ich vor Stolz regelmäßig platzen könnte. Der unfassbar fröhliche, tolpatschige Luca wird bald vier; und schon als Zweijähriger spielte er am Strand so herzzerreißend ehrgeizig Fußball, dass die Italiener im »Grande Paradiso« schon bald anfingen, ihn Francesco zu rufen – wie Francesco Totti, den Nationalheiligen unter den Kickern der *squadra azzurra*. Ich sehe ihn jetzt vor mir und wie wir letztes Jahr hinter einem Ball herliefen; ich verpasste ihm einen kleinen Bodycheck, und Luca krachte der Länge nach in den Sand. Er spuckte bloß lachend die Brocken aus und schnappte sich den Ball, drosch ihn an mir vorbei und brüllte Toooor! Wobei die letzten Sandkrümel aus seinem Mund flogen.

Der dritte Wohnwagen von der Grotte aus, gleich in der ersten Reihe, im Prinzip mitten auf dem Strand. Das sind sie. Da stehen wir immer. Nur, dass ich jetzt hier oben sitze und es mir den Magen zusammenkrampft. Und das liegt sicher nicht nur an diesem krassen Makrelen-Omelett, das ich eben verdrückt habe.

Ich muss mich zusammenreißen, damit ich nicht losheule. Da sitze ich, und in meinem Kopf spielt eine kleine böse Melodie: *O solo mio …*

Tre

»Jung', rauch doch nicht so viel! »

Ich drehe mich wie vom Blitz gerührt um. Es war so still um mich herum und ich wohl dermaßen in meine Melancholie versunken, dass ich Willi gar nicht hatte kommen hören. Als ich ihn umarmen will, windet er sich sofort angewidert aus meiner Umklammerung.

»Meine Güte, so haben ja nicht mal die Leute auf dem Bau gestunken«, sagt Willi. »Hier, zieh dir erst mal was Sauberes an.«

In seiner rechten Hand hält er eine Plastiktüte mit dem Aufdruck des Campingplatz-Supermarkts.

»Die Latschen hab ich eben noch im Mercato gekauft, ich hoffe, sie passen.«

Ich blicke mich auf der Terrasse um. Niemand da. Kann ich mich eigentlich auch gleich hier umziehen. Willi, der heute zum ersten Mal, seit ich ihn kenne, ein schlichtes weißes T-Shirt trägt, hat mir ein ganz besonderes Exemplar aus seiner famosen Sammlung von Motto-Hemden mitgebracht; es ist knallgelb und in großen roten Buchstaben steht auf der Brust: »Lieber besoffen und blank als nüchtern und krank«.

Willi strahlt mich an wie einer, der bei Günther Jauch gerade die 250 000-Euro-Frage richtig beantwortet hat. Er sagt: »Ich dachte, das trifft's ganz gut.«

Er greift in seine Gesäßtasche und zieht seinen Geldbeutel raus, hält mir einen 100-Euro-Schein hin und sagt: »So, und davon kaufst du dir nachher noch ein paar frische Unterhosen und ...«

»... und ein Deo. Ich weiß. Echt, vielen Dank. Und falls noch ein paar Kröten übrigbleiben, gönne ich mir sogar eine Zahnbürste und Zahnpasta.«

»Wann kommst du denn wieder an dein Konto ran?«

»Montag, schätze ich mal. Dann müsste das Gehalt drauf sein.«

»Heute ist Donnerstag.«

»Ich fange gerade an, mich an Low-Budget-Wochenenden zu gewöhnen. Und solange ich noch nicht in Kneipen unbewachte Biere austrinken muss, ist das auch okay.«

Das hatte ich zuletzt als Student gemacht. Und zu vorgerückter Stunde passiert mir das – versehentlich – auf dem Oktoberfest auch immer wieder. Ich glaube, genau deshalb haben auch so viele Leute schon in der ersten Wies'n-Woche eine Erkältung oder Herpes. Meistens haben sie beides. So wie ich.

Willi ist etwas größer als ich, aber er wiegt ungefähr das Doppelte. So erklärt sich auch eine gewisse Abweichung unserer Konfektionsgrößen. Das T-Shirt reicht mir jedenfalls bis knapp über die Oberschenkel, die Ärmel schlabbern in den Ellbogen. Ich könnte es auch ganz gut als Kleid tragen. Immerhin: Die Latschen passen prima.

Mit Shorts, das war klar, würde er mein Camper-Outfit komplettieren; diese aber sind echt der Hammer. So ein karibisches Türkisblau wie in der Flagge der Bahamas, an der Seite ein dezenter weißer Streifen und auf dem linken Oberschenkel die Aufschrift »Wave Rider«. Tolles Hightech-Material, trocknet wahrscheinlich innerhalb von zehn Minuten. Ich nicke ihm anerkennend zu.

»Holla«, sage ich, »coole Hose. Wo hast du die denn her?«

»Frag nicht, zieh an, wir müssen gleich los. Wir haben noch einen Termin.«

Größe M. Perfekt. Und sie lugt sogar ein wenig unter dem Oversize-T-Shirt hervor. Willi zieht jetzt seinen letzten Trumpf aus der Tüte, und er macht dabei ein Gesicht wie einer, der sich beim Pokern die Karten der anderen genüsslich angesehen hat, bevor er dann triumphierend ein letztes As hinlegt. Eine dunkelblaue Baseballkappe.

»Du benimmst dich zwar, als hättest du eh schon 'nen Sonnenstich, aber setz sie trotzdem auf.«

Auf der Kappe steht »Fritz Berger«. »Camping-Gott«, sollte ich vielleicht hinzufügen. Steht nur leider nicht als Unterzeile drunter. Wenn du in den Versandhandel für Zelte und so 'n Zeug einsteigst, gibt es wohl keinen authentischeren Namen: Fritz Berger, so einer kann campen. Vor allem verkauft er alles, was man dafür braucht. Seine telefonbuchdicken Broschüren sind gewissermaßen der Ikea-Katalog für echte Kerle – für Männer, die sich auch ihrer Schnäuzer nicht schämen; die Bibel für Outdoor-Freaks. Und die Berger-Filialen gleichen Kathedralen des Abenteuers.

Ich war mal spaßeshalber in der Münchner Niederlassung. Da kann man im Erdgeschoss sogar komplett eingerichtete Wohnmobile kaufen. Wenn du genug Kohle mitbringst, startest du von dort aus gleich los in die Freiheit. Und mit dem entsprechenden Equipment aus der ersten Etage an Bord bist du dann dermaßen autark, dass du wochenlang keine Menschenseele mehr brauchst. Außer vielleicht mal einen Tankwart.

»Danke, Willi«, sage ich, »Riesenfreude. Weiß ich echt zu schätzen.«

Keine Ahnung, wie ich aussehe – es gibt weder einen Spiegel noch ein Fenster, in dem ich mich betrachten könnte. Ich nehme an, ich wirke wie eine Mischung aus Camping-Dödel und East-Harlem-Rapper. Eh wurscht, dies ist ohnehin nicht der richtige Moment für Eitelkeit. Zumindest, solange ich Lena nicht über den Weg laufe.

»*Yo, man*«, sagt Matteo einen kleinen Tick zu hämisch grinsend, als ich meine versifften Klamotten und die Schuhe in mein Kämmerchen rübertrage. Er ballt die rechte Faust und spreizt zwei Finger ab. Könnte das Teufelszeichen sein oder irgendein Surfergruß.

Willi sitzt schon am Steuer seiner neuen E-Klasse. Diesmal in Opi-Silbergrau. Jedes Jahr rollt er hier mit einem nagelneuen Mercedes an. Jetzt verstehe ich auch, woher all diese Jahreswagen stammen.

Er hat den Motor schon mal angeworfen, die Klimaanlage kühlt das Auto angenehm runter.

»Du hast was von einem Termin gesagt?«

»Sei nicht so neugierig«, mahnt Willi.

»Berufskrankheit«, sage ich.

»Krankheit ist gut. Krankheit ist sehr gut. Nicht deine einzige.« Er lacht kurz auf, um sich sodann wieder angestrengt auf die Serpentinen zu konzentrieren, die wir im Tempo eines altersschwachen Mofas hochzuckeln. Aber zum Thema Autofahren sollte ich lieber schweigen. Im Gegensatz zu mir hat der Willi seinen Führerschein wenigstens noch.

Rita, Willis Frau, fand es ein bisschen seltsam, dass ihr Alterchen, wie sie ihn immer nennt, schon wieder ins Dorf wollte. Sonst bewegt er sich tagelang nicht von seinem Wohnwagen weg. Außer mit der Klorolle unterm Arm zum Waschhäuschen. Okay, und natürlich zu Ercole an die Bar im »Pico Bello«, dem Restaurant, ach was: dem Herzen des Campingplatzes.

»Glaubst du, sie ahnt was?«, frage ich vorsichtig.

»Ach Quatsch, solange die genug von ihren Mittelalter-Romanen dabeihat, ist sie in Gedanken sowieso nur bei Richard Löwenherz und Wilhelm, dem Eroberer.«

Wenn mich nicht alles täuscht, dann leben Willi und seine Rita schon seit vielen, vielen Jahren auf eine geruhsame und konfliktfreie Art einander vorbei. Wie das eben so ist, wenn man es bis in diesem Alter geschafft hat, zusammenzubleiben. Man hat sich über die Jahre an die Macken des anderen gewöhnt, sich mit ihnen arrangiert – zumindest, wenn es einen nicht übermäßig stört, auch mit 67 Jahren noch ab und zu wie ein Kind angeredet zu werden. Was aber vielleicht daran liegt, dass ihre beiden Söhne schon seit einer Ewigkeit aus dem Haus sind. Wen sollte Rita auch sonst bemuttern?

Bis vor kurzem war mir so was ja suspekt. Erstens, weil ich das als Scheidungskind nie direkt kennengelernt hatte. Zweitens, weil mir hauptsächlich notorisch zankende alte Ehepaare auffielen. Und drittens empfand ich die Vorstellung, dass alles so vor sich hin trottet, als schleichenden Tod.

Inzwischen sehe ich das alles ein bisschen anders. Ich habe innerhalb weniger Wochen mein Leben einmal komplett mit 180 an die Wand gefahren. Und um ehrlich zu sein, wünsche ich mir immer häufiger nichts weiter als ein bisschen Ruhe, Routine und Geborgenheit. Wie hatte Matteo gesagt: wissen, wo man hingehört.

Nach all dem Chaos, das ich angerichtet habe, wäre ich echt gern Spießer. Mit geregelten Arbeits- und Mahlzeiten, meinetwegen auch mit Bausparvertrag. So gesehen, bin ich bei den Campingfreunden in meinem heimlichen Sehnsuchtsmilieu angekommen.

»Bist du eigentlich glücklich?«, frage ich Willi. Das kommt – zugegebenermaßen – etwas aus dem Off, entsprechend irritiert sieht er mich auch daraufhin an. Als hätte ich ihn um seine Meinung zur Homo-Ehe gebeten.

»Hm«, brummelt er wenig erschöpfend und lenkt auf die Hauptstraße Richtung Sepiana ein. Vielleicht sollte ich seiner sentimentalen Seite irgendwann abends mal mit ein paar Bier und Ramazotti auf die Sprünge helfen.

Ich lasse die Fensterscheiben runtersurren, lege meinen Kopf schräg und lasse mir vom Fahrtwind das Gesicht kühlen. Das Schöne an Sepiana ist ja, dass man sich sofort heimisch fühlt, selbst wenn man nicht wie ich jedes Jahr hierher muss. Wir passieren den Obst- und Gemüseladen. Der gehört Luigi, dem Peperoni-Paten von Sepiana. Außer diesem Geschäft kontrolliert er noch die Gemüseabteilung zweier Supermärkte – und alles, was übrigbleibt, geht dann in seinen Stand auf dem »Grande Paradiso«, wo er den alten Krempel den Campingnovizen andreht. Natürlich mit einem Aufschlag von fünfzig Prozent.

Bingo! Hier, gleich hinter der Kurve, kurz bevor's

den Hügel hinunter Richtung *centro* geht, gibt es wieder Handyempfang. Auch das wird sich nie ändern.

Vor der Eglisia San Giovanni am Rande der Altstadt versucht Willi zu parken. Er fährt vor und zurück, lenkt ein, lenkt gegen, steht schief, rangiert noch ungeduldiger. Hätte er sich mal lieber einen Polo gekauft.

»Rückfahrkamera wäre nicht schlecht, oder? Haben wir in unserem Auto auch.«

»Darf ich dich korrigieren? Lena hat das Auto mit der Kamera.«

Was soll ich da schon sagen? Willi steigt aus: »Komm, wir sind schon spät dran. Die anderen warten bei Paolo.«

Paolo heißt anscheinend der neue Wirt der alten Corso-Bar. Schon aus der Ferne kann ich zwei Gestalten erkennen, die mir einen wohligen Geborgenheitsschauer geben. Da sind Helmut und Horst, sprich: der Bürgermeister und mein Freund mit dem größten Wohnmobil, das der deutsche Caravan-Markt so hergibt.

Wenn der gute Horst mit seinem automobilen Kreuzfahrtschiff auf dem »Grande Paradiso« einläuft, hupt er gern mal wie der Kapitän der Queen Elisabeth II, was in der Regel auch einen ähnlichen Menschenauflauf provoziert. Entsprechend erhaben sitzt er auch hinter der Panorama-Frontscheibe seines Gefährts. Wie in einer Kommandozentrale.

Herberts Concorde Charisma ist so ziemlich das Luxuriöseste, was der Caravan-Markt in Serie baut. Gut zehn Meter lang, vollgestopft mit sämtlichem Hightech-Equipment und feinsten Materialien, eine

Art rollende Chill-out-Lounge mit angeschlossener offener Küche. Die ist für den Herbert auch ziemlich wichtig: Weil er das italienische Essen nicht verträgt, kocht er nahezu jeden Tag selbst. Beziehungsweise lässt seine Frau das machen. Auf der Speisekarte stehen dann zwar auch Ravioli – allerdings jene, die er aus dem heimischen Aldi-Markt mitgebracht hat. Das ist ja im orthodoxen Sinne kein italienisches Essen.

Selbst die beiden Rentner können sich ein Schmunzeln nicht verkneifen, als sie mich in Willis Bier-T-Shirt und der Fritz-Berger-Kappe heranschlappen sehen. Das Shirt hab ich inzwischen in die Hose gesteckt, um nicht zu stolpern.

»Da ist ja unser Casanova«, ruft Horst und breitet die Arme aus.

»Schwere Konkurrenz für die hiesigen Papagalli«, schlaumeiert Helmut, der als pensionierter Lehrer nicht nur stolz auf sein großes Latinum ist, sondern es bei entsprechender Aussprache auch für etwas altertümliches Italienisch hält.

Tolle Begrüßung. Hätten wenigstens was Lobendes über meine Shorts sagen können, die beiden. Immerhin würdigen sie meine drahtige Erscheinung. »Donnerwetter, Junge«, meint Horst, »du hast aber ganz schön abgenommen, oder?«

»Ziemlich genau zehn Kilo«, sage ich stolz und gebe ihnen einen kurzen Abriss über meinen jüngst wiederentdeckten Sportsgeist.

Nachdem Lena mich rausgeschmissen hatte, war ich bei meinem Kumpel Toni (den sie noch immer für den Drahtzieher allen Übels hält) untergekommen. Kleines Zimmerchen zur Straße raus, wo ich unter der Woche wohnte. Die Wochenenden verbrachte ich allein oder mit den Kindern, wenn ich sie hatte, in unserer Ferienwohnung in den Bergen. Lindas erste Wut auf mich war schon ziemlich bald verraucht. Sosehr Kinder auch Routine lieben, sie arrangieren sich ja erstaunlich schnell mit neuen Umständen. Und ich glaube, Linda fand das fast angenehm, nicht immer zwischen zwei keifenden Eltern zu stehen. Der kleine Luca war ohnehin daran gewöhnt, einen Wochenend-Papi zu haben. Mag ihm allenfalls seltsam vorgekommen sein, dass Mami nicht mitwollte, wenn wir freitagabends losfuhren.

Das Zimmer bei Toni war etwas weniger spartanisch als jenes bei Matteo; es hatte zwar ein eigenes Badezimmer, allerdings den Nachteil, dass mein Fenster zu einer Baustelle hinausging, wo jeden Morgen spätestens ab halb sieben mehrere Presslufthammer krawallten. Anfangs hatte ich noch krampfhaft versucht, wieder einzuschlafen. Was sich aber als illusorisch herausstellte. Und so fing ich aus der Not an, morgens an der Isar joggen zu gehen. Wenn schon so früh wach, dann wenigstens die Zeit nutzen.

Die ersten Läufe kam ich kaum über drei, vier Kilometer hinaus, und einmal musste ich fast von der Corneliusbrücke kotzen. Was aber auch an meinem gewaltigen Hangover gelegen haben mag. Jedenfalls machte ich rasche Fortschritte. Längst hatte ich mir neue Laufschuhe besorgt und diese hautenge Funktionskleidung, die alle tragen. Ich las nun regelmäßig »Fit for Fun« und fand darin einen lustigen Fachbegriff für Typen wie mich: MAMIL – Mittelalter Mann in Lycra. Dort stand, dies sei sozusagen das maskuline Pendant zur MILF. Und als ich diese Abkürzung googelte, errötete sogar ich.

Beinah jeden Morgen lief ich locker meine acht,

neun Kilometer, unterwegs lächelte ich ein paar Joggerinnen an; die Pfunde fielen. Und wenn ich beschwingt ins Büro moonwalkte, fühlte ich mich frisch und geistig so klar wie seit Jahren nicht mehr.

Dass ich mir dann noch ein Carbon-Fahrrad mit fetten Scheibenbremsen für die Berge kaufte, war im Prinzip auch gar keine so schlechte Idee, schließlich war es gerade um fünfzig Prozent reduziert. Das ist das geistige Erbe meines Vaters, der sich gern als cleverster Schnäppchenjäger des Bergischen Landes rühmt. Einschränkend gab er allerdings ein paar Wochen später, als er mein Kreditkartenkonto ausgleichen musste, zu bedenken: Auch wenn du Schnäppchen machst, musst du sie bezahlen können.

Helmut und Horst haben zwei Tische aneinandergeschoben; darauf liegt eine große handgemalte Skizze, die sie aus ein paar DIN-A4-Blättern zusammengeklebt haben.

»Was ist das denn?«, frage ich, als wir uns gesetzt haben. Also alle außer Bürgermeister Helmut.

»Der Einsatzplan«, trompetet er, »hat Willi dir nichts erzählt?«

»Sollte 'ne Überraschung sein«, sagt Willi.

Die ist gelungen. »Was zum Teufel wollt ihr damit?«

»Erkennst du das nicht?«, fragt Helmut und deutet mit einem langen Strohhalm auf die Karte. »Hier unten verläuft die Wasserlinie, dann der Strand, dahinter die *prima fila.*«

Er hat tatsächlich die gesamte *Zona Dragone* aufgezeichnet: die traditionelle Teutonen-Ecke des »Grande Paradiso«. Mit dem Strohhalm tippt er jetzt die Schlüsselstellen an: Damen-Waschraum, Spülbecken, Waschmaschinen, die Sanitäreinrichtungen für die Männer. Lenas Wohnwagen ist markiert. Tatsächlich: der dritte von der Grotte aus. Seinen eigenen kann ich erkennen und jenen von Willi. Dazwischen ein paar Namen, die mir nichts sagen. Horst thront dem Plan zufolge in der dritten Reihe, sozusagen in Lenas Rücken. Weil: In der ersten Reihe sind die Stellplätze schlicht zu klein für sein rollendes Schloss.

Helmut steht in seinem khakifarbenen Safari-Outfit vor dem Tisch wie ein General bei der großen Lagebesprechung und schwingt seinen Strohhalm, als sei es ein Zeigestock. Er ist ja Schwabe, und in jener fernen Zeit, als er mich noch am liebsten aus dem »Grande Paradiso« vertrieben hätte, nannte ich ihn immer Wüstenfuchs oder Rommel, wenn ich mit Lena über ihn und seine Gattin Susanne lästerte. Die dauerputzende Sagrotan-Susi.

Der Bürgermeister hat noch ein paar kleine Karten angefertigt, auf denen Namen stehen; er verteilt sie an die unterschiedlichen Positionen. Posten, wie er sagt.

»Wir müssen Lena überwachen«, sagt er, »von Sonnenaufgang bis zum späten Abend, wenn Ercole seine Terrasse schließt.«

Die Runde ist geplättet.

Paolo bringt uns noch ein paar Bier; von den Nachbartischen schauen sie auch schon so seltsam zu uns rüber. Ich hoffe nur, die Italiener verstehen das nicht falsch, wenn sie sehen, wie Helmut hier den *Feldmaresciallo* gibt.

»Es geht darum«, fährt Helmut bedeutungsvoll fort, »es geht darum, Lenas Routinen ganz präzise aufzuzeichnen, ein Bewegungsprofil zu erstellen.

Nur so finden wir den geeigneten Zeitpunkt zum Zugriff heraus.«

Stille.

»Äh, ich meine, wann Markus ins Spiel kommt.«

»Ohne Scheiß, Helmut, ich bin beeindruckt«, sage ich. Von Berufs wegen war ich in den letzten Jahren öfter, als Lena lieb war, mit der Bundeswehr in ziemlich finsteren Gegenden auf dem Balkan und am Hindukusch unterwegs: als sogenannter *embedded reporter*, was zwar journalistisch äußerst fragwürdig ist, aber als Grundkurs in strategischer Planung durchaus Sinn stiftet.

Ich sage: »Aber wie kommt ihr auf die Idee, eure Frauen zu unserer Allianz zu zählen? Hattest du mir nicht gestern noch gesagt, die wünschen mir mindestens die Pest an den Hals, Willi?«

»Das kann man so sagen«, sagt er. Horst nickt.

»Wir machen sie zu Kollaborateuren wider Wissen!«, sagt Helmut.

Nach seinem Vortrag setzt sich Helmut und erhebt sein Glas. »Prost, Männer!« Ich komme mir vor wie im Führerbunker. Wir quatschen noch eine Weile, bis mir einfällt, dass ich dringend noch ein paar Unterhosen kaufen wollte. Und im Drogeriemarkt sollte ich auch noch vorbeischauen. Ich muss mich beeilen, bevor die Läden zur Siesta schließen. Anschließend würde ich eine kleine Wanderung zurück zum Fischer machen. Bisschen Bewegung kann mir nicht schaden – schließlich habe ich jetzt schon drei Tage keinen Sport mehr getrieben.

Die Jungs versprechen, mich nachher mal am Trabucco zu besuchen, wenn sich dort der Mittagstrubel gelegt hat. »Und bringt Ercole mit, falls er aus dem Pico Bello wegkann«, sage ich noch zum Abschied.

Ich haste den *corso* entlang. Und zum ersten Mal fällt mir auf, dass die Wirtschaftskrise auch an einem Touri-Dörfchen wie Sepiana nicht spurlos vorbeigegangen ist. Ein, zwei Geschäfte, in denen Lena früher immer gern nach Klamotten geschaut hat, sind definitiv geschlossen. Und das in der wichtigsten Straße des Ortes.

Ein bisschen erinnert mich das an meine kleine Heimatstadt, die eingequetscht zwischen Düsseldorf, Essen und Wuppertal zu einem reinen Schlafkaff degeneriert ist. Früher war die Fußgängerzone mal ein vitaler Sehnsuchtsstrip, den wir Jugendlichen den ganzen Nachmittag auf und ab geschlendert sind, von mir aus auch: gestreunt. Immer auf der Suche nach Mädchen, die wir in dieses Eiscafé einladen konnten, in dem der italienische Besitzer noch heute – inzwischen in zweiter Generation – Cappuccino allen Ernstes mit Schlagsahnehäubchen serviert.

Das letzte Mal war ich zum 60. Geburtstag meines Vaters dort und hatte auch Linda mitgenommen, und nicht mal dem kleinen Mädchen war der verblasste Glanz, ja: diese verdammte Tristesse entgangen. Wo früher mal der stolze Supermarkt eines ziemlich aufgeblasenen Typen prunkte, ist heute die Stadtbücherei eingezogen, damit das schöne Gebäude in dieser Premium-Location wenigstens nicht leer steht. Das Sportgeschäft, in das wir früher unser Taschengeld trugen, der Plattenladen, das Rundfunkgeschäft – nichts ist mehr übriggeblieben. Selbst die Boutique, die ein alter Schulfreund meines Vaters besaß, ist inzwischen dicht. Die war früher der heißeste Laden überhaupt. Mein Banker-Daddy hatte mir das schon am Telefon erzählt – er hatte den Laden als Freundschaftsdeal einigermaßen sanft liquidiert.

Linda sah mich damals echt mitleidig an und fragte: »Und hier bist du groß geworden, Papi?«

Nun also gibt es auch in Sepiana einen Ein-Euro-Laden. Was einerseits natürlich den Kulturpessimisten in mir an- und aufregt. Andererseits kann ich dort vielleicht ein paar nützliche Dinge schießen, die mich in den nächsten Tagen auf einen akzeptablen hygienischen Stand bringen.

Tatsächlich gibt es einen Fünferpack Unterhosen zu 6,95, was zwar im orthodoxen Sinne nicht ganz der Ein-Euro-Policy entspricht, aber ohne Zweifel für einen Mann in meiner Situation ein gutes Geschäft ist. Ich öffne die Packung, fühle das Material. Und tatsächlich: Baumwolle mit fünf Prozent Stretch-Anteil. Kann man sich nicht beschweren.

Als ich noch zum Drogeriemarkt hetze, höre ich Schritte in meinem Rücken, jemand rennt hinter mir her; und gerade als ich mich umblicken will, hab ich auch schon eine riesige Pranke auf meiner Schulter. »Ey«, sagt eine tiefe Stimme, *»aspetta!«*

Ich drehe mich um, und vor mir steht ein Kerl von gut 1,95 Meter. Schultern wie Opas Eichenschrank. Er betrachtet mich kurz, lacht über mein T-Shirt, dann schaut er wieder ziemlich finster und fragt: »Ey, wo hast du die Hose her?«

Der Typ ist eine Mischung aus Hugo-Boss-Model und Primat, mittellanges blondes Haar, und er spricht Deutsch mit diesem putzigen Akzent eines Südtiroler Bergbauern. Und was passiert, wenn die mal sauer werden, weiß man ja spätestens seit Andreas Hofer, dem legendären Freiheitskämpfer.

»Hä?«, fragte ich.

»Wo hast du die Hose her?«

Der Boss-Bauer trägt ein ärmelloses Shirt, wahrscheinlich damit man seine mächtigen Muskeln besser bewundern kann und das Tattoo auf dem rechten Oberarm. Asiatisches Schriftzeichen, vielleicht auch mehrere – so was ist ja immer schwer zu sagen. Ich würde das jedenfalls nicht machen. Einerseits aus grundsätzlichen ästhetischen Bedenken, andererseits hört man doch immer wieder, dass Tätowierer einem manchmal auch einen rechten Schmarrn auf den Körper pinseln. Und stell dir mal vor, du machst Urlaub in Thailand oder so und liegst am Strand, und dann biegen sich die Leute vor Lachen, weil da Dumpfbacke oder sonst was auf deinem Arm steht. Nee, muss ich nicht haben.

Sollte ich ihm gegenüber aber jetzt besser nicht thematisieren.

Der Typ packt mich am Kragen und dreht ihn in seiner Faust zu einem Knäuel. Man kann sehen, wie sein Bizeps anschwillt und übrigens auch seine Halsschlagader. Die ist für mich sozusagen auf Augenhöhe.

»Hey, hey, hey. Schon gut, schon gut. Mach nur nicht das T-Shirt kaputt. Das gehört nämlich nicht mir.«

»So? Das also auch nicht?«

»Beruhigst du dich jetzt mal? Das hat mir ein Kumpel geliehen. Und die Hose auch.«

»Nee, die hat er gestohlen.«

»Ach ja? Und woher willst du das wissen?«

»Weil sie mir gehört und heute Morgen von der Wäscheleine verschwunden ist, du Wicht.«

Inzwischen ist auch eine ziemlich hübsche Frau zu uns gestoßen, Anfang dreißig vielleicht, brünett, tolle dunkelbraune Augen. Wahrscheinlich seine Freundin?

»Hey Sandro, lass ihn«, bittet sie den Primaten. Lass ihn los! Sie streichelt ihm beruhigend über den Kopf.

»Halt du dich da raus«, zischt er zurück.

Sein Gesicht ist inzwischen zu einer Fratze verzerrt. Ich sollte ihn wohl besser nicht fragen, ob seine Hose eine Art Fahrgestellnummer zur Identifikation hat.

»Ausziehen«, befiehlt er.

Das hier ist alles so unfassbar, dass ich anfange zu lachen. Keine gute Idee. Er zieht mich am Kragen so nah an sich ran, dass ich seinen Atem riechen kann. Ich tippe mal, er hatte ein frühes Mittagessen, und es gab *spaghetti aglio e oglio*.

»Zieh! Die! Hose aus!« Er brüllt: »Arschloch!«

Wir stehen mitten auf dem *corso*; der Typ meint es wirklich ernst. Ich wische mir erst die Tropfen ab, die seine feuchte Aussprache in meinem Gesicht hinterlassen hat. Und dann bin ich ganz schön froh, dass Willis Bier-T-Shirt eine XXL ist.

Quattro

Luca hat eine Schlange in der Hand. Sie ist weiß und hat schwarze Punkte, und aus ihrem Maul blitzt eine fiese orangefarbene Zunge. Das Biest sieht gefährlich aus.

Er hält sie Lena zum Aufblasen hin. Die Schlange ist eine Art doppelter Schwimmreifen; sie wird um den Körper geschlungen. Ich hatte sie Luca voriges Jahr von einer Reise mitgebracht, und am Anfang hatte er eine irre Angst vor dem Viech. Linda hielt sie ihm dann gerne vors Gesicht, machte hämisch *ssssst,* und Luca brach fast jedes Mal in Tränen aus. Linda übrigens auch – sie allerdings vor Lachen. Böse große Schwester.

Jetzt ist sie die liebe Schwester, schmiert den Kleinen zentimeterdick mit Sonnencreme ein und hilft ihm, seine Badehose anzuziehen. Ich glaube, er kommt jetzt in das Alter, in dem er zwar immer noch sehr stolz auf seinen »Zipfi« ist, wie er seinen Penis immer nennt, allerdings kann er inzwischen gut darauf verzichten, ihn bei jeder Gelegenheit vorzuzeigen. Auch daran merkst du, dass deine Kinder größer werden: Sie wollen nicht mehr nackt an den Strand oder schwimmen gehen.

Die beiden laufen jetzt runter zum Wasser, Lena macht es sich im Liegestuhl mit einer Zeitschrift bequem. Hätte sie früher niemals gemacht: die Kinder allein ans Meer gehen lassen. Vielleicht ist sie wirklich cooler geworden in diesem turbulenten halben Jahr. In unserem letzten gemeinsamen Urlaub, als Luca noch nackt rumlief, hatte er sich seltsamerweise angewöhnt, erst mal an den Strand zu pinkeln, bevor er sich in die Fluten stürzte. Wie ein Hund, der sein Revier markiert. Macht er Gott sei Dank auch nicht mehr. Jetzt rennen die Kleinen wie Hundert-Meter-Sprinter ins Meer und schmeißen sich in die Wellen, strecken auf dem Scheitelpunkt ihre Körper ganz lang und lassen sich wieder Richtung Strand zurückspülen. Wie Surfer ohne Board.

Willi und ich sitzen im OP Adlerhorst. So heißt der Trabucco jetzt. OP wie *Observation Point*. Matteo brachte uns zwei Klappstühle und einen Sonnenschirm, und Willi meinte, dass jetzt eigentlich nur noch eine Kühlbox mit eiskaltem Kölsch fehle. Bürgermeister Helmut hatte jedem einzelnen Beobachtungspunkt auf und rund um den Campingplatz Namen gegeben. Adlerhorst ist der Ort mit der ultimativen Draufsicht.

Als die Jungs gestern Mittag aus Sepiana runter ins »Grande Paradiso« gefahren waren, hatte Helmut allen Ernstes an dem Campinggeschäft gleich neben Luigis Gemüseladen gehalten und fünf Ferngläser besorgt. Damit schauen wir den Campingfreunden unten auf dem Platz locker bis in ihre Kochtöpfe. Und Linda und Luca beim Schwimmen und Spielen zu.

Bisschen schade nur, dass wir einstweilen noch keine Nachtsichtgeräte haben.

Helmut, als Lateinlehrer natürlich bestens mit historischem Gemetzel vertraut, hatte bei unserer Lagebesprechung immer wieder darauf hingewiesen, wie wichtig es sei, Lenas sensible Punkte zu analysieren und ihre schwachen Momente möglichst präzise voraussagen zu können. »Schlachten«, sagte Helmut, »gewinnen nicht die mit den besseren Muskeln, sondern die mit den besseren Informationen.« So ähnlich wird auch der Chef der NSA argumentiert haben, als die Amerikaner überlegten, ob es wirklich okay ist, das Handy der deutschen Bundeskanzlerin anzuzapfen.

Unten am Strand machen sich diese Premium-Spaßvögel aus dem Animationsteam des »Grande Paradiso« gerade für einen erneuten Angriff der guten Laune bereit, da tönt auch schon die Fanfare, gefolgt von »Final Countdown« zu uns herauf.

In unserem kleinen süditalienischen Paradies beginnt jeder Tag so verlässlich wie eine Benjamin-Blümchen-CD – nur, dass sie hier eine Fanfare spielen statt Töörööö und dann eben »Final Countdown«. Und im Anschluss verliest der Chef-Animateur das Programm des Tages. Das ist übrigens meistens das gleiche wie am Vortag.

Ein paar Rentnerinnen tragen bunte Schwimmnudeln an den Strand, die Vorturnerin in ihrem obszön knappen Bikini trägt ein Headset und fummelt derweil noch an der Beschallungsanlage rum.

»Mensch, Willi, deine Frau macht jetzt Acqua-Gym?«, frage ich verwundert, als ich seine Rita mit einer quietschgelben Schwimmhilfe am Strand entdecke. Dazu trägt sie einen psychedelischen Badeanzug, den ein LSD-Abhängiger entworfen haben muss.

»Die bringt sich für mich in Form«, sagt er lachend, packt den Hals einer Bierpulle und knickt den Flaschenöffner so ruckartig nach unten, dass der Deckel mit einem mächtigen Pfffff-löpp in hohem Bogen davonfliegt.

»Pass bloß auf, dass sie dich nicht noch verpflichtet mitzumachen.«

»Das wird niemals passieren.«

Was Willi so ganz generell von Leibesübungen hält, steht auf seinem T-Shirt: »Sport ist Mord – nur Sprit hält fit«.

Ich bin inzwischen auf eines dieser gefälschten Lacoste-Polos umgestiegen, wie sie die Afrikaner hier schon seit Jahren am Strand und oben im Dorf vertickern. Und man muss sagen, die Jungs sind, was die Qualität ihrer Kopien betrifft, auf einem richtig guten Weg. Früher hatte das Marken-Logo noch so einen antennenartig steil aufragenden Schwanz. »Wie ein Krokodil auf Viagra«, meinte Lena einmal. Mittlerweile ist der Schwanz zwar korrekt über den Rücken geschwungen, dafür allerdings reißt das Kroko wie von Sinnen das Maul auf: sozusagen Reptil auf Steroiden.

Wenn man bedenkt, dass da ein Mann ohne Hosen vor ihnen stand, hatten die Afrikaner mir einen ziemlich guten Deal gemacht. Menschen mit einem kalten Herzen hätten einen astronomischen Preis verlangt – sämtliche Läden waren wegen der Siesta geschlossen, und ich hatte gewiss nicht den Eindruck vermittelt, als wollte ich mich noch eine Weile mit einem kleidchenartigen T-Shirt über den Lenden herumtreiben auf der Suche nach einer neuen Hose. Aber so wie es die legendäre Camper-Solidarität gibt, existiert wohl auch eine internationale Loyalität unter Gestrandeten. Den erkannten sie in mir nicht nur angesichts meiner nachlässigen Rasur. Und so bekam ich recht akzeptable Shorts und zwei Lacoste-Fakes nach einigem Gefeilsche für knapp über fünfzig Euro.

Willi hatte mir vorhin, als er am Trabucco ankam und mich in der neuen Hose sah, erst auf längeres bohrendes Nachfragen gestanden, wie die Sache mit der Hose gelaufen ist.

»Ich hab sie halt einfach von der Wäscheleine an den Duschen genommen«, sagte er.

»Du hast was? Mann, das hätte ich dir nie zugetraut. Ich denke, Klauen verstößt gegen jede Camperehre.«

»Sollte ja nur geliehen sein«, versucht er sich umständlich zu rechtfertigen, »ich hätte dir das ja noch gesagt, wenn du wieder an dein Konto gekommen wärst.«

»Und du hättest sie einfach wieder auf die Leine gehängt, oder was?

»Öh, ja.«

»Wer ist denn überhaupt dieser Typ, dem die gehört?«

»Keine Ahnung, aber ich dachte von der Größe her würde sie hinkommen, und die Farbe würde dir stehen.«

»Das hat der Kerl ein bisschen anders gesehen«, sagte ich und klopfte dem zerknirschten Willi dann aber versöhnlich auf die Schulter. »Na ja, ist ja auch wurscht, wenigstens hat er mir nicht die Zähne rausgehauen.«

Und wie ich jetzt seine Rita da unten im knietiefen Wasser rumzappeln sehe, wünschte ich mir schon ein bisschen, dass sie ihn eines Tages mal zur Acqua-Gym mitschleift.

Meine Kinder plantschen fröhlich im Wasser, Lena fläzt immer noch auf der Liege unter dem Sonnensegel. Keine Ahnung, wie mein Schwiegervater es immer fertigbringt, dieses Ding noch mal aufzubauen. Mir ist es schon mindestens dreimal bei einem Sturm davongeflogen und dabei an einigen Stellen gerissen. Davon zeugt der ein oder andere Flicken, den Lenas Mutter anschließend daraufgenäht hat. Kann man von hier oben alles prima erkennen. Helmut und Herbert haben ihre Spionage-Posten im »Grande Paradiso« verlassen und sind den kleinen Trampelpfad zu uns hochgestapft. Was ich sehr tapfer finde, denn schon jetzt, am späten Vormittag, sind es gefühlte 40 Grad.

»Nix los bei deiner Frau«, sagt Herbert.

»Habt ihr ein Babyphone?«, fragt Helmut.

Wofür braucht er das denn?

»Willst du nicht wissen, was deine Frau und die Kinder so reden?«

Ich fürchte, unser ehedem äußerst rechtschaffener Bürgermeister geht allmählich in diesem NSA-Wahnsinn nicht nur völlig auf, sondern unrettbar verloren: »Hallo? Ihr wollt ihren Wohnwagen verwanzen?«

»Das wird schwer«, assistiert Herbert, der trotz seines fortgeschrittenen Alters einer dieser Technikfreaks ist, die von ihren Frauen vorsichtshalber für den Media-Markt gesperrt werden wie Spielsüchtige im Kasino. »Richtige Wanzen werden wir in Sepiana nicht bekommen …«

»… aber eben ein Babyphone«, fällt ihm Helmut ins Wort. »Wenn ich mich nicht täusche, springt das doch beim geringsten Geräusch an, und du kannst dann ins Kinderzimmer reinhören. Warum sollte das in einem Wohnwagenvorzelt nicht klappen?«

»Vielleicht, weil diese Apparate so groß sind wie ein Backsteinziegel und Lena jeden Tag aufräumt und sich wundern würde, wo so plötzlich ein Babyphone herkommt«, sage ich. »Außerdem: Ich mag schon tief gesunken sein, aber meine Familie zu belauschen, das ist selbst mir zu low, versteht ihr.«

»Auch 'n Bier, Männer?«, fragt Willi und erhebt sich gemächlich aus dem Klappstuhl. Für ihn sind unsere Task-Force-Meetings offenbar vor allem eine prima Gelegenheit, sich schon morgens die ein oder andere Halbe reinzulöten, ohne von Rita die ganze Zeit getadelt zu werden. Willis Definition von Gemütlichkeit ist: Bier trinken und dabei aufs Meer schauen. Und das am liebsten von Sonnenaufgang bis Nachtruhe.

Außer beim Karneval in Köln oder im »Grande Paradiso« habe ich noch nie um elf in der Früh ein Bier getrunken. Danach ist nämlich entweder der Tag komplett gelaufen, oder du musst – wie beim Karneval – einfach so lange weitertrinken, bis es wieder dunkel wird. Insgeheim glaube ich ja, dass die Jungs genau diese Bier-Runden meinten, als sie davon sprachen, dass sie mir zwar helfen würden, aber auch noch eine kleine Lektion erteilen wollen. »Wer in die Suppe spuckt«, hatte Willi gesagt, »muss sie auch auslöffeln.«

»Nastro Azzurro per tutti«, trötet Matteo, als er an unseren *Observation Point* heranschlurft, die Bierpullen zwischen den Fingern am Flaschenhals gepackt. Zu meiner Überraschung hat er sich selber auch eines mitgebracht.

»Gib mal her«, sagt er und greift zu Willis Fernglas. Er starrt eine Weile auf den Strand und brummt genüsslich wie ein Weinkenner, der gerade an einem Glas *Château Lafite* schnüffelt.

»Welche meinst du?«, frage ich und blicke durch meinen Feldstecher.

»Siehst du die Blonde da? Dritte Liegestuhlreihe vor dem Pico Bello?«

»Ey, Matteo, wir wollen meine Frau und die Kinder beobachten und nicht als Spanner im Gebüsch hocken.«

»Schon klar, fiel mir nur auf. So nebenbei.«

Ein Typ schwimmt jetzt auf Linda und Luca zu; er redet gestenreich auf die beiden ein, und vor allem mein Kleiner scheint sich riesig zu freuen, ihn zu sehen. Das Tattoo mit den asiatischen Schriftzeichen, das der Mann auf dem Oberarm trägt, kommt mir so seltsam bekannt vor. Der Kerl packt sich Luca, schmeißt ihn in die Luft und fängt in wieder auf, lässt ihn kurz ins Wasser eintauchen und hievt ihn wieder hoch. Luca jauchzt und lacht und strahlt. Dieser miese kleine Verräter. Jetzt nimmt der Riese an jede Hand eines meiner Kinder und zieht sie hinter sich her Richtung Strand, und als er gerade das seichte Wasser erreicht, kommt seine Badehose an der Oberfläche zum Vorschein. So ein karibisches Blau, weißer Streifen an der Seite; er dreht sich um, und ich kann auch die Aufschrift auf dem einen Bein erkennen: »Wave Rider«.

Und plötzlich steht auch Lena bei den Dreien im Meer. Sie umarmt exakt jenes Arschloch, das mir gestern Nachmittag zwar meine Zähne gelassen, aber vor aller Augen die Hosen ausgezogen hat. Er drückt ihr ein Bussi auf die Wange und seine Hand wandert jetzt von ihrem Rücken bis hinunter an ihre Pobacke. An die Pobacke, die inzwischen übrigens wieder dermaßen fest und durchtrainiert ist, als wäre Lena noch mal 25.

Kann nicht sein, oder?

»Leute, habt ihr das gesehen?«

Die Jungs stellen ihre Bierflaschen zur Seite und greifen zum Fernglas.

»Drüben, kurz vor der Grotte, im Flachen.«

»Ja, heidenei«, sagt der Bürgermeister, der vor lauter Staunen in sein Schwäbisches Idiom verfällt.

»Gibt's doch gar nicht«, stöhnt Willi, und ich frage, was genau er meint: dass irgendein Typ meine Frau angrapscht oder dass er dabei die Hose trägt, die Willi gestern Morgen gestohlen, ach nein: geborgt hatte.

»Das ist Sandro«, sage ich und erzähle den anderen auch noch mal die Geschichte von gestern Nachmittag. Herbert prustet vor Lachen einen Schwall seines Bieres aus.

»Lass mich auch mal sehen«, sagt Matteo. Als er das Fernglas wieder absetzt, dreht er sich zu mir mit so einem Gesichtsausdruck, den Ärzte in der Notaufnahme aufsetzen, wenn sie sagen: Wir haben leider keine guten Nachrichten für Sie.

Matteo sagt: »Hattest du geglaubt, Lena würde lange allein bleiben?«

Er lässt das jetzt erst mal so im Raum stehen. Wirken.

Dann sagt er: »Eine Frau bleibt an einem italienischen Strand niemals lang allein.« Er sagt: »Erst recht keine blonde. Und schon gar nicht so eine wie Lena.«

Meine Güte, wie erbärmlich ist das eigentlich? Da

stehen wir also auf dem Felsen über dem »Grande Paradiso«: drei Rentner mit Feldstecher, ein Jammerlappen in der Midlife-Crisis und ein italienischer Edel-Gastronom, der gerade aus der sicheren Entfernung seines *ristorante* einer blonden Urlauberin lüstern auf die üppigen Brüste geglotzt hat.

Mir ist das alles auf den Magen geschlagen. Dieser Scheißtyp – und wie vertraut er mit meinen Kindern wirkt. Und mit meiner Frau. Vielleicht war das ein bisschen zu naiv von mir: zu denken, ich fahre jetzt mal ins »Grande Paradiso«, setze ein nettes Lächeln auf, und irgendwie würde das schon wieder laufen mit Lena.

Das nächste *Nastro Azzurro* trinke ich auf ex. War das jetzt mein drittes oder schon das vierte? Auch egal. Vor mir dreht sich seit einer Weile alles, und das kommt bestimmt nicht nur vom morgendlichen Alkoholgenuss, der gerade fließend in Alkoholmissbrauch übergeht.

Vielleicht sollte ich noch einen Grappa dazu bestellen.

Der Bürgermeister ist jetzt neben Matteo der Erste, der wieder die Fassung erlangt. »Immerhin wissen wir nun, mit wem wir es zu tun haben«, sagt er und seine Stimme wird paramilitärisch ernst. »Das ist der Feind. Er hat jetzt ein Gesicht. Er hat einen Namen. Und jetzt ist klar, wen es zu bekämpfen gilt.«

»Dieser Feind hat leider nicht nur ein Gesicht, sondern auch einen Waschbrettbauch«, lamentiere ich. Und ich meine, das muss man sich ja mal vorstellen. Da habe ich selbst gerade zehn Kilo abgenommen, fühle mich körperlich echt klasse und auch attraktiv, fahre 1200 Kilometer in den Süden, und dann sehe ich, wie Adonis meiner Frau an den Hintern greift. Einfach so.

Das war sicher nicht der Plan.

Ich gehe zu Matteo hinter die Bar und hole mir noch ein Bier. Das geht jetzt tatsächlich so weiter wie beim Kölner Karneval. Nur weniger lustig. Früher haben wir so etwas als Blitzbetankung bezeichnet. Aus dem Alter sollte ich eigentlich raus sein. Andererseits muss ich mich gerade einfach betäuben.

»Glaub mir, wir werden einen Weg finden, ihn fertigzumachen«, sagt Herbert.

»Einen?«, ergänzt Willi. »Wir werden mehrere finden. Versprochen.«

»Ich bin dabei«, sagt Matteo. »Wir erledigen ihn *all'italiana*. Wobei: Der Typ ist ja nicht mal ein richtiger Italiener, der ist Südtiroler.« Matteo spuckt auf den Boden.

Die vier diskutieren, was sie diesem Schönling antun können, um ihn schon mal rein äußerlich zur Lachnummer zu machen.

»Die Hose solltet ihr ihm nicht noch mal stehlen«, sage ich.

Der Bürgermeister will beobachtet haben, dass Adonis fast ausschließlich weiße T-Shirts trägt. »Wie wäre es, wenn wir ihm einfach einen nagelneuen roten Schlüpfer in seine Kochwäsche schmuggeln?«, fragt er in Runde. »Dann hat er nur noch rosa Hemdchen.«

Großes Gelächter. Mir ist das Lachen vergangen. Erstens, weil ich nicht fassen kann, was ich da sehen muss. Zweitens: Niemand trägt mit solcher Selbstverständlichkeit rosa wie heterosexuelle Italiener. Für die ist das keine Strafe, sondern Kür.

Ich schüttele fatalistisch und resigniert den Kopf, trinke noch ein Bier und bin allmählich mindestens so betrunken wie vor zwei Tagen, als ich in den Zug gestiegen bin. Sonnenbrille auf und die Rückenlehne meines Klappstuhls auf die Liegeposition runter. Ich brauche mal einen Moment für mich selbst. Tiefe Bauchatmung, sagt die Psychologin, die seit einer Weile einmal in der Woche versucht, das Chaos in meinem Leben zu ordnen, zumindest das Chaos in meinem Kopf. Ich solle mich nur auf die Atmung konzentrieren, hat sie mir beigebracht, und schon würde ich alles um mich herum langsam ausblenden. Alles, was stört. In diesem Fall also die Jungs, diesen Sandro, meinen Mittagssuff: Fürs Erste habe ich eh genug gesehen. Ich schließe die Augen und beginne, allmählich meinem Atem zu folgen. Nur ... meinem ... Atem ...

Ich muss eingenickt sein. Als ich wieder wach werde, sind die anderen weg. Hatten wahrscheinlich Angst, dass ihre Frauen ihnen die Hölle heißmachen würden. Kann ich gut verstehen und mich noch gut erinnern an so was. Wie lang mag ich wohl geschlafen haben? Ich schaue auf meine Uhr. Kurz nach drei. Also gut zwei Stunden. Das mit der Bauchatmung ist echt der Hammer. Ich hatte tatsächlich im wahrsten Wortsinn nichts um mich herum mitbekommen, auch wenn unser OP Adlerhorst ein wenig außerhalb des Restauranttrubels gelegen ist.

Jetzt habe ich aber erst mal Durst!

Matteo hat mir angeboten, dass ich sein Restaurant im Prinzip als SB-Laden betrachten dürfe. Nimm dir, was du willst, schreib's auf, am Ende rechnen wir ab. *I make you good price*, hatte er in diesem putzigen Akzent der afrikanischen Strandverkäufer gesagt. Ohne, ich betone: ohne dabei rassistisch zu sein. Das können Italiener ja ansonsten noch besser als ihre deutschen Gäste.

Die Terrasse hat sich nach dem Mittagessen schon wieder geleert. Ein paar Leute sitzen noch im Schatten des Palmblätterdachs und rühren in ihren Espressotassen. Am Tisch gegenüber der Bar sitzt ein Pärchen in meinem Alter. Ich nicke ihnen freundlich zu, und die beiden grinsen wortlos zurück. Es sieht allerdings so aus, als würden sie krampfhaft ein herzhaftes Lachen unterdrücken.

Ich nehme mir eine Flasche Wasser aus dem Kühlschrank, und als Alessandra kommt, Matteos Kellnerin, will ich sie um einen *doppio* bitten. Aber noch bevor ich auch nur ein Wort sagen kann, brüllt sie schon vor Lachen und krümmt sich und hält sich den Bauch. Dann rennt sie in die Küche und holt die Spülhilfen, die jetzt alle nach vorne eilen. Eine ältere Dame hält sich erschrocken die Hand vor den Mund, dann vor die Augen, schließlich bekreuzigt sie sich ehrfürchtig. Ihre Kollegin lacht und hält sich die Faust unter die Lippe, so dass ihr Prusten klingt wie ein gewaltiger Furz.

»Che cosa …?«, frage ich achselzuckend. Was ist los? Was habt ihr alle?

»La tua fronte«, brüllt Alessandra und schüttelt sich immer noch.

Meine Stirn? Hä?

Ich laufe in die Toilette und schaue in den Spiegel. Meeeeiiine Stirn! Und dann muss ich auch lachen. Und heulen. Und alles gleichzeitig. Und ich überlege, ob ich mich sofort die Klippen runterstürzen oder noch einen Abschiedsbrief schreiben soll. Oder irgendwem richtig aufs Maul hauen.

Meine Stirn ist knallrot von der Sonne. Irgendjemand muss, als ich geschlafen habe, den Sonnenschirm eingeklappt haben. Vielleicht sollte ich sagen, dass nicht meine ganze Stirn knallrot ist. Denn der gleiche Irgendjemand hat mir – während ich schlief – mit Sonnencreme einen kleinen Penis auf diese Stirn gemalt. Der ist jetzt weiß. Ich fasse es nicht.

Noch weniger fasse ich, dass ich davon nicht aufgewacht bin. Herrgott! Wie besoffen war ich denn?

»Mat-te-o!!!!« Wo ist der Kerl?

»Mat-te-o!!!!« Ich laufe durchs Fischerhaus/Restaurant und suche diesen Irgendjemand. Wenn ich ihn erwische, stürze ich lieber ihn die Klippen runter als mich.

Als ich in die Küche komme, erschrickt er.

»O Fuck«, sagt er, als er mich sieht; und er wird so blass wie ein Süditaliener überhaupt werden kann.

Er stammelt. »Es ... es sollte doch nur ein ganz kleines bisschen werden ... Und dann ... äh ... und dann haben wir dich in der Sonne vergessen.«

»Waaaaas?«

»Ja, die Jungs mussten weg. Und hier war plötzlich die Hölle los. Und ich hatte ja selbst auch zwei Bier getrunken.«

»Seid ihr total behämmert?«

»O Mann, ja, die Jungs haben gesagt, sie wollen dir eine kleine ... wie heißt das? Abtreibung? ... verpassen. Haben sie gesagt.«

»Abreibung, Matteo, Abreibung. Aber das sind alte Männer. Die machen so was nicht.«

»Ja und nein.« Allmählich fängt sich Matteo wieder. Er sagt: »Es sind zwar alte Männer, aber mit

Humor. Und sie haben gesagt, sie wollen dich noch bestrafen.«

»Aber das hier war doch deine Idee, oder?«

»*Scusi*, ja. Der Willi hat gesagt, du hast deinen Pimmel nicht im Griff gehabt, als du Lena fremdgegangen bist. Und als er das gesagt hat, fiel mir wieder ein, was wir früher als Kinder immer mit den besoffenen Engländern gemacht haben, wenn die am Strand in der Sonne eingepennt sind.«

»Und Willi und die anderen fanden das auch lustig?«

»Soll ich ehrlich sein?«, fragt Matteo. »Sie fanden das superlustig.«

Ich kann das nicht glauben. Drei deutsche Rentner und ein angeschickerter italienischer Wirt malen mir ein Geschlechtsorgan ins Gesicht. »Habt ihr noch alle Latten am Zaun?«

»Ey, ich sag doch – es tut mir leid. O Scheiße, Mann, das ist ein bisschen außer Kontrolle geraten. Shit, was machen wir denn jetzt?«

Ich sage: »Im Moment ist eher die Frage, was *ich* mache.«

Ich gehe noch mal auf die Toilette und betrachte das Desaster. Paar Ideen habe ich schon, was man dagegen tun kann. Aber das kommt später. Am liebsten würde ich jetzt erst mal Matteo den Hals umdrehen. Und danach ein Massaker im »Grande Paradiso« verüben. Wie hatte Matteo gesagt? Nur ein kleines bisschen. Ich bin in exakt demselben Modus wie Anakin Skywalker, als er zu Darth Vader mutiert.

Andererseits: Für den großen ganzen Plan brauche ich Verbündete, ein einfallsreiches Team, das mich unterstützt. Und bei Matteo, der mir hier Unterschlupf gibt, stehe ich auch in der Schuld. Und vielleicht muss einer, der so viel Blödsinn angerichtet hat wie ich, tatsächlich eine Strafe akzeptieren. Auch wenn mir diese hier absolut unverhältnismäßig erscheint.

»Aber Matteo?«, frage ich, als ich wieder in die Küche komme. Ich hatte mir zwei Hände voll Wasser ins Gesicht gehauen, um mich in jeder Hinsicht wieder abzukühlen. »War nicht die Idee, dass wir diesen Berggorilla rundmachen? Ihr habt wohl das falsche Opfer erwischt.«

»Keine Sorge, um den Typen kümmern sich die anderen gerade.«

»Okay. Dann bin ich ja mal gespannt. Und sag mal, hast du ein Halstuch?«

»Klar, wieso?«

»Frag nicht, gib's mir einfach. Und sobald die Läden wieder offen sind, muss ich hoch nach Sepiana. Kannst du mir deine Vespa leihen?«

»Öhm, ja, schon, aber ich denke, du hast keinen Führerschein mehr.«

»Als würde das in Italien jemanden interessieren«, sage ich. »Und außerdem – wenn die Bullen jemanden anhalten, der einen Pimmel auf der Stirn hat, dann ist der fehlende Führerschein noch das geringste Problem.«

Cinque

Mein Penis ist weg. Oder: so gut wie verschwunden. Man sieht ihn jedenfalls nur noch schemenhaft. Schon faszinierend, wie schnell das geht. Und da muss man der Forschungs- und Entwicklungsabteilung von L'Oreal auch wirklich mal ein großes Kompliment machen. Sie hat meine Würde gerettet.

Ich hatte mir gestern Nachmittag Matteos Halstuch um die Stirn gebunden und am Hinterkopf zusammengeknotet. So wie ich es im Sommer auch beim Tennis gelegentlich mache, damit mir der Schweiß nicht in die Augen tropft. Zugegeben, als ich den Drogeriemarkt oben in Sepiana betrat, werde ich trotzdem einigermaßen lächerlich ausgesehen haben – ein bisschen wie Pat Cash, nur als Volltrottel halt. Aber ohne dieses Tuch hätte ich auf Maria, wie das Namensschild die Verkäuferin auswies, sicher noch sehr viel lächerlicher gewirkt.

Allein mein zweiter Wunsch war schon absurd. Das mit dem Rescue Balsam gegen den Sonnenbrand war ja in Anbetracht meines knallroten Gesichts noch offensichtlich und also nachvollziehbar, aber als ich nach einer »*lozione per abbronzare automaticamente* oder so« verlangte, sah mich Maria an, als käme ich aus einer fernen Galaxie. Mitten im Sommer ausgerechnet in Süditalien Selbstbräuner kaufen zu wollen ist ungefähr so, als würdest du Eskimos im Dezember um Eiswürfel bitten.

»Aspetta«, sagte Maria. Sie lief nach hinten, vermutlich ins Lager. Vielleicht aber auch ins Büro, um ihren Kolleginnen zu erzählen, was für ein unfassbarer Depp sich da schon wieder zu ihnen verirrt hatte. Jedenfalls kamen sie zu dritt zurück und präsentierten grinsend eine Tube »Man Expert Hydra Energy.«

»Ecco, l'autoabbronzante«, sagte Maria, und sie sagte auch, dass ich schon nach wenigen Stunden das erste Resultat sehen würde.

Später bin ich noch ein bisschen durchs *centro storico* gebummelt, und was mich wieder überrascht hat: Am Abend pulsiert hier aller Wirtschaftskrise zum Trotz immer noch das Leben wie am Wochenende in der Düsseldorfer Altstadt. Die Musik aus den Bars und kleineren Pizzerien drang hinaus auf die engen, kopfsteingepflasterten Gassen und vermischte sich zu einem merkwürdigen, federleichten Klingklang-Mischmasch aus 80er-Italo-Pop, Eurotrash und lässigem Chillout-Sound.

Die Altstadt von Sepiana ist so verwinkelt wie ein Labyrinth und fällt sanft zum Meer hin ab. Eltern quälen sich mit ihren über den altertümlichen Boden hoppelnden Kinderwagen durch die gemächlich flanierenden Urlauber oder zerren ihre quengelnde Brut von all diesen sündigen Eisständen weg, die hier an jeder Ecke »Kauf mich, probier mal« flüstern.

Alles so vertraut hier. Neben dem Tiroler Bergdorf, in dem wir unsere Wochenenden verbringen, ist Sepiana trotz aller anfänglichen Skepsis auch für mich eine dritte Heimat geworden. Eine Heimat, die ich verdammt noch mal aufs Spiel gesetzt habe. Ich bummele durch die Gassen und spüre so eine eigenartige Mischung aus gewohnter Behaglichkeit und dem Gefühl, hier eigentlich nicht mehr herzugehören. Verstoßen zu sein.

Die Dämmerung wird durch die funzeligen Laternen sanft ausleuchtet, wie mit einem Weichzeichner. Vor den meisten Läden stehen Verkäuferinnen und rauchen gegen ihre Langeweile an; dann und wann müssen sie ihre Kippe wegschmeißen, wenn doch mal ein Kunde reinkommt, der sich hinterher aber leider eben nicht als Kunde herausstellt, sondern als Streuner, der nur mal gucken wollte. Und wenn die Mädels dann wieder auf der Gasse stehen, sieht man ihnen an, was sie denken: *Merda*, dafür die gute Zigarette nur halb geraucht.

Überall bekannte Gesichter, die mich in meiner Dödel-Aufmachung aus Touristen-Shorts, gefälschtem Lacoste-Polo, Kopftuch unterm Fritz-Berger-Kapperl Gott sei Dank nicht mehr erkennen. Inzwischen gibt es in Sepiana beinahe so viele Ex-Hippies wie auf Ibiza, und in der Altstadt verkaufen sie in winzig kleinen Läden Batik-T-Shirts, die schon Anfang der 90er Jahre eigentlich zu peinlich waren. Alternativ bieten sie die Produkte ihrer Nackttöpfer-Kommune irgendwo im Landesinneren an.

Mein Lieblingshandwerker ist ein langhaariger Endvierziger, der tagaus, tagein vor einem Läd chen für Schnitzkunst mit einem großen Spachtel, manchmal auch mit einem Metallkeil Holzklötze bearbeitet. Seit Jahren trägt er die gleichen Klamotten, was als Indikator für seinen geschäftlichen Erfolg eher deprimierend ist: eine ausgebeulte Yogahose und Flip-Flops und selbst am Abend noch die obligatorische Sonnenbrille im Haar. *Fatto al mano*, Handarbeit, soll seine Show hier draußen suggerieren, obwohl selbst Hilde aus Herne wahrscheinlich längst ahnt, dass die ganzen Holztellerchen und Vasen und der restliche Tinnef komplett *fatto in China* sind. Oder Vietnam.

Und dann gibt es da noch ein kleines Geschäft im Souterrain, in dem ein deutscher Aussteiger meiner kleinen Linda jedes Jahr ihr gesamtes Taschengeld abknöpft für südostasiatischen Plunder. Der Laden ist finster wie eine Hamburger Hafenspelunke, und nur hier und da wird der bewusstseinserweiternde Duft der Räucherstäbchen von Ledergürteln überlagert, die immer noch nach brünftigem Ziegenbock stinken. Vielleicht wurde das arme Tier ja mitten im Geschlechtsakt abgeknallt.

Im Prinzip geben wir Linda das ganze Jahr über ihr Taschengeld nur, damit sie es in diesen Laden tragen kann. Jedes Mal investiert sie ihre gesamten Ersparnisse in kleine Notizhefte in einem Baumwolleinband mit eingenähten Spiegelchen oder Armreifen mit esoterischen Sprüchen drauf. Zeug, das ich auf Basaren in Pakistan oder Afghanistan für nicht mal ein Zwanzigstel dieser Preise gesehen und gekauft und mitgebracht habe. Aber Linda findet, das ist nicht das Gleiche. Das Geschäft hier ist ihr Sehnsuchtsort, viel größer als jeder Spielzeugladen oder Disneyland.

Am Ende meiner *passegiata* hockte ich mich mit Pizza al Taglio auf die Treppenstufen eines kleinen Hauses, von dem aus man wunderbar auf Sepianas Marina und das Meer hinunterblicken kann. Die Lichter der Promenade reflektierten im Wasser, die sanften Wellen ließen sie tanzen. Ich hatte mir gleich zwei Stücke gekauft: Schafskäse mit Pinienkernen, getrockneten Tomaten und Rucola und eines mit

Gorgonzola und Birne. Und es schmeckte wunderbar, und der warme leichte Wind und die Lichter im Wasser … Völlig falsch fühlte sich das gar nicht mehr an.

So frisch und fit wie heute Morgen habe ich mich jedenfalls schon seit meiner Ankunft in Sepiana nicht mehr gefühlt. Ich stehe am Waschbecken in meinem Kämmerchen, putze mir die Zähne und betrachte mein Gesicht. Es wirkt glatt, gesund, beinahe dynamisch. Das liegt nicht zuletzt daran, dass ich gestern schon um zehn ins Bett geschlichen war – mein permanenter Alptraum ist ja, schon jetzt Lena oder irgendwelchen gemeinsamen Bekannten über den Weg zu laufen. Deshalb pirsche ich mich immer vorsichtig an den Trabucco an, blicke mich um und gleite um Ecken wie die Kommissare im »Tatort«. Und diesen herrlich windschiefen Flachdachbau betrete ich grundsätzlich nur durch den Lieferanteneingang.

Gestern Abend, als ich mit Matteos Vespa zum Trabucco zurückknatterte, stand ich ebenso vor dem Spiegel und war zunächst ein wenig überfordert. In der einen Hand eine Tube After-Sun-Rescue-Balsam, die Feuerwehr unter den Cremes, nur sehr viel effektiver, hatte Maria gesagt. In der anderen den Selbstbräuner. Ich musste also mit der Après-Lotion so exakt wie möglich um den Penis herumcremen, um das Rot in sattes, gesundes Braun zu verwandeln. Und dann den Selbstbräuner auf die weiße Stelle und hoffen, dass sich das Ganze farblich irgendwie angleicht. Ein bisschen wie in Lindas »Malen nach Zahlen«-Heften. Oder wie beim Anstreichen, wenn du Teile der Wand vorher abklebst. Aber für handwerkliche Aufgaben war in unserer Ehe ja immer Lena zuständig gewesen.

Jeden Morgen um halb elf ist Task-Force-Meeting am Trabucco, dem OP Adlerhorst. Die große Lage. Analyse der bisherigen Aktionen, die weitere Strategie anpassen. Ich gehe die Checkliste durch: Die Beurteilung des Geländes und weiterer Umweltbedingungen haben wir gestern schon abgeschlossen. Nun gilt es, die Feindlage einzuschätzen, seine vermuteten Absichten und Handlungsmöglichkeiten.

Die Jungs amüsieren sich königlich, als sie mich mit dem Stirnband sehen. Ein, zwei Selbstbräuner-Behandlungen werde ich wohl noch brauchen, bis das Genital endgültig von meiner Stirn verschwunden ist; im Moment ist es noch ein wenig karottig orange. Anfangs versuche ich noch, den Beleidigten zu geben, aber sie nehmen meine gespielte Empörung ohnehin nicht ernst.

Helmut ist mit einem großen Rucksack aufgekreuzt, auf dem »Schwäbisches Turnfest 1998« steht. Aber als er mit wichtiger Geste den Reißverschluss öffnet, kommt er mir eher vor wie ein Weihnachtsmann, der sich in der Jahreszeit geirrt hat.

»Schaut mal, was ich gestern Nachmittag noch im Elektroladen oben am *corso* gefunden habe«, sagt er und zieht drei kleine Pakete aus der Tasche, auf denen »Motorola« steht und: *Ricetrasmittenti (portata fino a 6 km)*.

»Du hast Funkgeräte gekauft?« Matteo schaut ihn an, als habe unser Bürgermeister, den er ja bislang nur als Prototyp des deutschen Spießers kannte, endgültig den Verstand verloren. »Was willst du denn damit?«

»Ganz einfach«, sagt Helmut, »auf dem Campingplatz gibt es keinen Handyempfang. Mit den Dingern hier können wir jederzeit kommunizieren. Die reichen sechs Kilometer weit, also theoretisch sogar bis rüber in die Altstadt von Sepiana. Luftlinie sind das gerade mal drei. Hat jedenfalls der Verkäufer gesagt.«

»Gib mal her!« Herbert setzt einen skeptischen Blick auf. Die Walkie-Talkies kommen im Doppelpack; er wiegt eines in seiner linken Hand, als könne er allein am Gewicht dessen Funkqualität beurteilen. Zuzutrauen ist es ihm. Der Mann geht auf die 70 zu, kauft sich aber zuverlässig jedes Jahr das neueste iPad-Modell, und sein 250 000-Euro-Wohnmobil kann er größtenteils übers iPhone bedienen. Wäre vielleicht mal ganz lustig zu sehen, wie wohl seine Frau reagiert, wenn er vom Trabucco aus kurz die Fußbodenheizung in seinem Caravan anknipst oder die Trittleiter vom Eingang rauf- und runterfahren ließe. Ist angeblich alles möglich.

»Also«, sagt der Bürgermeister, »wir brauchen Codenamen, falls sich jemand auf unsere Frequenz verirrt – auf einem Campingplatz weißt du ja nie. Und hier ist die Liste mit den Tarnnamen.«

Wahrscheinlich hat er die ganze Nacht darüber gebrütet.

»Markus, du bist Adlerauge. Ist ja klar. Matteo, dein Name ist Seezunge, capito? Für Herbert habe ich Big Elephant vorgesehen, Willi ist Wildschwein und ich Fuchsbau.«

Fuchsbau hat doch tatsächlich handschriftlich vier Zettel angefertigt, auf denen unsere Codenamen stehen. Die verteilt er jetzt. Ich grinse den kopfschüttelnd staunenden Matteo an, der jetzt mal einen Crashkurs in deutscher Gründlichkeit bekommt.

»Kein Wunder, dass euer Land nie pleitegeht«, sagt er.

Willi wirkt ein bisschen sprachlos. Das kenne ich so von ihm gar nicht. »Was ist los mit dir, alter Freund?«, frage ich.

»Wie kommst du auf Wildschwein«, fragt er Helmut ein bisschen beleidigt.

»Na, ist doch klar. Willi – Wildschwein, kapiert?«, sagt der Bürgermeister.

Für diese assoziative Logik braucht Willi erst mal eine Weile.

»Ich glaube, es ist keine Anspielung auf deinen Bauch, falls du das meinst«, beruhige ich ihn. Bevor hier noch erste Unstimmigkeiten in der Truppe entstehen.

Herbert erzählt, dass er und Willi den Berggorilla Sandro gestern keine Sekunde aus den Augen gelassen hatten. »Und als er duschen war«, betont Herbert mit triumphaler Stimme, »haben wir zugeschlagen.«

»Und wie?«, frage ich.

Sie haben seine Sonnencreme manipuliert, erklärt Willi.

»Mit solchen Scherzen kennt ihr euch ja aus«, sage ich.

»Ja, aber das hier ist sehr viel gemeiner«, sagt der Bürgermeister, der schier platzt vor Stolz auf seine Idee. Auf seine Heimtücke. Sie haben mit den OP-Handschuhen, die sie aus den Verbandskästen ihrer Autos geholt hatten, Blätter von einem Strauch geerntet. Und während Sandro duschen war, mischten sie an seinem Wohnwagen die fein und klein gehackten Blätter in seine Sonnencreme.

»Und warum?«, frage ich.

»Diese Pflanze, ich habe vergessen, wie sie heißt, enthält Psoralen«, doziert Helmut, und ich kann mir gut vorstellen, wie er früher auf seine Schüler gewirkt haben muss. »Das ist ein Stoff, der die Wirkung von Sonnencreme komplett verkehrt. Statt zu schützen zieht die Creme das UV-Licht jetzt an. Und zwar hochaggressiv.«

»Woher weißt du denn so was?«

»Ich habe mich mal fürchterlich an einem Arm verbrannt, mit dem ich diesen Busch gestreift hatte. Na ja, und dann habe ich halt mal gegoogelt, ob das wirklich von einer Pflanze stammen kann. Und später habe ich noch einen befreundeten Dermatologen gefragt, ob das möglich ist. Da gibt es jede Menge Pflanzen, vor allem hier in Süditalien.«

»Und Sandro hat nichts gemerkt?«

»Für ihn war es wohl in Ordnung«, sagt Willi, »ich habe gesehen, wie er sich damit eingecremt hat.«

»Jetzt dürfte er wohl roter sein als ein Hummer«, meint Herbert. »Sein Aussehen sollte also kein Problem mehr für dich sein. Und seine Muskeln am Strand herzuzeigen, kann er auch vergessen.«

O Mann. Was habe ich da bloß angerichtet? Erstens, was habe ich mit meiner bescheuerten Fremdgeherei meiner Familie angetan? Und warum ziehe ich nun noch so einen tumben Südtiroler Bauernlümmel da rein? Andererseits: Was baggert der auch meine Frau an? Und vor allem: Dieser Mistkerl hat mir in aller Öffentlichkeit die Hosen runtergelassen. Das rechtfertigt eigentlich noch fiesere Aktionen.

»Okay«, sage ich, »und was gibt's Neues von Lena?«

»Hab sie eben noch im Mercato getroffen«, berichtet Willi, »eigentlich alles ganz normal. Nur eines fand ich komisch. Sie hat sämtliche Quark-Bestände aufgekauft.«

Seltsam. Aber nun gut. Matteo verabschiedet sich aus unserer konspirativen Runde, weil er sich dann doch mal auf den Mittagessen-Ansturm vorbereiten will. Wir machen derweil die Walkie-Talkies startklar und einen ersten Testlauf, für den wir uns wie die Kinder rund um den Trabucco verteilen. Die Geräte funktionieren tadellos, und die Jungs machen sich auf den Weg nach unten. Ich wette, dass ihre Frauen allmählich misstrauisch werden.

Ich setze mich unter den Sonnenschirm auf meinen Beobachtungsposten und schaue melancholisch meinen Kiddies beim Spielen zu; Lena liegt in der Sonne und döst. Über dem »Grande Paradiso« hängen die Rauchschwaden in der Luft, die verbrannte Schweine produzieren. Es ist gute deutsche Sitte und Praxis, rund um die Uhr Nackensteaks aufs Feuer zu legen. Manche importieren die sogar tiefgefroren aus der Heimat – allerdings haben die örtlichen Metzger sich längst auf den deutschen Geschmack eingestellt. Sogar inklusive der Marinaden. So werden sie auch welkes Fleisch noch los.

Nach einer ganzen Weile der akuten Ereignislosigkeit besorge ich mir von Matteo die »Gazetta dello Sport«, blättere abwechselnd durch die Fußballseiten und die Wörterbuch-App auf meinem Telefon, um wenigstens einigermaßen den Inhalt nachvollziehen zu können.

Eine halbe Stunde mag vergangen sein, vielleicht auch länger, als ein *chrött, chrött* aus dem Funkgerät, das ich mit einem Clip an meinem Hosenbund befestigt habe, mich aus meiner Lektüre reißt.

»Fuchsbau an Adlerauge, *chrött, chrött*, Fuchsbau an Adlerauge, kommen!«

»Fuchsbau, ich höre«, sage ich mit beängstigender Ernsthaftigkeit. Mir ist schon lange nichts mehr peinlich.

»Hier Fuchsbau, Zielperson B bei Zielperson A eingetroffen.«

»Hä?«

»Zielperson B bei Zielperson A«, wiederholt der Bürgermeister stoisch.

»Was zum Teufel soll das heißen?«, frage ich.

»Berggorilla zu Besuch bei Badenixe«, flüstert Helmut ebenso leise wie kryptisch.

Ich nehme mein Fernglas und sehe Helmut, wie er vor seinem Wohnwagen am Strand steht und in sein Walkie-Talkie spricht. Dann schaue ich zu Lena rüber und traue meinen Augen nicht. Sie hat unter dem Sonnensegel eine zweite Liege aufgebaut. Das war mal *meine* Liege. Und genau darauf liegt jetzt dieser Sandro, dessen abenteuerlich verbrannten Rücken Lena gerade mit einer massiven Schicht Quark einreibt. Ich kann sein Gesicht nicht sehen, aber ich ahne, dass er genussvoll die Augen geschlossen hat. Wie bei der Massage.

Die Kinder kommen vom Strand zurück, und soweit ich das erkennen kann, machen sie beide ein besorgtes Gesicht. Wo immer auf der Welt ein Leid geschieht – Linda nimmt es an, als wäre es ihr eigener Schmerz. Wenn sie abends die Logo-Nachrichten auf KIKA anschaut und Bilder von irgendwelchen Katastrophen, würde sie am liebsten sofort beim Roten Kreuz anheuern. Jetzt also steht ausgerechnet Sandro im Zentrum ihrer nächsten Empathie-Welle. Sie geht jetzt vor ihm in die Hocke und redet auf ihn ein und nickt dabei tröstend und verständnisvoll.

Vielleicht hätte der Bürgermeister doch ein Babyphone auf dem Stellplatz verstecken sollen, dann wüssten wir jetzt wenigstens, was da geredet wird.

Ich sehe, wie Luca in den Wohnwagen geht und mit einer Flasche *aranciata* wieder rauskommt; er holt ein Glas und serviert diesem Kerl eine Erfrischung. Das darf doch nicht wahr sein. Dieser schmierige Drecksack lässt sich auch noch bedienen. Und zwar von meiner Familie. Von meinem Söhnchen! Gibt's das denn? Das haben die früher für mich nicht mal gemacht, wenn ich mit Fieber kurz vorm Delirium auf dem Sofa lag.

Na Servus, die Nummer ist voll nach hinten losgegangen.

Ich funke Bürgermeister Helmut an. »Adlerauge an Fuchsbau.«

»Was gibt's, Adlerauge?«

»Sabotage-Akt zum Bumerang geworden«, sage ich kurz und knapp.

»Schon gesehen«, bestätigt Helmut, »Plan B?«

»Nein, habe ich nicht. Aber es ist Zeit für die Bodentruppen. Du gehst nachher mal zu Zielperson A rüber und horchst sie ein bisschen aus, okay? Einfach ein bisschen ins Gespräch verwickeln und rausfinden, was es mit diesem Alpen-Affen auf sich hat. Ganz dezent.«

»Roger, Adlerauge, wird erledigt, sobald Zielperson B verschwunden ist.«

Das Dezente traue ich unserem Bürgermeister dann doch eher zu als Willi – in Sachen Rhetorik ist der ungefähr so tollpatschig wie ich mit Werkzeug.

Am frühen Nachmittag kommt die ganze Mannschaft am Trabucco zur Krisensitzung zusammen. Herbert und Willi prosten einander zu; im Gegensatz zu den anderen halte ich mich fürs Erste vom Bier fern. Wer weiß, ob die Jungs, was mich betrifft, tatsächlich mit ihren Bestrafungen durch sind. Matteo hat heute zum ersten Mal sein Radioprogramm auf »Ibiza Sonica« umgeschaltet, wo sie gerade die Session irgendeines britischen Star-DJs aus dem »Ushuaia Beach Club« übertragen. Und ich werde wieder sentimental: Vor ein paar Jahren war ich mit Lena mal ein verlängertes Wochenende dort; ein Freund von uns hatte einen runden Geburtstag auf Ibiza gefeiert. Es war das letzte Mal, dass wir etwas allein unternommen haben. Als Mann und Frau und nicht als Papa und Mama.

Lena und ich hatten uns immer wieder vorgenommen, noch mal für ein langes Wochenende ins »Ushuaia« zu fliegen. Nur wir zwei. Sollte das hier alles ein gutes Ende nehmen, werde ich sie mit zwei Flugtickets überraschen. Dafür müsste dieser Irrsinn allerdings ein sehr, sehr gutes Ende nehmen.

Helmut ist immer noch nicht darüber hinweg, dass unsere Strategie dermaßen in die Grütze gegangen ist. Aus Lena war kaum etwas rauszukriegen; nur so viel: Sandro ist einer ihrer alten Surfer-Freunde von früher. Einer, der in den Achtzigern mit seinen Eltern anscheinend auch jeden Urlaub im »Grande Paradiso« verbracht hat und jetzt das erste Mal seit Jahren mit deren Wohnwagen wieder hierhergekommen ist. Allein.

»Ich hab den Typen noch nie gesehen«, sagt Matteo, »als Surfer kann der nix draufhaben, sonst würde ich den kennen.«

So nett das auch gemeint ist, so richtig trösten kann mich Matteos Einwurf nicht. Helmut hat recht, wir brauchen dringend einen Plan B.

»Also«, sage ich, »der Typ leuchtet wie eine Strandboje, aber Lena lacht ihn nicht aus, sondern er tut ihr auch noch leid. Scheinbar spielt das Aussehen für sie keine große Rolle ...«

»Wundert dich das?«, unterbricht mich Matteo und lacht, »ich meine, schließlich war sie lange genug mit dir zusammen.«

»Das wird sie hoffentlich auch bald wieder sein. Eigentlich hätte ich das auch wissen können – Äußerlichkeiten sind Lena ziemlich wurscht. Sie sagt immer: Frauen müssen Männer riechen können.«

»Dass er regelmäßig duscht, haben wir gestern ja überprüft«, sagt Herbert.

An Willis Gesicht sehe ich, wie es in ihm arbeitet. Die Sache mit dem Geruch hat ihn auf irgendwas gebracht – schließlich sind Gas, Wasser, Scheiße ja sein Metier, also kennt er sich bestens aus mit olfaktorischen Belästigungen aller Art. Er räuspert sich kurz, dann sagt er: »Leute, ich weiß, was wir machen. Hähähä, spätestens morgen Abend reist der Typ ab. Hundertprozentig!«

Sei

Ein tolles Bild geben wir ab. Drei Rentner mit Sonnenhüten, und der Bürgermeister hat wieder auf seine bewährte Wüstenfuchs-Uniform zurückgegriffen. Dazu ich mit meiner Baseballkappe, unter der ein neues Halstuch aus Matteos Kollektion hervorlugt, das ich mir um die Stirn gebunden habe. Mit unseren Körbchen, die wir in einem der Touristenläden in Sepiana gekauft haben, könnten wir uns im Tiroler Herbst wunderbar unter die Pilzesammler mischen. Wir aber laufen die Wasserkante am Dorfstrand ab und klauben totes Meeresgetier aus dem Sand.

Die Nachmittagssonne brennt erbarmungslos auf uns herab, und ich möchte gar nicht wissen, wie es mir jetzt erginge, wenn ich mir wie die anderen vorher noch ein paar Bierchen genehmigt hätte.

»Wie bist du eigentlich auf die Idee mit den Schnecken gekommen?«, will Helmut wissen, und Willi errötet jetzt vor Scham. Eine Gefühlsregung, die ich bei ihm noch nie zuvor beobachtet habe.

»Willst du die ganze Wahrheit wissen?«, grätsche ich verbal dazwischen. Übrigens sehr zu Willis Erleichterung. »Es ist ein bisschen peinlich.«

»Die ganze Wahrheit, auch wenn's weh tut«, entgegnet der Bürgermeister lachend. Der hat keine Ahnung.

»Okay, du erinnerst dich, wie wir uns … na ja, äh … kennengelernt haben?«

»O ja, wie sollte ich das vergessen? Ich war dreimal bei der Direktion, um dich vom Campingplatz schmeißen zu lassen. Und Lena hat dich jedes Mal gerettet.«

Ich hatte in eine Familie von Campingfans eingeheiratet, und unsere Hochzeitsreise war zugleich mein erster Wohnwagenurlaub. Aus der Nummer kam ich natürlich nicht mehr raus, weil es schließlich ein Geschenk meines Schwiegervaters war. Ich glaube, er wollte mich damit auf die Spuren seiner Sippe schicken.

Jedenfalls bin ich damals in den ersten Tagen knietief in so ziemlich jedes Fettnäpfchen getrampelt, das sich auf einem Campingplatz so bietet. Und zwar volles Karacho und mit beiden Beinen. Zuerst stieß ich versehentlich Helmuts wertvolle Satelliten-Anlage um, was auf seinem Fernseher zu einem kompletten Blackout führte. Dummerweise mitten in der Übertragung eines Fußball-Länderspiels.

Beim nächsten Match ein paar Tage später verursachte meine mindestens so laienhafte wie abenteuerliche Dreierstecker-in-Dreierstecker-in-Dreierstecker-Konstruktion einen Stromausfall, der die gesamte *Zona Dragone* in absolute Finsternis tauchte. Zu meiner Entschuldigung muss man aber sagen, dass der Elektriker des »Grande Paradiso« in der Halbzeitpause den Schaden mit ein paar Handgriffen wieder behoben hatte.

Ach ja, und dann erwischte mich Helmut eines Nachts auch noch beim Wildpieseln, weil ich zu faul war, bis zum Toilettenhäuschen zu latschen. Da war natürlich eine Grenze überschritten. Er als Bürgermeister und Blockwart in einer Person nahm das als persönlichen Affront. Und von da an waren wir ein bisschen wie Tom & Jerry, der Helmut und ich, und weil ich meine massiven Zweifel an der Legitimität seines *Zona-Dragone*-Regimes nicht für mich behalten wollte, versuchte ich, die anderen Camper zur Revolte anzustacheln.

Am Ende hatte sich der Zwist – wie so vieles im Leben – von selbst erledigt. Wir hatten als Campingplatz-Nationalmannschaft ein Freundschaftsspiel mit den Jungs aus dem Dorf vereinbart, und Helmut erwies sich nicht nur als gewiefter Trainer, sondern als ein im Grunde seines Herzens erstaunlich netter Kerl. Und so blieb er von unserer kleinen Guerrila-Truppe verschont, zu deren Strategie eigentlich kleine Sabotage-Akte gehörten. Wie eben diese Sache mit den Schnecken.

Das war den anderen damals aber zu heftig; vor allem Willi hatte immer wieder darauf verwiesen, dass ein echter Camper so was nicht mache. Von wegen Ehre und so. Umso verbluffender, dass er sich erstens jetzt wieder daran erinnert. Und zweitens es auch noch vorschlägt.

Aber: Im Krieg um die Liebe ist alles erlaubt.

»Tote Meeresschnecken trocknen bei dieser Hitze innerhalb kürzester Zeit«, erkläre ich dem Bürgermeister, »und wenn deren Fleisch zu faulen anfängt, stinkt das erbärmlicher als jede mittelalterliche Kloake.«

»Und dann?«, will Helmut wissen.

»Laden wir sie bei unserem Freund Sandro unterm Wohnwagen ab.«

»Hohoho«, macht Herbert. Entweder, er ist ein

scheinheiliger Schleimer, oder sein Langzeitgedächtnis ist schwächer als Willis. Schließlich gehörte Herbert damals auch unserem Verschwörerzirkel wider den Bürgermeister an. Glaube ich jedenfalls.

Die Schnecken sind vielleicht fünf bis acht Zentimeter groß und lassen sich wie Golfbälle rollen. Sozusagen organische Stinkbomben. Die Idee stammt ursprünglich von meinem Schwiegervater. Der ist emeritierter Biologieprofessor und einer der größten lebenden Experten für alles, was kreucht und fleucht. Aber auf diese Schnecken-Geschichte kam selbst er nur zufällig. Er fährt jedes Jahr schon Ende April ins »Grande Paradiso«. Ist so ein Tick von ihm: Er will immer der erste Gast sein. Quasi Grand Opening nur für sich allein. Der Emeritus als Eremitus, nennt er das auf seine ulkige akademische Art.

Und dann macht er immer ein bisschen auf Robinson Crusoe: Lässt die Haare wachsen, rasiert sich eigentlich gar nicht mehr, bastelt Halsketten aus irgendwelchem Zeug, das er am Strand findet. Und vor allem: Er sammelt allerlei Treibgut, um seine Parzelle zu dekorieren. So auch die Schnecken. Aber als die ersten warmen Tage dann die Viecher trockneten, war er bloß froh, noch keine Nachbarn zu haben.

Ich sage: »Achtet bei den Schnecken darauf, dass ordentlich Fleisch drin ist. Leere Krusten können wir nicht brauchen.«

Wir verteilen uns über den ganzen Strand, beobachtet von den irritierten Urlaubern, die im Schatten ihrer 12-Euro-Miet-Sonnenschirme rumgammeln und uns wahrscheinlich für Vollspinner halten. Aber ich bin beeindruckt von der Effizienz unserer kleinen Gang: Das geht zack, zack. Nach gut eineinhalb Stunden haben wir ein paar Dutzend Schalentiere beisammen und klatschen einander ab. Normalerweise sollte das reichen, um eine ganze Kleinstadt zu verpesten.

Die Jungs haben mich am Trabucco abgeladen, allmählich bricht der Abend herein. Ich sehe mich um: niemand da, den ich kennen müsste. Oder: der mich kennt. Die meisten Tische sind schon jetzt besetzt. Die 18-Uhr-Schicht. Wenn sie genug essen oder trinken, werden sie noch in den Genuss des sagenhaften Sonnenuntergangs kommen; spätestens gegen 20 Uhr schaut Matteo, dass er allmählich die nächste Schicht durchschleusen kann. Und wenn's richtig gut läuft, kriegt er ein und denselben Tisch sogar noch mal besetzt – mit den Locals, die aus Sepiana und sogar der weiteren Umgebung rüberkommen. Das ist letztlich die kulinarische Grundlage des guten deutsch-italienischen Verhältnisses in Sepiana: dass die Einheimischen erst dann essen gehen, wenn der Teutone längst satt und abgefüttert ist.

Dieses Prinzip des Drei-Schicht-Betriebs hatte ich erstmals um die Jahrtausendwende in New York bei einem belgischen Starkoch kennengelernt. Damals hat man mindestens zweieinhalb Monate auf eine Reservierung gewartet, und nach zwei Stunden haben sie einem dann unaufgefordert und kommentarlos die Rechnung auf den Tisch gelegt, falls man nicht noch irgendwas wirklich Spektakuläres nachbestellt hat. Inzwischen hat der Mann fünf oder sechs Restaurants in der ganzen Stadt – die Preise haben noch mal heftig angezogen, dafür kocht der Chef im Prinzip nicht mehr selbst. Es sei denn, er kann Zellteilung vollziehen und überall gleichzeitig am Herd stehen.

Aus der Trabucco-Küche höre ich jetzt Gloria schimpfen, Matteos Mutter, die hier immer noch als eine Art superstrenger Supervisor den Mitarbeitern auf die ungeschickten Finger schaut. Vor allem die legendären *melanzane ripiene* – mit Ei und Semmelbrösel gefüllte Auberginen in Tomatensauce nach Geheimrezept *della casa* – kontrolliert sie mit Argusaugen. Erstens geht es dabei um den guten Ruf des Hauses. Und zweitens sollte es schon schmecken, wenn man den Leuten knapp zehn Euro für eine halbe Aubergine abknöpft.

Als ich in die Küche komme, trägt Matteo sein volles Sterne-Koch-Ornat: weiße Schürze, in die sein Name und darüber »Ristorante al Trabucco« eingestickt ist; dazu eine mächtige Mütze. Die Ärmel seines porentief reinen Hemdes hat er mit Schonern auf Dreiviertellänge hochgezogen. Das hat so etwas wunderbar Operettenhaftes, wie man es sich wohl auch nur in Italien erlauben kann.

Ich erzähle ihm von unserem Strandausflug und dem darauf basierenden Plan. Matteo lässt vor Lachen die Schöpfkelle in den Tomatensaucen-Topf fallen.

»Das wollt ihr nicht ernsthaft machen, oder? Bei der Hitze im Moment fangen die spätestens morgen Nachmittag so brutal an zu stinken, dass denen da unten die Luft wegbleibt.«

»Aber doch nur an Sandros Wohnwagen.«

»Ey, hast du schon mal so eine trockene Schnecke gerochen? Wenn ihr da zwanzig, dreißig Stück hinkippt, brauchen sie im Umkreis von fünfzig Metern Atemmasken.«

Hm, vielleicht sollten wir aus Rücksicht auf Sandros Nachbarn die Dosis geringfügig reduzieren.

Andererseits: Kollateralschäden kann man nun mal nicht immer und überall ausschließen.

»Maaaa-ttä-oooo!!!« Glorias Stimme. Ein veritabler Sturzbach knackiger Kommandos und Flüche reißt Matteo aus unserem kurzen Gespräch. Wenn ich das richtig verstanden habe, soll er endlich aufhören zu labern und stattdessen arbeiten. Armer Kerl: Da kannst du noch so sehr Chef deines eigenen Lokals sein – wenn *la mamma* Ansagen macht, bleibt dir nichts weiter, als die Hacken zusammenzuschlagen.

Gino, der alte Fischer, sitzt an seinem Austragstisch, die treuen Hunde zu seinen Füßen. Im Fernsehen läuft irgendeine Soap-Opera. *»Buona sera«*, sage ich im Vorbeigehen und ehrlicherweise auch ein bisschen alibimäßig.

»Hey, ciao, Marco«, sagt er plötzlich, und ein Lächeln huscht über sein von Sonne und Salzwasser gegerbtes Gesicht, *»sedi ti.«*

Es ist das erste Mal, das ich ihn überhaupt reden höre. Bisher dachte ich immer, es sei eine Eigenart, die süditalienische Fischer mit ihren norddeutschen Kollegen gemein haben: die Schweigsamkeit. Natürlich setze ich mich, sehr gern sogar.

»What's da problem with you and Lena?«, fragt er mich auf Englisch.

Ich bin völlig baff. Er kann nicht nur sprechen, sondern sogar Englisch, freilich mit so einem putzigen Roberto-Begnini-Akzent.

Nachdem ich ihm einen groben Abriss all meiner Verfehlungen gegeben habe, fängt er an, ein wenig von sich zu erzählen. Davon, dass seine Vorfahren schon kurz nach dem Ersten Weltkrieg als die absoluten Spezialisten in Süditalien galten, wenn es darum ging, irgendwo an der Küste einen Trabucco zu errichten.

»Diesen hier«, sagt er, »haben sie Anfang der dreißiger Jahre gebaut.« Gino war noch ein kleiner Junge damals, und als er von seinem Vater den Job übernehmen sollte, ist er davongerannt. Einfach ins Flugzeug gestiegen, mit zwei Koffern und einer diffusen Sehnsucht und Hoffnung, nach Kanada, sein Glück machen, im gelobten Land der Einwanderer.

Die Gloria, seine reichlich verdutzte und ziemlich verzweifelte Verlobte, ließ er zurück, allerdings, und nun hebt er mahnend den Zeigefinger, nicht ohne das Versprechen, sie sofort nachzuholen, sobald er sein Glück tatsächlich gefunden hätte.

»Dat's de difference«, sagt er. Im Sinne von: Du kannst gerne ein egoistischer Arsch sein und deiner Selbstverwirklichung hinterherjagen, sofern du euer gemeinsames Leben verbessern willst.

In Ginos Fernsehprogramm geht's jetzt hoch her. Das lenkt mich leider ein bisschen ab. Die Soap-Opera spielt ganz offensichtlich irgendwo in Südamerika. Ein schnurrbärtiger feister Kerl im prunkvollen Gewand eines Großgrundbesitzers wird, wenn ich das alles richtig verstehe, als Vergewaltiger des wunderschönen Hausmädchens überführt. Sehr viel Geschrei, noch mehr falsche Tränen. Warum, um alles in der Welt, schaut sich ein süditalienischer Mann so was an?

Vielleicht ist es das Überbleibsel seiner früheren Sehnsucht nach der weiten Welt. Mit dem Glück hat es ja nur mäßig geklappt. Er schlug sich in Toronto einigermaßen tapfer durch; in einer Stadt, in der heute fast mehr Einwanderer leben als Menschen, die tatsächlich in Kanada geboren wurden. Und er holte Gloria sogar nach, wenn auch nur für ein Jahr. Dann wurden sie letztlich beide schier krank vor Heimweh nach den kleinen windschiefen weißen Häuschen Sepianas, nach dem betörenden Duft von Oleander und Maggikraut und dem Geschmack von Salz auf der Haut und frischem selbstgefangenen Fisch auf dem Teller.

Ende der sechziger Jahre war er wieder zu Hause. In einer Gegend am äußersten Zipfel Apuliens, die vom gesellschaftlichen Umbruch jener Zeit und von der Hippiebewegung irgendwie vergessen wurde. Er machte das, was ein Mann in seiner Familie eben tun muss. Er restaurierte nach alter Väter Sitte den Trabucco, warf die Netze aus, zog den Fisch herauf und verkaufte ihn unten am Hafen.

Gino nimmt jetzt die Karaffe mit dem Hauswein und schenkt mir ein ordentliches Glas voll ein. Er lächelt und sagt: *»Salute!«*

Dann erzählt er weiter. Von den ersten Touristen, die ins Dorf kamen und auch in seine Bucht, hoch zu ihm an den Trabucco.

»So habe ich doch noch zu Hause mein Glück gefunden«, sagt er. Anders ausgedrückt: Er hatte seine Geschäftsidee gefunden. Gino servierte den Spaziergängern erst tagsüber ein paar Erfrischungsgetränke und selbstgemachte Limonaden, dann spannte er sie als freiwillige Helfer beim Fischfang ein, später verkaufte er ihnen den Sonnenuntergang und den dazugehörigen Wein.

»Und weißt du, wer die Idee hatte, aus dem Trabucco ein richtiges Restaurant zu machen?«, fragt er.

»Mein Schwiegervater?«

»*Esatto*. Ist ein guter Mann, der *professore*«, sagt er. Und dass er ihm viel zu verdanken habe. Arbeit für die gesamte Familie zum Beispiel und ansehnlichen Wohlstand.

»Ist das wirklich wahr?«, frage ich, weil es mir sowohl bei Lena wie auch bei meinem Schwiegervater nie besonders leichtfällt, zwischen Legende und Realität, Übertreibung und Tatsache zu unterscheiden. Ihnen übrigens auch nicht, glaube ich jedenfalls.

Gino erzählt, wie Peter eines Tages mit einem Grill bei ihm oben am Trabucco stand; zwei Männer in ihren Vierzigern und eine wahnwitzige Idee. Dass die RAI, Italiens öffentlich-rechtliches Fernsehen, sogar einmal pro Monat eine Kochsendung hier produziert, ist die absurde Pointe.

»Weißt du«, sagt Gino, »ich hatte immer gehofft, Matteo und Lena würden heiraten.« Ein bisschen deutsches Blut in der Familie, soll das wohl heißen, hätte für die nötige und nachhaltige Solidität gesorgt.

Ich schaue ihn mit aufgerissenen Augen an. Sprachlos zunächst. »Das«, stottere ich verdattert, »das … hab ich echt nicht gewusst.«

»Ist eine wunderbare Familie, die von Lena. Ihre Mama, die Brüder. Darfst du nicht verlieren«, sagt Gino. Er sagt: »Und wir lassen dich nicht weg von hier, bevor ihr euch wieder vertragen habt.«

»Das ist leider nicht allein meine Entscheidung«, sage ich.

»Doch. Du musst es nur wollen. Mach es wie ein Italiener – mit Romantik und guten Einfällen.«

Mit der Romantik hab ich es ja nicht so, denke ich mir. Da ist der Grat zum Kitsch doch verdammt schmal. Und was den Einfallsreichtum betrifft – ich glaube, wenn der nur wüsste, was meine Verbündeten da unten im »Grande Paradiso« gerade treiben, würde er sich schlapplachen. Das wäre wohl ganz in seinem Sinne.

Etliche Anekdoten, drei Gläser Wein und zwei Grappa später hole ich das Funkgerät aus meinem Zimmer und mache mich noch einmal auf zu einem kleinen Spaziergang rund um den Trabucco. Auf dem staubigen Parkplatz sieht es aus wie beim Genfer Autosalon, und zwar in der exklusiven Abteilung. Der SUV-Wahn ist offenbar von Tirol bis hier nach Süditalien vorgedrungen. Porsche Cayennes stehen neben Range Rovers und dem ein oder anderen Geländewagen, den ich auch gern hätte. Sogar zwei 911er haben es über den rumpeligen Feldweg hierhergeschafft. Vor ein paar Tagen, als ich hier mit einer Zigarette auf einem Hocker saß, warf mir sogar einer dieser Typen seinen Autoschlüssel zu. Er hatte wohl geglaubt, ich sei der Parkplatzwächter.

Früher hätte man solchen Leuten ungefragt den Weg zurück zur Hauptstraße erklärt – in der Annahme, sie müssten sich verfahren haben.

Das Interessante ist: Sogar Willi fühlt sich hier wohl, obwohl er neulich schon moniert hat, dass je angesagter der Trabucco wird, desto weniger Muscheln in den *spaghetti Vongole* zu finden sind. Eigentlich ist das hier überhaupt nicht sein Ding. Einer, der Bier-Motto-Shirts trägt und dessen Frau auf dem Campingplatz die Waschmaschine blockiert, müsste sich ein bisschen deplatziert vorkommen unter all den Dolce & Gabbana-Schnöseln aus der Umgebung, die zum Trabucco kommen, um ihre eng geschnittenen Hemden vorzuführen und ihre 350-Euro-Jeans. Und das mag ich so sehr an Willi: Er kann sich an so einem

Unterschied schon deshalb nicht stören, weil er ihn nicht erkennt.

Über der Bucht des »Grande Paradiso« funkeln die Sterne so klar, wie ich es sonst nur aus meinem geliebten Tiroler Bergdorf kenne. Ich setze mich in das Gestrüpp auf einen kleinen Felsen und schaue hinunter aufs Meer und den Campingplatz. Bei Lena und den Kindern leuchtet eine Lichterkette am Vorzelt. Ist aber niemand zu sehen. Wenn die Kleinen im Bett waren, haben wir früher oft noch eine Flasche Rotwein geöffnet und das Backgammon-Brett rausgeholt. Wir spielten immer mit zwei Gewinnsätzen um die Jobs für den nächsten Tag. Für mich die eleganteste Art, mich vor Arbeit zu drücken. Mag sein, dass ich nicht viel kann, aber Backgammon spielen kann ich.

Camping ist letztlich Ferien für Leute, die keinen Urlaub ertragen. Es gibt immer was zu tun. Der Abwasch ist die vergleichsweise harmloseste Aufgabe, wenngleich ich sie nur ertrage mit meinen iPhone-Ohrstöpseln. Denn die Spülbecken vor den Wasch- und Toilettenhäuschen sind gewissermaßen der Marktplatz des »Grande Paradiso«, wo all die Klatsch- und Tratsch-Geschichten verbreitet werden. Unangenehmer ist nur das Warten auf eine freie Waschmaschine, weil du dich in einem permanenten Kampf um einen freien Slot befindest mit den Rentnerinnen, die hier noch schnell die Gardinchen ihres Wohnwagens reinigen, bevor sie am nächsten Tag sowieso Richtung Heimat aufbrechen. Das Übelste aber ist Klo-Ausleeren. Dabei fährt man den Toilettentank des Wohnwagens auf einer Sackkarre über den gesamten Platz spazieren, und als wäre das noch nicht entwürdigend genug, musst du den ganzen Scheiß dann im sogenannten WC Kimik ausleeren – der olfaktorischen Hölle unseres Großen Paradieses. Ein gekacheltes Plumpsklo, das du nur betreten kannst, wenn es dir gelingt, mindestens eine Minute die Luft anzuhalten, ohne dabei blau anzulaufen.

Mein Funkgerät krächzt: »Fuchsbau an Adlerauge. Kommen!«

»Adlerauge auf Position. Ich höre.«

»Berggorilla sitzt gerade im Pico Bello beim Essen.«

»Und?«

»Mission completed.«

»Wunderbar, Fuchsbau. Gute Nacht. *Over and out.*«

Für morgen sagt die Wettervorhersage bis zu vierzig Grad voraus. Ich denke, wenn alles gut läuft, dann wirkt spätestens morgen Abend das gefürchtete WC Kimik gegen Sandros Wohnwagen wie die Wellness-Abteilung eines Fünf-Sterne-Hotels.

Sette

»Das musst du sehen! Das musst du sehen!«

Der gute Willi brüllt dermaßen aufgeregt, dass ich ihn eigentlich auch ganz gut ohne das Funkgerät hier oben am Trabucco hören könnte.

»Was ist denn los?«

»Die Hölle, hahaha«, prustet Willi lachend in sein Walkie-Talkie, »schau mal rüber zum Berggorilla.« Seine Stimme überschlägt sich.

»Wo hat der denn überhaupt seinen Wagen aufgebaut?«

»Pass auf, ich bin in einer Minute vor der Bar Augustino, verstanden? Dann zeig ich dir, wo der steht.«

Die »Bar Agostino« ist der wohl kurioseste Mikrokosmos im »Grande Paradiso«. Gianfranco, Ercoles Schwager, betreibt sie seit ein paar Jahren schon. Und seitdem reden die beiden kaum mehr ein Wort miteinander. Was mich regelmäßig in einen Loyalitätskonflikt gestürzt hat, wenn ich mal nachmittags einen Cappuccino trinken oder die Kinder ein Eis essen wollten. Zum wem sollte ich gehen? Mit Gianfranco hatte Ercole erstens einen so fleißigen wie unterbezahlten Barkeeper verloren, den er wie in apulischen Sippen absolut üblich, zum Sweatshop-Tarif ausgebeutet hatte. Zweitens, auch das ist typisch für Italien: Konkurrenz in der eigenen Familie wird schon mal gar nicht geduldet.

An der »Bar Agostino« hängen klassischerweise die Vespa- und Mofa-Jungs ab – und ein paar unschuldige Mädchen, die sich hier zu ihrer ersten Zigarette verführen lassen. Und manchmal auch zu einem Zungenkuss. Sobald Linda zwölf ist, ist das hier für sie ein strengstens verbotener Ort.

Es gibt zwei Kickertische, Billard, ein paar Daddel-Kisten, die blinken und klingeln wie in Little Las Vegas. Dazu ein paar Automaten voller Plastikkugeln mit kleinen Kinder-Überraschungen gibt, für die mir Linda und Luca nahezu täglich das Kleingeld aus der Tasche zogen.

Der Laden läuft, vor allem spätestens seit Gianfranco noch eine zusätzliche Terrasse auf den Strand gesetzt hat. Sieht zwar aus wie ein illegaler Bau, ist aber verdammt gemütlich. Wahrscheinlich ist Ercole auch wegen Gianfrancos Erfolg so sauer – wenngleich sie sich gar nicht mal gegenseitig die Gäste wegnehmen: Bei Ercole hocken hauptsächlich die geizigen Rentner und gestressten Familien, in der »Bar Agostino« vor allem die Kids. Und seit vorletztem Sommer treten hier jeden Abend Musiker auf, die zwar in etwa so singen wie die Erstrunden-Teilnehmer von »Deutschland sucht den Superstar«. Aber dafür sind die Drinks billig und stark. Und ich denke, nach dem dritten Caipirinha klingt das alles gar nicht mehr so disharmonisch.

Willi hüpft jetzt wie ein Gummiball neben der »Bar Agostino« auf und ab. Ganz schön agil eigentlich für einen Rentner. Und vielleicht qualifiziert er sich ja doch noch mal für die Acqua-Aerobik mit seiner Rita.

»Willi, ich sehe dich, alles okay. Pass auf dein Herz auf.«

»Ich schalte jetzt das Funkgerät ab, okay? Sonst kriegt noch jemand was mit«, sagt er. *»Over and out.«*

»Aber meld dich nachher noch mal mit einem genauen Update.« Keine Ahnung, ob Willi in seiner infantilen Aufregung das noch mitgekriegt hat.

Er geht das kleine Sträßchen hoch, das vom Strand Richtung Rezeption führt. Hier steigt der Campingplatz treppenartig den sanften Hügel an; wie eine riesengroße Naturtribüne mit perfektem Blick aufs glitzernde Meer. Eigentlich kein schlechter Platz: Auf der linken Seite sind es nur ein paar energische Schritte bis rüber zum Supermarkt, wo es auf einem kleinen Vorplatz zwei Telefonzellen gibt (die machen bei dem miserablen Handyempfang ja auch Sinn), dazu einen Geldautomaten, dem ich nicht traue, weil er mir zwar mal dreihundert Euro abgebucht, aber nicht ausgespuckt hat. Und, ach ja, seit einer Weile auch die sogenannte *Zona Internet*, wo die Jugendlichen sich an musealen Computern ihren täglichen Schuss Facebook und Twitter und sonstige virtuelle Drogen setzen. Für hanebüchene fünf Euro die Stunde.

Rechts der Straße hat also Sandro seinen Wohnwagen geparkt. Hätte ich mir denken können. Das ist sozusagen die neutrale Zone des »Grande Paradiso«. Und als Südtiroler ist der Berggorilla ja weder richtiger Italiener noch Deutscher oder Österreicher – schon gar nicht, wenn er das übliche Idiom pflegt, das sie dort in Sterzing oder den Bergen oberhalb von Bozen sprechen. Das versteht normalerweise nicht mal im Nachbartal irgendwer.

Nach dem großen Feuer hatten sie hier bereits ausgewachsene Aleppo-Kiefern gepflanzt, Pinien und allerlei Sträucher, deren Namen ich nicht kenne.

Auch sind die geräumigsten Badehäuschen gleich in der Nähe. Wenn bei uns in der Deutschen-Ecke zu viel Betrieb vor den Duschen ist, bin ich dann und wann sogar hierhergeflüchtet.

Auf halbem Weg hoch zur Rezeption biegt Willi nach rechts ab. Und – hallo! – da ist ja tatsächlich ein ganz schöner Rummel. Ich sehe ein paar Dutzend Camper hektisch durcheinander und hin und her laufen. Dazwischen Massimo, der Campingplatzchef, ein alter Freund der Familie.

Massimo ist gebürtiger Sepiano, wie sich die Menschen hier selbst nennen, er ist jetzt irgendwas Mitte fünfzig, schätze ich mal; und als Lena mit ihren Eltern und ihren Geschwistern das erste Mal ins »Grande Paradiso« gereist ist, da hat er auch schon vorne in der Rezeption gesessen. Damals noch als Gehilfe. Aber ziemlich sicher mit derselben Frisur. Dieser ist der gute Massimo in all den Jahren noch mehr als seiner Heimat treu geblieben, selbst während seiner Wanderzeit in Deutschland. Der Stil ist irgendwas zwischen Mütze und Helm – und definitiv sein Markenzeichen.

Das Schöne im »Grande Paradiso« ist ja, dass du, selbst ohne auch nur einen Ton zu hören, immer ganz genau zwischen Deutschen und Italienern unterscheiden kannst. Das liegt einerseits am vorschriftsmäßigen Camper-Outfit der *tedesci* mit ihren beigefarbenen Bermudashorts, aber auch daran, dass Italiener nicht kommunizieren können, ohne ihre Worte durch übergroße Gesten zu unterstreichen – wenn nicht gar Worte durch Gesten zu ersetzen. Insofern wirkt das Geschehen rund um Sandros Stellplatz von hier oben am Trabucco wie ein klamaukiger Stummfilm. Ich lasse meinen Liegestuhl noch ein Raster nach hinten fahren. Zurückgelehnt wie in einem gemütlichen Fernsehsessel.

Vielleicht sollte ich mir entgegen meiner Gewohnheit doch mal schnell ein Bierchen aus der Bar holen. Ist ja auch schon später Nachmittag.

Da unten jedenfalls halten sich zwei ältere Damen demonstrativ die Nase zu und deuten immer wieder rüber zu einem Wohnwagen. Ich nehme an, es ist Sandros Wohnwagen. Die eine verzieht noch angewiderter das Gesicht als die sogenannten Promis im RTL-Dschungel, wenn ihnen mal wieder bei einer Prüfung Emu-Hoden vorgesetzt werden, Käsefrucht oder pürierter Anus vom Buschschwein.

Drei ältere Männer reißen zeternd die Arme auseinander und richten sie gen Himmel, als erwarteten sie von dort aus irgendeine Hilfe. Oder doch eher göttliche Strafe? Das ist jetzt schwierig zu beurteilen.

Der Bürgermeister ist natürlich mittendrin. Ich denke, er fungiert hier mal offiziell als das Sprachrohr der deutschen Rentner, von denen sich ein Ehepaar schon zur Abreise fertigmacht. Das Vorzelt ist bereits abgebaut, gerade tragen sie ein paar Taschen rüber in ihren silbernen Mercedes-Kombi.

Der gute alte Massimo sieht ziemlich ratlos aus. Wunderbar, wie man sogar aus dieser Entfernung in Gesichtern lesen kann. Er zuckt mit den Achseln und wehrt sich gegen die offensichtlich recht forschen Vorwürfe, die ihm unser scheinheiliger Helmut gerade mit großer Ernsthaftigkeit macht. Hätte ich ihm gar nicht zugetraut, diese Schauspielerei. Es muss sich um einen Fall von *method acting* handeln.

Massimo zeigt hinüber zum Badehäuschen, gerade so, als wolle er sagen, dass der Gestank unmöglich von dort stammen könne. Eine der beiden Italienerinnen in einem geblümten Flatterkleid hat jetzt die Finger von der Nase genommen und schaltet sich mit rudernden Armen in die Konversation ein. Macht's für Massimo sicher auch nicht einfacher, dieses Desaster jetzt zweisprachig zu moderieren.

Herbert und Willi umstreifen die wild keifende Gruppe jetzt und nähern sich Sandros Wohnwagen, den sie als Quell allen Übels ausgemacht haben. Was mir daran besonders gut gefällt: wie aufgebracht die alle ganz offensichtlich sind. Nicht einmal der Ansatz eines Grinsens in den Gesichtern meiner Verschwörungskumpane.

So einen Spaß hatte ich schon lange nicht mehr. Ich lege meinen Feldstecher beiseite und gehe mal rüber an die Bar. Wann, wenn nicht jetzt, sollte ich mir ein Bierchen gönnen?

Matteo fummelt gerade an der Espressomaschine rum. Aus den Lautsprechern klingt dieses großartige Lied von Paul und Fritz Kalkbrenner – »*And we build up castles / in the sky and in the sand / design our own world / ain't nobody understand*«. Ich wippe dazu beschwingt mit den Beinen. Allein schon die Vorstellung, dass der Berggorilla in spätestens einer halben Stunde wegen gemeingefährlicher Geruchsbelästigung für immer und ewig aus dem »Grande Paradiso« vertrieben wird, lässt mich tanzen. Und dann dieser Soundtrack im Hintergrund. Yeah!

»Was grinst du denn so«, fragt Matteo, als er hinter der Bar aufschaut.

»Ich liebe es, wenn ein Plan funktioniert«, sage ich, wenngleich ich nicht sicher bin, ob Matteo diese Anspielung auf Hannibal versteht, den Chef des A-Teams. Das war immer dessen Lieblingssatz, wenn sie irgendwelche Bösewichte fertiggemacht haben.

Aber in der deutschen Übersetzung wird Matteo die Serie ja wahrscheinlich nie gesehen haben. Egal.

»Welcher Plan?«

»The Stinkbomben-Attentat!«, sage ich betont lustig in dieser depperten Mischung aus Deutsch und Englisch. »Whoho, ich sag dir, da unten geht's richtig ab.«

Matteo lacht: »Ihr seid Schweine.«

»Nicht ihr, mein Lieber. Wir!!! Du bist doch jetzt einer von uns.«

»Okay, aber was geht denn da ab?«

Ich sage: »Mach mal zwei Bier auf und komm mit.«

Großes Kino. Da unten könnte ich jetzt meinen Wortschatz an süditalienischen Flüchen und Verwünschungen erheblich ausbauen. Da stehen sie alle und umringen den hilflosen Massimo. Gut ein Dutzend Italiener, zwei deutsche Rentner-Ehepaare, Bürgermeister Helmut, dazu Willi und Herbert, die mit bedeutungsvoller Miene die Gestank-Detektive geben. Und Willi, das weiß auch Massimo nur zu gut, ist schließlich vom Fach, wenn es um Rohrbrüche oder sonstigen Kloaken-Alarm geht.

Der Einzige, der eine ähnliche Spitzenlaune hat wie ich, ist ein schwanzwedelnder Golden Retriever, der durch diese empörte Versammlung wuselt und sich vor zwei Kindern auf den Rücken legt, damit sie ihm den Bauch kraulen.

Ich reiche Matteo das Fernglas: »Kannst du Lippenlesen?«

»*No!* Aber lass mal sehen.«

Er schaut auf das Treiben und lacht sich schlapp. *»Grande casino«*, sagt er. Was so viel bedeutet wie: wunderbares großes Chaos.

Das Bier schmeckt wunderbar. Ich setze meine Fritz-Berger-Kappe ab und fahre mir mit einer Hand durch die verschwitzten Haare. Ist so eine Art Zwangshandlung von mir, ich mache das immer, wenn ich nervös bin oder nicht so recht weiß, wohin mit meinen Gefühlen. Und: Heute ist außerdem der erste Tag, an dem ich kein Stirnband mehr tragen muss. Der Selbstbräuner hat das Schandmal endgültig ausgelöscht.

»Wo ist denn dieser Sandro?«, fragt Matteo. »Er heißt doch Sandro, oder?«

»Stimmt. Du hast recht. Den hab ich in dem ganzen Getümmel noch gar nicht gesehen. Hat sich bestimmt schon abgesetzt und seinen ganzen Scheiß einfach dagelassen.«

»Scheiß ist gut«, lacht Matteo.

»Aber das wäre natürlich das Allergrößte, wenn der sich einen gemütlichen Tag im Dorf macht, während rings um seine Bude alle ihn Ohnmacht fallen.«

»Hat sich Willi schon gemeldet?«

»Nee, nicht mehr, seit er losgegangen ist und sich ins Getümmel gestürzt hat.«

Matteo lässt seinen Blick über das »Grande Paradiso« streifen, er fährt den Strand ab wie bei einem dieser großen Kameraschwenks, wie sie inzwischen in jeder »Tatort«-Folge so üblich sind: Morgengrauen, Schwenk, die Türme der Frauenkirche. Liebe Zuschauer, Sie sehen, wir sind in München. Oder: Abenddämmerung, Schwenk, aha – Berlin, Funkturm am Alexanderplatz. Ich glaube, so was schreiben die ARD-Redakteure den Regisseuren seit ein paar Jahren in den Produktionsvertrag.

»Da ist so ein Typ mit leicht verbrannter Haut, der

mit Lena und deinen Kindern am Strand eine Burg baut«, sagt Matteo.

Von wegen: *We build up castles in the sky and in the sand.*

»Gib mal her«, sage ich und strecke die Hand zum Fernglas aus. Und tatsächlich: Der Berggorilla kniet im Sand unten kurz vor der Wasserlinie, hat seine schicken Shorts an und so eine weiße 80er-Jahre-Sonnenbrille von Carrera oder so. Oberkörper natürlich trotz der Verbrennungen nackt, damit er Lena auch jede einzelne Muskelfaser seines gottverdammten Sixpacks präsentieren kann. Und da spielt er mit meinen Kindern und meiner Frau, als wenn nix wäre.

Nur Linda, das gute Kind, sitzt ein wenig abseits. Aber die konnte immer schon besser als jeder andere Mensch zwischen Gut und Böse unterscheiden.

»Fuck«, sage ich, »irgendwer muss die Jungs jetzt mal auf die Spur bringen. Die sollen den Verursacher an den Pranger stellen. Aber zacko!«

»Funk sie doch an.«

»Geht nicht, sonst fliegen wir nachher noch auf. Verstehst du?«

Ich sage: »Hast du noch einen Augenblick Zeit?«

»Wofür?«

»Irgendwer muss da jetzt runter, sich unter die Voyeure mischen und nebenbei dem Willi oder dem Bürgermeister sagen, dass Massimo sich mal auf die Suche nach dem Schuldigen machen soll.«

»Hm«, brummt Matteo unmotiviert.

»Ja mei, ich kann's ja schlecht selbst machen. Mit der Vespa bist du in fünf Minuten da. Da muss jetzt ein bisschen Dynamik rein. Ach ja, und sag den Jungs, einer von ihnen soll mir mal einen Zwischenbericht hochfunken.«

Und tatsächlich. Fünf Minuten später biegt Matteo, lässig in Shorts und Flip-Flops und selbstverständlich ohne Helm in die kleine Campingplatz-Gasse ein, wo sich Massimo immer noch seine Seventies-Frisur rauft. Inzwischen sieht es so aus, als habe sich der halbe Platz hier versammelt. Endlich mal wieder was los im »Grande Paradiso«.

Matteo hat seinen Roller abgestellt und schaltet sich in das große Palaver ein. Jetzt sind also die Italiener wieder dran, dem armen Massimo richtig Feuer zu geben. Matteo zieht derweil den Bürgermeister zur Seite, redet kurz auf ihn ein, und wenig später steht unser Helmut wieder mitten im Ring, zeigt auf den Wohnwagen und über den ganzen Platz und dann runter zum Strand. Und wenn ich seine Geste richtig deute, fordert er all die Schaulustigen auf, großräumig auszuschwärmen und den Stinkstiefel dingfest zu machen.

Massimo nickt. Es kommt Bewegung in die Versammlung, aber sie löst sich nicht auf, sie verlagert sich bloß. Ein paar Leute machen sich auf Richtung Supermarkt und Internet-Ecke, der Rest zieht los wie der Lynchmob in einer Westernstadt, wenn sie die fiesen Viehdiebe aufknüpfen wollen. Fehlt nur noch, dass sie ihre Mistgabeln hochrecken und brennende Fackeln in den Händen halten.

An der »Bar Agostino« teilt sich die Gruppe. Sie durchkämmen jetzt echt systematisch das »Grande Paradiso«. Einige bleiben auf der Straße, die über den Campingplatz führt, also von der Strandbar rüber zu Ercoles Restaurant, zu den Tennis- und Fußballplätzen, und von dort aus weiter in Richtung *Zona Dragone*. Die anderen verteilen sich in einem Abstand von gut 15 bis 20 Metern über den Strand.

Ich sehe, wie Willi sich ganz allmählich ein bisschen zurückfallen lässt.

Bald darauf macht mein Funkgerät *chrött-chrött*. »Hier Wildschwein, Adlerauge, bist du auf Sendung?«

»Ja, das bin ich. Und hey, du kannst jetzt auf den ganzen Code-Quatsch auch verzichten. Was ist los?«

»Hähähä«, macht Willi.

Nachdem er seinen Lachanfall überstanden hat, sagt er: »So einen Gestank hab selbst ich noch nicht oft erlebt. Und du weißt, dass ich eine Menge Scheiß erlebt hab.« Willi findet wohl, er hat da ein tolles Wortspiel hingelegt und wiederholt sich sicherheitshalber gleich noch mal: »Hähähä, Scheiß erlebt, verstehst du? Hähähä.«

Willi sagt: »Das kannst du nicht aushalten. Da sind sechs, sieben Wohnwagen rund um den vom Berggorilla, und da kotzt du schon, wenn du bloß in die Nähe kommst. Das stinkt, als hätte der da irgendwo eine Leiche vergraben.«

»Na ja, hat er letztlich ja auch. Die Schnecken sind jedenfalls mausetot.«

»Ich sage dir, die Leute laufen Amok. Eine Italienerin hat gesagt, dass da bestimmt ein toter Hund liegt oder so. Und Massimo kann die überhaupt nicht beruhigen. Und der Bürgermeister hat natürlich sofort gesagt, dass so was überhaupt nicht geht – Hunde umbringen und so, und dass, wer immer auch dahintersteckt, sofort vom Platz geschmissen und angezeigt werden muss.«

»Und Sandro?«

»Massimo hat natürlich sofort oben in der Rezeption angerufen und gefragt, wem die Stinkekarre gehört. Und dann hat er wohl erst mal ganz höflich angeklopft und sich dabei fast übergeben. Aber hat natürlich keiner geantwortet. Na ja, hab schon gehört, dass der Sandro am Strand ist. Übrigens gute Idee, den Matteo mal eben rüberzuschicken …«

»… danke.«

»Der Berggorilla hat ja noch gar nichts mitbekommen von dem ganzen Wahnsinn. Das hat wohl erst so gegen Mittag angefangen wie Sau zu stinken. Es wurde immer schlimmer. Und dann haben die ersten Deutschen auch schon angefangen abzubauen. Der Franz und die Uschi. Weißt du, die aus Rosenheim mit dem Fliesenladen.«

»Nee, weiß ich nicht. Aber was sagt denn der Massimo?«

»Der hat versucht, alle zu beruhigen, und ist ganz durcheinandergekommen zwischen Deutsch und Italienisch. Und dass er alles erst mal untersuchen will, hat er gesagt. Und dass der ganze Campingplatz im Prinzip komplett ausgebucht ist. Wird also schwer, ein Ausweichquartier zu finden.«

Während Willi mir erzählt, wie er, der Herbert und Bürgermeister Helmut die Stimmung immer weiter Richtung »Hängt ihn« geschürt haben, schaue ich mal rüber zu Lena und den Kids. Linda macht wie so oft ihr eigenes Ding, während Luca und der Berggorilla gerade eine mächtige Sandmauer mit ihren Schäufelchen festklopfen. Der Mob ist vielleicht noch zweihundert Meter von ihnen entfernt, etwa auf Höhe von Ercoles »Pico Bello«. Die deutsch-italienische Wutbürger-Allianz umkurvt Strandliegen, ausgebreitete Handtücher und Outdoor-Sitzsäcke, schaut unter Sonnenschirmen nach dem Stinker. Ein besonders gewissenhafter Jäger stakst durchs seichte

Wasser und schaut im Meer nach dem Delinquenten. Das Einzige, was ich mich die ganze Zeit frage: Haben die vorher an alle noch ein Fahndungsfoto verteilt? Andererseits: Die meisten Stinkbomben-Opfer werden ihren Nachbarn vermutlich kennen – das »Grande Paradiso« ist ja keine anonyme Großstadt.

Und Adonis macht derweil einen auf Strand-Baumeister.

Ich sage: »So, mein Lieber, und jetzt Funkverkehr einstellen. Mach, dass du hinterherkommst. Noch 150 Meter bis zum Showdown.«

Zwei, drei Minuten später hat der Erste Sandro entdeckt. Ein Italiener mit mächtigem Pastabauch, der ein wenig unappetitlich über seiner Slip-Badehose hängt. Er scheint etwas zu rufen, während er auf Sandro zeigt, und schon beschleunigen die anderen ihren Schritt. Sie rennen jetzt beinahe. Von hier oben ähnelt das einer richtigen Choreographie – der ganze Suchtrupp bewegt sich wie auf Kommando in eine Richtung. Auf meine Familie und den Drecksack zu.

Nach und nach umstellt die Meute Sandro und Lena und Luca. Die arme Linda ist jetzt wie abgeschnitten und bahnt sich ihren Weg durch den vielbeinigen Mob. Der eingeschüchterte Luca hält Lenas Oberschenkel umklammert. Dass der Kleine so eine Angst kriegt, habe ich natürlich nicht gewollt. Aber ich nehme mal nicht an, dass ihn das langfristig traumatisieren wird.

In der Mitte steht Sandro, die Arme hochgerissen und ausgebreitet, wie einer der mit vorgehaltener Pistole attackiert wird.

Aus der Gruppe löst sich nun Bürgermeister Helmut und sprintet in dem maximalen Tempo, das sein Alter und die immer noch heftigen Temperaturen erlauben, den Strand in Richtung der Straße, die hinter der *prima fila* liegt. Ich schätze, dass Massimo den asphaltierten Weg gewählt hat.

»Und?« Matteo steht hinter mir. Um seinen Hals baumelt ebenfalls ein Fernglas. Er sieht vergnügt aus.

»Ich glaube, sie diskutieren gerade, was sie mit ihm machen.«

Matteo lacht und schaut durch sein Fernglas.

»Glaubst du, die Pinien sind schon alt und stark genug, dass du jemanden an deren Ästen aufhängen kannst?«, frage ich.

»Sie werden ihn in der Adria versenken«, sagt Matteo trocken. »Mann, sind die wütend. Willi und die anderen haben die richtig angestachelt. Und du glaubst gar nicht, wie das stinkt.«

»Mit Zementfüßen ins Wasser, klar, stimmt, das ist alte süditalienische Schule«, sage ich, »aber ich hätte nicht gedacht, dass ihr so was auch am helllichten Tag macht.«

An einer der Treppen, die von der ersten Reihe auf den Strand führen, sehe ich Helmut und Massimo. Der Campingplatzchef zieht in aller Seelenruhe die Schuhe und Socken aus, krempelt die Beine seiner leicht aus der Mode geratenen grauen Baumwollhose auf und zieht mit wichtigem Gesichtsausdruck die Ray-Ban-Sonnenbrille aus der Brusttasche seines kurzärmeligen Businesshemdes. Sieht ein bisschen so aus, als hätte er Schweißflecken unter den Achseln.

»Adesso, venga il sheriff«, sage ich.

»Der läuft ja auch schon wie Wyatt Earp«, mokiert sich Matteo über Massimos breitbeinigen Gang.

»Ja, fehlt nur noch der fette Schnauzbart.«

Als Massimo in Begleitung des Bürgermeisters unten am Wasser ankommt, teilt sich ganz allmählich die Menge, die jetzt auf gut 50 Leute angeschwollen ist. Und eines muss man sagen: Bisher ist auch alles recht zivilisiert geblieben. Hat sich wohl keiner getraut, als Erster den Sandro anzugehen. Man könnte sich ja ziemlich schnell eine fangen.

Wir sehen Sandro, wie er beschwichtigend die Hände auf Brusthöhe hält und mit Unschuldsmine auf Massimo einredet. Dazu Lena, die sich ebenfalls wortgewaltig einmischt. Und, wie ich aus eigener Erfahrung weiß, mit dem verbalen Dauerfeuer einer Kalaschnikow die Umherstehenden niederreden wird. Natürlich zweisprachig – Deutsch und Italienisch. Und, falls es sein muss, würde sie das Ganze noch auf Englisch und Französisch wiederholen.

»O Mann, wie sehr ich mich nachher auf den Bericht unserer Jungs freue«, sage ich.

»Ich auch.«

»Wir sollten schon mal ein paar Extrapullen Schampus kalt stellen.« Ich sage: »Sieht ganz so aus, als hätten wir zwar noch nicht den Krieg gewonnen, aber die entscheidende Schlacht.«

»Good Lord«, sagt Matteo, »ihr Deutschen redet immer von Krieg.«

»Sorry. Liegt in unserer DNA.«

Massimo bedeutet den Leuten, dass sie jetzt endlich verschwinden sollen. Kennt man ja auch aus dem Fernsehen: *Gehen Sie weiter, hier gibt's nichts zu sehen.*

Nach und nach trollt sich die Menge, die auch längst nicht mehr so aufgebracht erscheint wie noch vor wenigen Minuten. Manche drehen sich im Fortgehen um und, so vermute ich mal, bellen Sandro noch ein paar Verwünschungen hinterher.

Als die Versammlung sich auflöst, klaubt Lena mit den Kindern das Sandspielzeug vom Strand. Der Bürgermeister folgt Massimo in kurzem Abstand, als dieser den Berggorilla gewissermaßen abführt. So sieht es jedenfalls von hier oben aus. Auch wenn Massimo einstweilen auf Handschellen verzichtet.

Otto

Vaffanculo. Das ist das erste italienische Schimpfwort, das je ich gelernt habe. Und zwar noch lange, bevor ich eine Italienischlehrerin hatte.

»*Vaffanculo*«, das ist auch jetzt mein erster Kommentar, als Willi und Helmut aus dem »Grande Paradiso« berichten. Ich bin komplett konsterniert. Eigentlich sollte dies eine Art Siegesfeier werden, mit Schampus in Strömen und knüppeldicken Zigarren und allem, was man sonst nur von Junggesellenabschieden kennt. Wenn auch natürlich ohne die Stripperin.

So, und jetzt hocken wir deprimiert unter getrockneten Palmwedeln am Trabucco; ich aus bekannten Gründen immer mit wachem Blick auf das übrige Publikum, um mich rechtzeitig verdrücken zu können, falls doch mal jemand auftaucht, dem ich besser nicht begegnen sollte.

Herbert ist erst gar nicht dabei; er darf nicht, weil er mit seiner Frau hoch nach Sepiana musste. Zum Shoppen. Willi spuckt das mit regelrechtem Ekel aus. Ich frage mich nur, ob das seine ganz persönliche Aversion gegen Einkaufen und Souvenirgedöns ist. Oder die Fassungslosigkeit darüber, dass sich der gute Herbert nicht durchsetzen kann gegen seine Alte, wie Willi immer sagt. Das Einzige, was mich zum Schmunzeln bringt, ist der Anblick von Willis

T-Shirt, es ist unschuldig babyblau und trägt die Aufschrift: »Lieber Bockbier als Ziegenmilch.«

»Und jetzt noch mal der Reihe nach«, sage ich, »dieser Scheißkerl ist immer noch nicht weg? Das kann doch nicht wahr sein.«

»Also, ich komme gerade vom Duschen«, erzählt Willi, »da läuft mir dieser Berggorilla entgegen. Direkt vor Lenas Wohnwagen. Hat eine große Sporttasche über den Schultern und beste Laune. Fehlte nur, dass er noch ein fröhliches Liedchen pfeift.«

Matteo hockt sich auf ein Bier und eine Zigarette zu uns, standesgemäß in seinem feinsten Chefkoch-Outfit. Dass da was schiefgelaufen ist, hatte er bis jetzt nur halb mitbekommen, sozusagen im Vorbeilaufen.

Willi fährt fort: »Hab ich natürlich schön einen auf blöd gemacht und gleich mal gefragt, was denn da los gewesen ist. Und dann erzählt der Typ, dass Massimo natürlich sofort gemerkt hat, dass er nichts für den Mief kann. Das mit dem toten Hund haben sie logischerweise ziemlich schnell ausgeschlossen. Und wisst ihr, was dieser Sandro macht? Beschwert sich auch noch, dass dieser ekelhafte Gestank unerträglich ist. Und dass er jetzt erst mal einen *sconto* haben will. Also zur Wiedergutmachung. Müsst ihr euch mal vorstellen.«

»Wie ein echter Deutscher«, lästert Matteo.

»Ja, und dann hat Massimo gesagt, dass er morgen früh als Erstes einmal einen Techniker kommen lässt, um die Ursache untersuchen zu lassen. Massimo hat dann allen, die da stehen, angeboten, dass sie bis fürs Erste hinter der Rezeption auf dem Parkplatz unterkommen können. Für lau natürlich. Und dass ein paar Hilfskräfte vom Platz ihnen beim Abbauen helfen und beim provisorischen Aufbauen. Und wenn's zurückgeht, dann sowieso noch mal. Der Sandro ist dann anscheinend bei der Lena vorbei und die hat gesagt, dass er auch erst mal bei ihr und den Kindern bleiben kann.«

»Nicht dein Ernst, oder?« Mir wird so kotzübel, als hätte mir jemand ein paar von den toten Schnecken unter meine Spaghetti gemischt. »Ich meine, der Typ sieht jetzt aus wie ein gottverdammter Hummer, er stinkt übler als ein läufiger Iltis, und Lena holt dieses Arschloch noch weiter in ihr Leben?«

»Da kannst du mal sehen, was du alles verbockt hast«, schlaumeiert der Bürgermeister, entschuldigt sich aber sofort, als er meinen finsteren Blick bemerkt. »Entschuldige, war ja nicht so gemeint.«

»Vaffanculo«, sage ich noch mal. Damit konnte wirklich niemand rechnen. Obwohl: Ich weiß natürlich, dass Lena ein großes Herz hat, sonst hätte ich sie nicht geheiratet. Dass sie sich zerreißt für Menschen, die sie mag. Sonst würde ich ja nicht zu ihr zurückwollen. Aber dass dieser todsichere Plan dermaßen nach hinten losgehen würde – wer konnte das schon ahnen?

Alessandra, die Kellnerin, kommt auf ihrer Runde an unserem Tisch vorbei, und Matteo deutet ihr an, dass bei uns akuter Grappa-Bedarf herrscht. Wenig später ist sie wieder da. Mit fünf Gläsern. Weil sie einen mittrinkt. Die Flasche lässt sie vorsorglich auf dem Tisch stehen. In Deutschland würde man sagen: Effizienz. Ist es ungerecht, einer italienischen Kellnerin zu unterstellen, dass sie eigentlich bloß zu faul ist, jetzt ständig loszulatschen und Nachschub zu bringen? Wahrscheinlich hat auch sie ein großes Herz.

Matteo sagt: »Der Techniker, wenn er nicht vorher ohnmächtig wird von dem Gestank, findet also morgen früh die Schnecken. Erstens wird man sich fragen, wie die so plötzlich dahingekommen sind. Zweitens ist damit unser Problem nicht kleiner geworden.«

»Da hat er recht«, sage ich, »vor allem mit Punkt eins. Da müssen wir als Erstes ansetzen. Jetzt muss jemand tapfer sein. Mutige voran.«

Der Bürgermeister erwacht aus seinem verbalen Halbschlaf. »Wie meinst du das?«

»Ist doch klar. Irgendjemand muss heute Nacht die Schnecken unterm Wagen hervorholen und irgendwo entsorgen. Am besten im Meer. Dann sind sie auch nicht mehr trocken. Und morgen früh sammelt der Bagnino sie ein, wenn er den Strand saubermacht. Falls die überhaupt noch mal angespült werden.«

»Bist du bekloppt?«, fragt Willi.

»Ich weiß schon. Scheißjob, klar, aber sei doch mal ehrlich. Hattest du nicht schon ekligere? Ich meine, es geht darum, dass wir keine Spuren hinterlassen.«

»Stimmt schon«, sagt Helmut. »Ich glaube zwar auch nicht, dass der Verdacht sofort auf uns fallen würde, aber weiß man's?«

»Außerdem«, ergänze ich, »ist das eine total ungefährliche Mission – es ist stockdunkel, und es gibt keine Nachbarn mehr, die euch beobachten könnten.«

Willi seufzt: »Gib mal die Flasche rüber.« Er gießt sich ordentlich Grappa nach. Und zwar nur sich selbst.

Die einzige Komplikation, die ich noch sehe, ist Willis Leibesfülle. Ich bin mir nicht sicher, dass er so einfach unter den Wohnwagen passt. Und dann im fahlen Lichtkegel einer Taschenlampe die Schnecken suchen? Nun, das sind Bedenken, die ich lieber für mich behalte.

»Bene«, sagt Matteo, »damit wäre Problem *numero uno* gelöst, aber wie werden wir ihn danach auch wirklich los?«

»Was haben wir bisher gemacht?«, versucht sich Helmut an einer strukturierten Analyse unserer gescheiterten Bemühungen. »Wir haben mit der Sonnencreme bei seinen Äußerlichkeiten angesetzt …«

»… hätte ich mit ein bisschen Nachdenken auch prophezeien können«, werfe ich zerknirscht und selbstkritisch ein, »dass so was bei Lena nicht zieht …«

»… dann haben wir versucht, seinen Stellplatz zu verpesten. Das ist zwar gelungen, aber das Ergebnis ist unbefriedigend. Ich denke, wir müssen bei ihm ansetzen. Bei seinem Charakter. Oder bei ihm als Mann.«

»Stimmt«, sage ich, »wir müssen ihn in der Kernkompetenz eines Mannes unmöglich machen, eines waschechten Campers. Aber worum geht es letztlich beim Campen?«

»Vorzelt aufbauen, Steaks grillen, Bier trinken. Na ja, und Auto vielleicht«, zählt Willi auf.

Ich denke, die Reihenfolge ist willkürlich und könnte genauso andersrum lauten.

»Bei euch Deutschen sind es die Autos«, meint Matteo.

»Bingo«, sage ich, »wir müssen sein Auto manipulieren.«

»Jetzt bist du völlig übergeschnappt«, meckert

Willi. »Willst du dem die Bremsschläuche durchschneiden? Ey, wegen dir kommen wir noch alle in den Knast.«

»Nein. Natürlich nicht. Ich weiß nämlich auch, was wir bisher falsch gemacht haben. Wir haben nie an den nächsten Schritt gedacht.«

»Kapier ich nicht«, sagt Willi.

»Na, ganz einfach. Wir manipulieren nicht *sein* Auto, sondern Lenas, also meins, ähm, ich meine unseres. Ach, ist ja auch egal. Und hier ist die Idee: Wir müssen ihm eine Aufgabe stellen, die jeder richtige Mann und Camper mit links erledigt und bei der er scheitert. Und zwar *big time*!«

»Was könnte das sein?«, fragt Matteo.

»Da bin ich der falsche Ansprechpartner«, sage ich achselzuckend und blicke hilfesuchend in die Runde. Schließlich wissen die alle, dass sich mein Geschick darauf beschränkt, Bierflaschen zu öffnen und Handwerkern anzureichen.

»Kannst du einen Reifen wechseln?«, will der Bürgermeister wissen. Ich denke, es ist eine rein rhetorische Frage.

»Natürlich nicht, ich bin ADAC-Plus-Mitglied«, sage ich, wenngleich man damit heute ja nur noch bedingt prahlen sollte. Aus vielerlei Gründen.

»Wunderbar, außer dir kann das wirklich jeder«, meint Helmut und grinst den Willi an, »dann werden wir ihn beim Reifenwechsel fertigmachen. Und ich weiß auch schon, wie.«

»Da bin ich ja mal gespannt«, nörgele ich.

»Warte es ab.«

»Ich bin auch gespannt«, sagt Willi, »aber jetzt trinken wir erst mal noch einen Grappa auf unsere Mission heute Abend.«

»Es sind Missionen, Willi«, verbessert ihn der Bürgermeister, »Plural!«

Begleitet von einem Raunen der Gäste war die Sonne knallrot ins Meer geplumpst; ein Spektakel, das sich in etwa so zuverlässig wiederholt wie das Glockenspiel auf dem Münchner Marienplatz. Siehst du es einmal, ist es atemberaubend schön. Beim zweiten Mal immer noch richtig nett. Ab dem dritten gehen dir vor allem die Touries auf den Keks, die zum Rathausturm hochglotzen oder hier aufs Meer. Die aber auf jeden Fall immer im Weg stehen.

Ich stehe gerade am Waschbecken meines Kämmerchens und will mir die Zähne putzen. Stehe ein bisschen unsicher auf den Beinen – der Grappa hat mein Balancegefühl doch ziemlich arg strapaziert, und ich merke, ich kann mit den Jungs einfach nicht mithalten. Da krächzt mein Walkie-Talkie.

»Fuchsbau an Adlerauge.«

»Was ist los?«

»Wir haben ein Problem.«

»Und zwar?«

»Willi passt nicht unter den Wagen. Er ist zu dick.«

Nun, das hatte ich ja schon befürchtet: »Dann musst du das machen!«

»Geht nicht. Mir wird schon kotzübel, wenn ich nur in die Nähe des Wagens gehe.«

Auch das noch, der Bürgermeister mutiert zum Mädchen. »Mann oder Manuela?«, sage ich. Der Lieblingsspruch eines lieben Freundes von mir.

»Manuela«, krächzt es leise und ein bisschen indigniert aus dem Funkgerät.

Auch das noch. Was ist das für eine Welt, in der du dich nicht mal mehr auf Rentner verlassen kannst?

Zumal auf einen hartgesottenen Blockwarttypen wie den Bürgermeister. Er sagt: »Wir haben das diskutiert – du musst es selbst machen. Ist schließlich auch dein Problem, oder?«

Na prima, so viel also zum Teamgedanken unserer kleinen Verschwörergruppe. Wenn Fidel Castro und Che Guevara so gedacht hätten, wäre Havanna heute immer noch das Bordell der Vereinigten Staaten. Und die Schweinebucht eine weitere Dependance von Disneyland.

»Es ist dunkel. Weit und breit keiner hier«, sagt der Bürgermeister, »völlig ungefährlich. Kein Problem für dich, runterzukommen und das selbst zu erledigen.«

Tja. So etwas nennt man dann wohl Perspektivwechsel: Bisher war ich mit meiner Position gar nicht so unglücklich, immer schön von oben zugucken und beobachten. Die Strippen ziehen wie ein Puppenspieler. Jetzt also geht's von der Draufsicht mitten hinein ins Geschehen.

»Adlerauge – bist du noch da?«, fragt Helmut, weil ich nichts mehr gesagt habe.

»Ja sicher, okay, ich komme jetzt runter. Ihr bleibt aber da und steht Schmiere.«

»Ehrensache. *Over and out.*«

Auf die Idee, eine Taschenlampe zu kaufen, war ich bisher noch nicht gekommen. Zu blöd. Der schmale Weg runter ins »Grande Paradiso« führt über Felsen, Wurzeln und allerlei Gestrüpp. Eigentlich hatten sie hier vor ein paar Jahren mal ein paar Lampen in den Trampelpfad eingelassen; keine Ahnung, ob die Campingplatzverwaltung das gemacht hatte oder Matteo. Jedenfalls strahlten die Leuchten die Büsche und Sträucher immer recht romantisch an – plus: Du konntest sehen, wo du langgehst. Aber Italien ist ein Land am volkswirtschaftlichen Abgrund, und so ist es nicht weiter erstaunlich, dass die Lampen hier nicht funktionieren. Müssen wahrscheinlich sparen. Auf dem Trampelpfad sieht es jetzt genauso finster aus wie im Finanzministerium in Rom.

Mein iPhone hat so eine Taschenlampenfunktion, und noch steht die Akkuanzeige bei etwas mehr als 30 Prozent. Das sollte also reichen, um unfallfrei da runterzukommen. Dass ich dennoch ab und zu ins Straucheln komme und mir einmal fast den Knöchel breche, als ich auf einem der kleinen Felsen ausrutsche, liegt wohl eher an meinem inneren Zustand als an äußeren Umständen. Ich bin mit der Hüfte genau auf das Funkgerät geknallt, das ich mit einem Clip an meinem Hosenbund befestigt habe. Aber sowohl Hüfte wie auch das Walkie-Talkie überstehen den Sturz unbeschadet.

Die Gischt spritzt ein paar feine Tropfen aus der Bucht hinauf auf den Weg. Draußen auf dem Meer dümpeln ein paar Boote vor sich hin, die einen kleinen Lichtkegel ins Wasser werfen. Jeden Abend um diese Uhrzeit fahren die Fischer von Sepiana hinaus – und mit ihren Lampen locken sie die dümmlichen Tintenfische an, die dann später ihre Neugier damit bezahlen, dass sie bei Matteo und Ercole und all den anderen auf dem Grill oder als Carpaccio in der Antipasti-Vitrine landen.

Der Weg vom Trabucco aufs »Grande Paradiso« endet unten am Strand. Von diesem Teil der Bucht bis zum anderen Ende an der Grotte, wo Lena und die Kinder stehen, sind es genau 550 Meter, wie die Jogging-App meines Telefons während unseres letzten Urlaubs errechnet hat. Ich laufe mit meinen Flip-Flops durch den Sand, und kurz bevor ich an der »Bar Agostino« ankomme, sehe ich auch schon Willi und den Bürgermeister, die auf mich warten. Willi winkt wie Robinson Crusoe, der ein Schiff vorbeifahren sieht. Das mit der Diskretion hat er offenbar nicht so ganz verstanden.

»Okay, Leute«, sage ich zur Begrüßung, »dann bringe ich meine Dschungelprüfung jetzt mal hinter mich.«

»Kriegst auch ein Bier statt Sterne, wenn du tapfer bist«, sagt Willi.

Er und der Bürgermeister haben sich doch allen Ernstes schwarze Klamotten übergezogen, Helmut sogar einen Kapuzenpulli – gerade so, als wollten sie an nur einem einzigen Abend in Grünwald einen ganzen Straßenzug ausräumen.

»Ein neues T-Shirt wäre mir lieber, werde ich sicher brauchen«, sage ich. Um meine edlen Lacoste-Kopien zu schonen, hatte ich für diesen Einsatz ein Shirt aus Willis Fundus genommen: Es reicht mir bis zu den Kniekehlen, und vorne drauf steht: »Lieber ein Doppelkorn als ein Körnchen Wahrheit.«

Wir gehen den kleinen Teerweg vor, der zu Sandros Wohnwagen führt, und je näher wir kommen, umso heftiger der Odor.

»Heilige Scheiße«, sage ich, »da braucht man ja wirklich nicht nach dem Weg zu fragen.«

»Wahnsinn, oder?«, meint der Bürgermeister, der erstaunlich still war die ganze Zeit. Ich denke mal, er schämt sich immer noch ein bisschen.

Als mir die Hamburger Elektrizitätswerke vor ein paar Jahren aufgrund eines dummen Missverständnisses mal den Strom abgeschaltet hatten und im

Eisfach des Kühlschranks mein Broccoli über einige Wochen verrottet war, musste ich mich fast übergeben. Gegen das hier aber war das wie ein Besuch in der Douglas-Parfümerie. Der Einzige, dem nicht schwindelig wird, als wir vor Sandros Wohnwagen stehen, ist Willi. Für ihn ist das der übliche Geruch, den sein Job eben so mit sich bringt, wenn er mal wieder irgendwo ein Abwasserrohr reparieren muss.

Und in der Tat: Alle um den Berggorilla herum haben abgebaut.

»Alles klar«, versuche ich einen auf cool zu machen, »ihr postiert euch jetzt auf jeder Seite, ich krabbel da schnell runter und ab dafür.«

Der Bürgermeister reicht mir einen dieser durchsichtigen Hundekotbeutel, wie sie hier auf dem Campingplatz an jedem dritten Baum hängen. Eine Einrichtung, die Helmut mal höchstselbst bei der Verwaltung durchgesetzt hatte. Der solide Spießer in ihm kommt zurück, und er sagt: »Hier kannst du die Schnecken reinschmeißen. Und vergiss nicht, die Tüte zuzuknoten.«

»Toller Hinweis.«

Also. Ich hole mein Telefon aus der Hosentasche und klicke auf die Taschenlampen-App, Luft anhalten jetzt. Wo steht der Weltrekord im Apnoetauchen? Ich glaube, irgendwo um die zehn Minuten. Hätte ich doch bloß eine Atemmaske.

Verdammt eng hier unten, ich kralle meine Finger in den Grasboden unter dem Wagen und ziehe mich langsam nach vorn. Das letzte Mal, dass ich so gekrochen bin, war bei der Grundausbildung der Bundeswehr; das ist jetzt mehr als zwanzig Jahre her, und schon damals hatte ich mich angestellt wie ein

Volldepp. Ich bin seitdem nicht viel geschickter oder gelenkiger geworden, so viel ist sicher. Im schwachen Schein des Handys sehe ich schon die ersten Schnecken, die liegen da ein bisschen verstreut – wie ein Häuflein zu groß geratene Ziegenköttel.

Wie sagt meine Psychologin immer: tiefe Bauchatmung. Kann ich hier vergessen. Ich muss an die Kandidaten aus der Dschungelshow denken – was die da mit sich machen lassen. Aber wenn diese Castingshow-Heulsusen so was durchhalten, schaffe ich das auch.

Der Boden ist irgendwie uneben, es wird immer enger, je näher ich an die Schnecken heranrobbe. Mein Rücken bleibt am Unterboden des Wagens hängen und ein Metallteil kratzt höllisch an meiner Wirbelsäule.

»Geht's?«, flüstert der Bürgermeister.

»Sei ruhig«, zische ich zurück, »und bleib auf Position.«

Reden ist keine gute Idee, denn dann atmest du erst mal eine ordentliche Nase Schneckenscheiß ein. Zwanzig, dreißig Zentimeter vielleicht, dann habe ich sie. Mit bloßer Hand anfassen geht gar nicht, den Gestank wirst du nie wieder los. Ich fummel an meiner Hosentasche rum und taste nach der Hundekackatüte, die mir Helmut gegeben hatte. Er hat mir auch genau gezeigt, wie man sie über die Hand stülpt, um nach dem Dreck zu greifen.

»Hast du sie? Jetzt bloß nicht schlappmachen!«, ruft Willi. Schön, dass er mich anfeuern will. Das kann ich auch wirklich gut gebrauchen. Allerdings muss er's ja nicht gleich über den ganzen Platz trompeten.

»Gleich«, ächze ich. »Aber, Mist, ich komm an die Tüte nicht ran.«

Vielleicht muss ich mich ein bisschen drehen. Ich liege auf dem Bauch, geplättet wie eine Flunder. Verdammt! So komme ich einfach nicht an die Tüten ran. Also versuche ich, mich ein wenig auf die Seite zu rollen. Ich rutsche ein Stück nach vorn und stoße dabei mit der Schulter zwischen irgendwelches Gestänge.

Und dann geht plötzlich nichts mehr. Ich hänge fest.

»Willi!!!«, zische ich. Keine Reaktion.

»Helmut!!!« Keine Antwort.

Jetzt sind die beiden wohl tatsächlich auf ihre Position zurück. Ausgerechnet in so einem Moment.

»Wiiiii-lli!!! Hellllll-mut!« Da hilft nur noch schreien.

»Pssst«, macht Willi wenige Sekunden später.

»Nix pssst, ich brauche Hilfe, ich stecke fest.«

»Ach du Scheiße.«

»Was ist los?«, fragt Helmut, der herbeigeeilt kommt.

»Eingeklemmt«, stöhne ich.

»Oha!«

»Ihr müsst den Wagen weiter hochbocken«, flehe ich.

»Gute Idee«, meint Willi.

Ich sehe die Lichtkegel ihrer Taschenlampen über den Boden flitzen und höre, wie die beiden um den Wohnwagen rumschlurfen auf der Suche nach der Kurbel, mit der man die Beine des Wohnwagens hochdreht. Im Schein ihrer Lampen sehe ich aber auch, wie viele Schnecken hier noch rumliegen. Und das leider sehr viel weiter verteilt, als ich dachte. Da haben die Jungs ja ganze Arbeit geleistet.

Allmählich macht mir die Enge mehr zu schaffen

als dieser erbärmliche Gestank. Auch ein interessanter psychologischer Effekt: Klaustrophobie verdrängt als Bedrohung den infernalischen Mief.

»Schnell, Jungs, das tut weh«, wimmere ich.

»Hab das Ding«, schreit Willi.

»Leise«, befiehlt der Bürgermeister.

Irgendwas scheppert. Keine Ahnung, was die beiden da gerade anstellen, aber mit ihrem Wohnwagen-Aufbocken machen die jetzt einen Radau wie eine richtig böse Heavy-Metal-Band auf dem Wacken-Festival.

»Ey, Männer«, keuche ich.

Null Reaktion. Wahrscheinlich können sie mich gar nicht hören bei dem Lärm, den sie da fabrizieren. Offenbar fallen auch im Wohnwagen schon die ersten Gegenstände wild durcheinander.

»Wenn ihr so weitermacht, hören die euch oben an der Rezeption noch.«

»Das Drecksding ist total verrostet«, entschuldigt sich Willi. »Typisch Italiener halt, vergisst, das auch mal zu ölen. Kümmern sich um nichts, diese Burschen.«

»Du musst das jetzt aber nicht auch noch reparieren«, gebe ich zurück, »mach einfach mal hin. Ich krieg hier kaum noch Luft.«

Genau so hatte ich mir mein Leben immer vorgestellt – eingeklemmt unter einem alten Wohnwagen zwischen einem Haufen stinkender toter Schnecken. Immerhin: Allmählich tut sich hier was; ich kann spüren, wie sich der Wagen langsam anhebt.

»Jungs, drei, vier Zentimeter noch, dann komm ich hier raus.«

Der Druck von meiner Schulter weicht ganz allmählich, aber schon wieder kracht und rummst da etwas über mir. Was zum Teufel machen die beiden?

Man darf sich das Ganze jetzt nicht zu schnell vorstellen. Der Wagen steigt in etwa so gemächlich an wie der Meeresspiegel am Nordseestrand, wenn die Flut beginnt. Ich versuche, mich mit ganz leichten Bewegungen zu drehen – und tatsächlich: Ich habe mich gelöst.

»Okay, lasst den Wagen so, wie er jetzt ist. Ich hole die Schnecken!«, sage ich.

Plötzlich taucht ein weiterer Lichtkegel auf. Und eine Stimme, die ich noch nie gehört habe: »*Eh, che cazzo fai?* – Was zum Teufel treibt ihr da?«

Das hatte gerade noch gefehlt. Durch den Lärm sind offenbar die letzten Leute, die hier in der Nähe dem Gestank getrotzt haben, auf uns aufmerksam geworden.

»Scusi, signore, non capisco«, sagt der Bürgermeister in überakzentuiertem Italienisch. Er habe nichts verstanden. *»Parla tedesco?«* Sprechen Sie Deutsch?

Ich taste mich derweil weiter an die Schnecken heran. Mehr denn je habe ich nämlich das Gefühl, das hier muss jetzt richtig schnell gehen.

Da draußen ein riesiges Palaver. Der Italiener spricht kein Deutsch, Willi und Helmut verstehen ihn auch nicht besser. Wenn ich das richtig deute, hält der Italiener die beiden für Einbrecher und sagt, er wolle Sandro holen.

Ich stülpe mir die Tüte über die Hand und sammele alles ein, was ich auf die Schnelle zu greifen kriege. Mit dem Oberarm schramme ich schon wieder an irgendein Metallteil. Ich möchte nicht wissen, wie viele blaue Flecken ich morgen habe. Ist jetzt auch egal. Und ich werde zerkratzt sein, als hätte ich mit einem Tiger gekämpft.

Das Adrenalin pumpt durch meine Adern und verstopft offenbar meine Atemwege. Oder ich habe mich längst an den Gestank gewöhnt. Cool bleiben, sage ich mir innerlich wie ein Mantra vor. Keine Fehler machen. Ich leuchte den Boden ab, sehe noch drei weitere Schnecken und robbe in ihre Richtung.

»Der Typ ist weg«, sagt Willi. Vermutlich ist das beruhigend gemeint, nur haben die beiden die Situation noch nicht so ganz überrissen.

»Der ist schneller wieder da, als ihr denkt«, keuche ich und greife nach den letzten beiden Stinkeviechern, »und dann kommt er nicht allein.«

Auf einmal wird es finster unterm Wohnwagen. Diese verdammten iPhone-Akkus halten auch gar nichts durch. »Willi, leuchte mal unter den Wagen, ich komme jetzt raus.«

»Alles klar.«

Ich fühle mich wie eine Ameise, aber gleich habe ich es geschafft. Ich strecke die Arme nach vorn und reiche Willi die Tüte. »Mach noch einen Knoten rein«, sage ich, als Helmut Alarm schlägt.

»O Mist, du hattest recht«, zischt er, »ich glaube, das ist der Berggorilla.«

»Fuck«, stöhne ich, »wenn der mich hier sieht, sind wir geliefert. So dämlich ist der ja auch nicht.«

Ich ziehe mich mit letzter Kraft unter dem Wohnwagen hervor, als ich die Stimme des Bürgermeisters höre: »Ah, da sind Sie ja endlich«, sagt er.

»Los Markus, hau ab«, sagt Willi, »wir reden uns hier schon raus.«

Er drückt mir die Tüte mit den Schnecken in die Hand: »Lauf!«

Ich schau ihn noch für ein, zwei Sekunden irritiert an, dann renne ich zur anderen Seite davon, springe ein Mäuerchen runter und renne durch die Dunkelheit Richtung linke Begrenzung des »Grande Paradiso«. Ein mieser kleiner Feigling auf der Flucht.

»Hey, da war doch noch jemand«, ist das Letzte, was ich noch höre. »Hey, halt!« Sandros Stimme.

Dann stolpere ich über eine Schnur und schlage der Länge nach hin. Wie vom Blitz gefällt. So wie Arjen Robben, wenn er im gegnerischen Strafraum leicht touchiert wird.

Nove

Dort, wo vor ein paar Tagen noch mein weißer Schniedel war, habe ich jetzt einen bräunlich verkrusteten Fleck. Als ich gestern Nacht, immer noch leicht außer Atem, in meinem Kämmerchen ankam, blickte ich in den Spiegel. Ein fieser Cut zog sich über meine Stirn. Auf dem Flur zur Toilette traf ich Matteo, den mein widerlicher Schneckengestank fast in die Ohnmacht trieb. Als Gastgeber alter Schule machte er zunächst ein besorgtes Gesicht und träufelte sogleich ein wenig vom dem Grappa, der mich inzwischen schon etliche Gehirnzellen gekostet hat, auf ein blütenweißes Tuch. »Zum Desinfizieren«, sagte er, »altes italienisches Rezept.«

Die Blutung war erstaunlich rasch gestillt. Matteo packte meine miefenden Klamotten in eine Plastiktüte und schmiss sie in die Waschküche. Sollen sich seine Angestellten darum kümmern. Danach schickte er mich unter die Dusche: »*Subito*«, sagte er, »du bist eine Stinkbombe auf zwei Beinen.« Ich glaube, er war kurz davor, sich zu übergeben.

Geblieben ist mir heute Morgen als Erinnerung eine mächtige Schwellung an meinem Brummschädel.

»Hey, *buon giorno*. Da ist ja das Einhorn vom Trabucco«, sagt Matteo, als ich von Kopfschmerzen gequält vor der Bestelltheke auftauche. »Magst du einen Cappuccino?«

»Und eine Tüte mit Eiswürfeln. Du hast doch sicher welche?«

Lena hätte sofort die Globuli startklar gemacht, ohne die sie nie aus dem Haus geht, weil der kleine Luca sich in letzter Zeit regelmäßig die Rübe einrennt. Er ist jetzt in einem Alter, in dem er nahezu wöchentlich mit Tischkanten kollidiert. Das macht ihn regelrecht zum Arnika-Junkie.

Matteo füllt drei Hände voll Crushed Ice aus der Vitrine in einen Gefrierbeutel, der Fischgeruch dringt sogar durch den Plastikbeutel. Er sagt: »Meinst du, das hilft jetzt noch?«

»Keine Ahnung, aber streunende Katzen werden meinen Duft lieben.«

Im Radio besingt Norah Jones gerade den Sonnenaufgang im Gesicht ihres Geliebten. Akustikversion. Was für eine wundervolle, friedliche Stimme. Und wie dazu arrangiert, schwappt nun das Meer vor sich hin, noch träger und gemütlicher als ein greiser Berner Sennhund.

»Und du meinst, Sandro hat dich wirklich nicht erkannt?«, will Matteo wissen. Gestern Nacht hatte ich offenbar nur unwesentlich zusammenhängende Sätze hervorgebracht. Der Grappa in meinem Blut, das Blut auf meiner Stirn, der Grappa auf meiner Wunde – das war dann doch alles ein bisschen zu viel für mich.

»Was weiß ich. Schwer zu sagen. Es war dunkel, er war weit weg. Und ich bin in diesen blöden Flip-Flops einfach nur stur geradeaus gerannt. Jedenfalls, bis ich dann auf die Schnauze gefallen bin.«

Matteo lacht: »Ja, ja, Camping ist ein gefährliches Hobby.«

»Ist doch der Wahnsinn«, schimpfe ich, »wie die

Leute da ihre Schnüre und Strippen ziehen. Aber ich kann ja jetzt schlecht jemanden auf Schmerzensgeld verklagen.«

Camping, so viel hatte ich ja schon bei meinem ersten Aufenthalt hier gelernt, ist letztlich die hohe Kunst der nie endenden Improvisation. Sie sind die ganzen Ferien über damit beschäftigt, ihren Stellplatz zu optimieren und den Bedingungen, Wind und Wetter anzupassen. Wohnwagenurlauber rammen Heringe in den Boden und spannen Schnüre, später werden sie Schnüre an Schnüre binden und diese mit weiteren Schnüren ergänzen, wenn's denn sein muss. Deshalb war damals auch keiner wirklich sauer, als meine Dreierstecker-in-Dreierstecker-in-Dreierstecker-Konstruktion den Blackout verursachte. Im Gegenteil: Für Willi war das nur ein Beleg dafür, dass ich allmählich das Prinzip des Campings verstanden hatte.

Möglicherweise liegt das Fallenstellen aber auch ganz simpel in der DNA des Campers. Gewissermaßen als Referenz an das Abenteuer und die Ursprünglichkeit des Lebens in der freien Natur. Jäger und Sammler. Wobei das »Grande Paradiso« in seiner ganzen Robinson-Club-Haftigkeit die maximal domestizierte Form des Campings ist. Quasi der Schäferhund gegenüber dem Wolf.

»Weißt du, wo ich ein Boot bekomme?«

Matteo ist von meinem zugegebenermaßen abrupten Themenwechsel irritiert. Aber ich war gedanklich ein wenig abgeschweift. Er fragt: »Wofür brauchst du ein Boot? Hast du überhaupt einen Führerschein?«

»Braucht man so was in Italien?«

»Auch bei uns gibt es Gesetze!«

Damit hat er natürlich recht. Die Italiener sind neben Griechen und Spaniern vielleicht die charmantesten Anarchisten Europas, aber ihre Beamten sind bürokratischer als die Figuren aus den Kurzgeschichten von Franz Kafka. Wer angesichts der Formblätter und Antragsprozeduren deutscher Behörden in die Knie geht, kommt in Italien niemals auf die Füße. Lena hatte eine ganze Weile in Bologna bei Umberto Eco studiert, auch deshalb spricht sie dieses wunderbare, kristallklare Norditalienisch. Und wenn sie davon erzählt, wie sie in die Verwaltungsmühlen geriet, um noch ein weiteres Semester in dieser wunderschönen Stadt zu bleiben, dann erinnert das eher an die Geschichte eines Senegalesen, der in einer besseren Nussschale auf Lampedusa angeschwemmt wurde.

Dieser Bürokratie-Irrsinn gilt übrigens nicht nur für Beamte. Frag mal jemanden, der ganz frisch nach Rom oder Mailand zieht und einen Telefonanschluss beantragen will. Kabelfernsehen vielleicht noch, oder einfach nur Strom und Wasser. Das ist eines der letzten Abenteuer, die Europa zu bieten hat. Denn die Grundversorgung in Italien liegt in den Händen einer totalitären Clique grauer Männer. »Geht doch« gibt's nicht.

»Aber es hält sich niemand an eure Gesetze«, sage ich.

»O doch«, belehrt mich Matteo. »Ich denke, du bist Journalist – liest du keine Zeitung?«

Dass sie in Athen und anderen griechischen Großstädten inzwischen dazu übergegangen sind, per Google Earth die Pools und Garagenplätze von Menschen zu zählen, die trotz allen offenkundigen

Wohlstands bemitleidenswerte Einkommensteuererklärungen abgeben, war mir bekannt. Auch, dass diese Halunken nun mit grünen Planen ihre Pools abdecken, damit sie aus der Luft wie saftige Wiesen wirken, wusste ich schon länger und hatte sogar selbst darüber berichtet. Dass sie aber seit der Finanzkrise auch in Italien den üblichen Protzern an ihre prall gefüllten Geldklammern gehen, das war mir neu.

»In Cortina d'Ampezzo zum Beispiel gibt es so ein Restaurant, wo inzwischen der Wirt seine Gäste warnt, lieber mit dem Taxi zu kommen, weil die Bullen jeden Porsche- und Maserati-Fahrer anhalten und filzen.« Matteo sagt: »Die wollen dann von dir den *scontrino* sehen. Und wenn du den nicht hast, gibt's richtig Ärger.«

Ich erinnere mich. Seit ein paar Jahren muss dir jeder Gastronom, ob du nur in einer Espressobar bist oder im feinsten Sternelokal, den *Scontino*, also einen kleinen Rechnungszettel, quasi auf den Unterarm tätowieren, ihn dir aber mindestens aufzwingen, bevor du seinen Laden verlässt. So soll wenigstens einigermaßen sichergestellt werden, dass nicht jeder zweite Drink oder sämtliche Vorspeisen unregistriert auf den Tisch kommen. Matteo sagt: »Dieses Restaurant in Cortina, ich habe den Namen vergessen, ist jeden Abend vollbesetzt, sogar der Platz vorm Klo, und trotzdem hat der Wirt jahrelang keine Steuern gezahlt, weil er angeblich nichts verdient hat. Und jetzt machen sie ihn fertig.«

Ich sage: »Okay, verstehe. Also, wo kriege ich dann ein Tretboot oder so was? Oder braucht man dafür auch eine Lizenz?«

»Natürlich nicht. Was hast du denn vor?«

»Perspektivwechsel«, sage ich. So schön es hier oben am Trabucco ist, mit dem prall gefüllten Kühlschrank und allem – ich glaube, es wäre auch ganz nett, Lenas Stellplatz mal vom Wasser aus zu beobachten. Hätte ein bisschen mehr von Urlaubsgefühl. Ich sage: »Außerdem komme ich mit dem Boot einfach näher ran.«

»Aber kommst du auch an dein Konto ran? Ich meine, ein Boot ist teuer.«

»Umpf.«

Die Sache mit meinem Konto ist ja nur bedingt überstanden. Und im Prinzip kann ich inzwischen auch wieder ein paar Kröten abheben, aber so richtig lustig ist das alles nicht.

Matteo überlegt einen Moment, dann greift er unter die Theke und holt sein Festnetztelefon hervor. Großes Palaver – so schnell, so viele ausgelassene Silben, Wörter, vielleicht sogar ganze Sätze. Schwer einzuschätzen. Jedenfalls verstehe ich nur Fetzen. Am anderen Ende der Leitung ist offenbar ein Kumpel namens Federico, und bevor Matteo auflegt, sagt er noch: *»Ci vediamo in dieci minuti«* – Wir sehen uns in zehn Minuten.

Entweder wohnt Federico auch hier in der Bucht, oder es ist eine dieser typischen italienischen Redewendungen. *Subito*, also sofort, bedeutet nichts anderes als: in der nächsten halben Stunde. *Cinque minuti* können dann schon mal eine Stunde werden. Und zehn Minuten heißt so viel wie: nachher mal.

Matteo brüht sich jedenfalls erst mal einen Espresso auf. Federicos Familie, erzählt er, gehörte zu den wahnsinnigen 100 Glückspilzen, die damals den Lotto-Jackpot geknackt haben; und als das Geld auf dem Konto war, investierten sie ihre ganze Kohle in Altstadt-Immobilien und verhökerten ihren bescheidenen Bootsverleih. Nur ein Boot ist noch übrig. Das darf ich mir jetzt ausleihen. Scheint ein Erbstück zu sein.

Matteo raucht noch in Ruhe eine Zigarette, dann sagt er: »Komm, wir fahren – ich bring dich hin.« Er sagt: »Und denk an deine Baseballkappe. Sonst fällst du noch mit einem Sonnenstich über Bord.«

Das Boot liegt zwei Buchten vom »Grande Paradiso« entfernt. Ein kleiner Trampelpfad führt von einer Sackgasse aus den Weg hinunter. Federicos Familie hat sich hier unten eine Art Schrebergartenlaube samt Steg ans Wasser gebaut. Es gibt nicht viele Leute in Sepiana, die ihren Lottogewinn dermaßen geschmackvoll angelegt haben. Ich muss ganz ehrlich sagen, dieser Platz ist: *molto romantico*.

Federico, das hatte mir Matteo während der Autofahrt erzählt, ist einer der begehrtesten Junggesellen von Sepiana. Er tut offenbar auch wenig dafür, seinen Beziehungsstatus zu ändern. Jetzt weiß ich, warum. Er hat schwarze Locken und dunkelbraune Augen, die von Sehnsucht erzählen – ich bin sicher, diesen Blick hat er jahrelang vor dem Spiegel geübt, und jetzt ist er halt geblieben. Er ist durchtrainiert wie ein Beachvolleyballer und auch so groß. Matteo hat behauptet, in Sepiana gibt es keine hübsche Frau unter dreißig, die noch nicht mit Federico geschlafen hätte. Aber ich denke, auch das ist eher sinnbildlich zu verstehen. So wie diese zehn Minuten, als die beiden vor gut einer Stunde telefoniert hatten.

Das Tretboot jedenfalls ist das Äquivalent zu einem dieser Nostalgie-Karussells auf dem Münchner Oktoberfest. So richtig aus Holz und mit einer kleinen Liegefläche hinter den Sitzen. Nicht so ein olles Touristending aus Plastik und mit Rutsche hintendrauf und Pedalen, die aussehen wie von einem Kettcar.

»Du kannst es haben«, sagt Federico, »ich will auch kein Geld von dir. Matteo ist mein Freund, und er hat mir deine Geschichte erzählt. Ich kann dich gut verstehen.«

Jede Wette, dass er das kann.

Federico sagt: »Aber pass auf das Boot auf. Das gehört seit 1962 unserer Familie, und darauf wurden zwei meiner Brüder gezeugt.«

Ich sehe Federico an und denke: Und wenn es die Segnungen der Pharmaindustrie nicht gäbe, wären hier bestimmt noch sehr viel mehr Kinder entstanden. Ich sage: »Nee, ist klar, ich bin vorsichtig. Versprochen.«

»Ein Kratzer«, ergänzt Federico, »und du bist tot.«

»Hahaha, verstehe – Frauen und Autos verleiht man nicht. Hahaha. Schön, dass du mit deinem Boot eine Ausnahme machst.«

Federico schaut ernster, als es mir lieb wäre. Hoffentlich läuft da nichts schief. Mir macht das ein wenig Angst. Und vor meinem geistigen Auge sehe ich mich gerade ganz langsam Richtung Meeresgrund dümpeln; die Fischer werden mich irgendwann finden, wenn sie ins Meer leuchten und die Tintenfische anlocken.

Sonnencreme an Bord, eine Flasche Wasser, Fritz-Berger-Kappe auf dem Kopf. Und, natürlich, das Walkie-Talkie und der Feldstecher. Alles *bene*. Ich strampel dann mal los. So eine Seefahrt, die ist nicht lustig. Die ist mühsam. Ich trete in die Pedale, als würde ich mit dem Fahrrad eine Passstraße erklimmen. Und der Weg hinüber in unsere Bucht ist ungefähr so anstrengend wie eine zweistündige Tour auf dem Mountainbike. Vor mir sehe ich schon den Trabucco und spüre, wie sich unter meinen Achseln Schweißflecken bilden. Seit ich in Sepiana angekommen bin, habe ich eigentlich nur Bier getrunken und dazu auch noch gefuttert, als wäre ich schwanger. Ich sollte es mal so sehen: Das hier könnte sich gut als Ersatz für mein übliches Sportprogramm etablieren; ich sollte es ein bisschen variieren: einen Tag Tretboot – trainiert die Beine. Danach Rudern – für Bizeps und die Brustmuskulatur. Und dann einen Tag am Trabucco rumhängen und von dort aus das »Grande Paradiso« beobachten: zur Regeneration.

Das letzte Mal, dass wir Bötchen fahren waren, hatte Linda unserem Luca dermaßen viele Schauergeschichten von Meeresungeheuern und Haien und bösartigen Kraken erzählt, dass sich der Kleine anschließend weigerte, jemals wieder auch nur mit der Fußspitze ins Wasser zu gehen. Ich musste so sehr lachen, dass ich ganz vergaß, den armen verschüchterten Zwerg zu trösten. Erst, nachdem Lena ihn bei unserer Rückkehr beschützend in den Arm genommen und Linda massiv zusammengefaltet hatte, verstand er, dass seine große Schwester ihn bloß verarscht hatte.

In der Paradiso-Bucht dümpeln einige Schlauchboote auf der glatten Meeresoberfläche; Väter, die fröhlich ihre Kinder ins Wasser werfen und anschließend wieder liebevoll herausfischen. Ich sehe ihr Lachen, ihre Freude. Betrachte sie aus sicherem

Abstand durch meinen Feldstecher. So fern ist mir dieses Leben gerade.

Oder anders gesagt: So weit bin ich gekommen.

Ich wollte ja nicht mehr zu denen gehören. Und wenn, dann bitte nur in der Minimal-Dosierung: Ganz gemütlich jedes zweite Wochenende. Freitagabend bis Sonntagabend und dann diese Familienwelt gleich wieder eintauschen gegen das infantile Leben eines 25-Jährigen, der aber blöderweise im Körper eines 42-Jährigen steckt. Und gelegentlich, vor allem morgens, auch noch sehr viel älter aussieht.

Da sitze ich allein auf diesem Boot und komme mir so erbärmlich vor: der einsame alte Mann und das Meer.

Ist das die Freiheit, für die ich Frau und Kinder sitzengelassen habe? Fühlt die sich so an? Freiheit ist im Moment einfach nur ein anderes Wort für Alleinsein. Ein ziemlich bescheuerter Euphemismus.

Es wird mir gegenüber Lena nicht helfen, aber vielleicht muss man das alles auch mal in einen größeren Zusammenhang setzen. Der Punkt ist doch: Noch nie war unsere Freiheit größer als heute. Die Gesellschaft ist so erfreulich tolerant, dass wir im Prinzip alles sein dürfen: monogam oder nymphoman, schwul oder hetero, vier Kinder oder gar keine, alleinerziehend oder happy familiy – verboten ist gar nichts, verordnet ebenso wenig. So kannst du sogar Bundeskanzler werden oder Außenminister. Soziologen sagen in dem Zusammenhang gern: Familienstand oder sexuelle Orientierung besitzen längst keine normative Kraft mehr.

Alles ist möglich. Das klingt eigentlich super, ist aber auch ein Problem. Die Vielzahl an Möglichkeiten kann das Paradies bedeuten. Oder aber Terror sein. Wenn ich meine Freunde ansehe, die nach ihrer Scheidung inzwischen auf dem sogenannten zweiten Beziehungsmarkt unterwegs sind, habe ich nur selten das Gefühl, dass sie dadurch glücklicher werden. Thomas, einer meiner besten Kumpels, checkt jeden Tag mehrmals sein Postfach in einem Single-Portal im Internet. Er sucht und findet und sucht immer weiter. Ganz begeistert davon, wie viele großartige Frauen er auf diese Weise schon kennengelernt hat und in wie viele Leben er reinblicken kann. Manchmal klingt er dabei wie ein Ethnologe, der sich eine fremde Welt erschließt und sie begreifen will. Und doch bleibt er immer nur zu Besuch. Auf Kurzvisite.

Allmählich ist er wie besessen davon, dass irgendwo da draußen oder irgendwo da in den Tiefen der Datenbank eine noch Hübschere, noch Klügere wartet. Diese Portale sind wie ein riesiger Marktplatz mit einem, wie Thomas das nennt, immer größer werdenden Angebot. Einige dieser Angebote verschwinden wieder vom Markt, aber tendenziell werden es eher mehr als weniger. Thomas musste sich nach seiner Scheidung eine Wohnung suchen und ein neues Auto. Hat er alles übers Internet gemacht: Du gibst ganz präzise deine Kriterien an – Lage der Wohnung, Größe, Preis oder: Automarke, Baujahr, Kilometerleistung – und schon präsentiert dir der Computer ein vorsortiertes Angebot. So ähnlich läuft das jetzt bei Thomas auch mit seinen Frauen.

Das Ambivalente an diesen Dating-Seiten ist ja, dass sich nur die wenigsten Mitglieder festlegen wollen; Online-Flirts und Offline-Knutschereien verlaufen parallel. Frauen machen das übrigens nicht anders als Männer. Sie halten sich alle Optionen offen. Das ist so verführerisch wie verflixt. Thomas jongliert mit seinen Verabredungen wie ein Fußgängerzonen-Gaukler mit seinen brennenden Keulen. Und neulich hat sich Thomas ordentlich die Finger dabei verbrannt, als er mit seinem neuen Date genau die Frau traf, mit der er gerade erst im Bett gelandet war. Das ergab, im Sinne seiner Möglichkeiten, Minus zwei. »Bisschen blöd gelaufen«, meinte er, »aber ich habe ja noch zwei andere am Start.«

Thomas ist einer meiner vernünftigsten und seriösesten Freunde. Durchschnittsauto, Bausparvertrag, nie Schulden auf dem Konto. Ich hätte es nie für möglich gehalten, dass ausgerechnet er einmal so zynisch werden könnte.

Freiheit mag die Abwesenheit aller Verpflichtungen verheißen. Aber was ist an einer Verpflichtung eigentlich so schlimm? Vor allem, wenn man sie eher als Verantwortung begreift?

Mein ganzes Leben habe ich mich vor Entscheidungen gedrückt. Ich bin Waage, solche Leute rechnen Pro und Kontra so lange gegeneinander auf, bis sich ein Problem von selbst erledigt hat. Oder andere es für einen erledigen. Auf diese Weise habe ich mich immer durchgewurschtelt, nett dazu gelächelt. Das hat meistens gereicht.

Und dann habe ich dieses eine Mal eine Entscheidung getroffen. Gegen die richtige Frau und für die falsche. Und jetzt sitze ich hier allein in einem Tretboot und beobachte meine Familie durch ein Fernglas.

Ich blicke durch den Feldstecher zu Lena und den Kindern hinüber. Eine selbstgemalte Flagge steckt in einem Sonnenschirmständer und hängt schlaff in der windstillen Luft. Wegen der Mittagshitze verkriechen sich die drei um die Uhrzeit immer unter dem Sonnensegel, und ich weiß ganz genau, dass jetzt gerade aus Lindas quietschbuntem tragbaren Plastikkassettenrekorder zum 100 000. Mal die Folge »Benjamin Blümchen ist krank« leiert. Man kann das völlig zu Recht für Folter halten. Vor allem, wenn man den Stellplatz neben Linda bezogen hat.

Man kann das aber auch sehr vermissen. So wie ich.

Natürlich wäre ich jetzt frei genug, mit jeder Zwanzigjährigen zu schlafen, die einen massiven Vater-Komplex hat. Der Punkt ist nur – ich will das nicht mehr. Dank Sandra habe ich ja noch einmal in diese niedliche Welt hineingeschaut wie in eine Puppenstube und festgestellt, dass das nicht mehr meine ist. Das sind Gespräche, wie ich sie vor zwanzig Jahren geführt habe. Sorgen, die ich nicht mehr teilen kann. Träume, die sich längst als Unfug erwiesen haben. Vielleicht hat es Sandra für diesen Erkenntnisgewinn gebraucht: Dass ich dieser Welt entwachsen bin. Fehlt bloß noch, dass ich *er*wachsen werde. Endlich mal.

Darum geht es auch bei Lena und mir. Oder besser gesagt: Darum ging es. Ständig. Das Verhältnis von Mann und Frau ist ja gern mal eine Chronik der Missverständnisse. Männer halten sich grundsätzlich für Fertigprodukte. So bin ich auch. *What you see is what you get*. Frauen wiederum verlieben sich in vermeintliche Prototypen, in Männer im Beta-Stadium; sie wollen ihren Liebsten formen und nach ihren Vorstellungen modellieren. Das fängt damit an, dass sie ihnen beibringen, im Sitzen zu pinkeln. Das hat bereits meine Mutter erledigt. Also wollte Lena es verfeinern: Klodeckel runterklappen, Licht im Bad ausschalten. Solche Sachen.

Das ist die Oberfläche. Was darunterliegt, ist das, was sie wirklich an mir zu kritisieren hatte. Nicht ganz zu Unrecht. Dass ich letztlich ein notorischer Verpisser bin, wenn unangenehme Aufgaben anstehen. Einer, dem alles schnell zu viel und zu anstrengend wird und der sich auch mit Anfang vierzig beharrlich weigert, erwachsen zu werden. Das beginnt mit der inkonsequenten Kindererziehung und endet mit fatalem Missmanagement unseres Haushaltsbudgets.

Zum Erwachsenwerden gehört letztlich auch, sich von fremden Vorstellungen über das eigene Leben zu verabschieden.

Davon, dass dir jemand sagt, was erstrebenswert ist; dass Zeitschriften dir vorschreiben, was du wie zu kaufen und zu tragen hast. Ich schaue die erste Reihe des Campingplatzes entlang. Diese urdeutsche Gemütlichkeit mitten in Italien, der Charme Wanne-Eickels an der Adria – hochglänzende Lifestyle-Magazine werden so etwas garantiert nicht als die ultimative Destination dieses Sommers verkaufen. Aber genau jetzt wird mir endgültig klar, wie sehr ich mir nichts anderes wünsche. Morgens aufzuwachen in einer mobilen Sardinenbüchse; bei verbrauchter Luft und dem typischen Geruch, den vier Menschen nun mal verbreiten, wenn sie zusammen auf zehn Quadratmetern übernachten.

Mir fehlt das alles: Freddy, der Bademeister, der morgens mit seinem kleinen Traktor über den Strand rattert und den Sand harkt und Lena grüßt und insgeheim hofft, dass sie ihr Bikini-Oberteil noch nicht trägt und er ihr verstohlen auf den blanken Busen starren kann. Die Typen, die morgens an unserem Wohnwagen vorbeilaufen, die Tüte mit den Panini und Brioche in der Hand, und neugierig bei uns reinlugen, weil wir die Fenster zum Lüften geöffnet haben. Diese ungewollte Nähe zu Leuten, denen wir im normalen Leben niemals begegnen würden, weil in unserem Münchner Schickimicki-Viertel wirklich alle ähnlich sind: zwei Kinder, ein Geländewagen, schicke Sonnenbrillen und Designerklamotten. Wahlweise auch hochtechnisierte Funktionskleidung, als wären sie gerade unterwegs zum Gipfel des Himalaya.

Ich habe mich eine Weile lang immer mal wieder dafür geschämt, dass wir unsere Urlaube auf einem Campingplatz verbringen. Freunde schauten mich ein wenig mitleidig an und sagten: »Meine Sache wäre das ja nicht.« Kann ich verstehen. Wohnwagenferien sind das Gegenteil von cool. Mag sein, dass Reisen durch Vietnam und Bhutan exotischer klingen, polyglotter, aber inzwischen ist mir das ziemlich wurscht, was andere denken. Und exotisch habe ich in meinem Job in Wahrheit zur Genüge. Ich arbeite in Gegenden, für die das Auswärtige Amt Reisewarnungen ausgibt. Menschen und Länder lernst du ja immer am besten kennen, wenn sie in der Krise sind. Dann siehst du, wie sie mit ihren Schwächsten umgehen, so wird ihre wahre Mentalität offengelegt. Und ich lerne Länder eigentlich immer dann kennen, wenn sie mal so richtig in der Scheiße stecken.

Das ist wesentlich ehrlicher, als am Strand von Kho Samui zu hocken, wo spätpubertäre amerikanische College-Kids dir einen Joint anbieten. In Wahrheit ist das nichts weiter als die Simulation von Exotik.

Wenn ich jetzt die erste Reihe des »Grande Paradiso« entlangblicke, sehe ich klassische Urlaubsroutine. Die Leute lümmeln im Schatten auf ihren Sonnenliegen, ein paar Kinder im Wasser, einige Spaziergänger am Strand, ansonsten alles so ruhig wie das Meer. Der typische Mittagsmodus.

Ich greife zum Funkgerät und will den Jungs mal meine neue Position durchgeben: »Adlerauge an alle – jemand da?«

Tut sich erst mal nichts. Kein Wunder eigentlich, schließlich sind Willi und die anderen nur dann auf Empfang, wenn ihre Frauen davon nichts mitbekommen. Mal sehen, wo die stecken – außer Herbert stehen sie ja in der ersten Reihe.

Der Bürgermeister fläzt in Khakihose und einem farblich abgestimmten Funktionshemd, wie man es bei Globetrotter bekommt, in seinem geblümten Liegestuhl und liest ein Buch. Wird ja auch mal Zeit, dass er seinen Urlaub genießen kann. Allmählich schäme ich mich schon fast ein bisschen dafür, wie sehr ich die alten Männer auf Trab halte. Helmuts Frau putzt gerade das Vorzelt und macht ihrem Spitznamen Sagrotan-Susi mal wieder alle Ehre. Ein paar Meter weiter sehe ich Willi, der an einem Holzkasten rumschraubt. Ich habe noch nie erlebt, dass Willi mal nicht beschäftigt ist. Für ihn bedeutet Urlaub, permanent seinen Wohnwagen zu optimieren. Zu Hause hat er einen Hobbykeller, in dem er schraubt und lötet und sich in seine eigene Welt zurückzieht. Das »Grande Paradiso« ist für ihn wie ein Hobbykeller im Freien.

Ist vielleicht auch mal eine gute Idee, dass meine Verschwörerfreunde einen Familientag einlegen. Ich hatte schon länger befürchtet, dass irgendwann Fragen auftauchen, was die eigentlich den ganzen Tag treiben. Schließlich sind sie auffallend oft unterwegs. Muss ich deshalb ein schlechtes Gewissen haben?

Das habe ich eigentlich nur gegenüber Lena und den Kindern. Die sitzen im Schatten des Sonnensegels um den Plastiktisch herum und scheinen irgendein Würfelspiel zu spielen. Ich ahne auch schon, welches: Seit Luca zählen kann, sitzt er quasi rund um die Uhr vor einem Mensch-ärger-dich-nicht-Brett. Die Regeln passt er jedes Mal so an, dass er auch garantiert gewinnt. Für ihn ist Mensch ärger dich nicht längst kein Spiel mehr, sondern eine Obsession.

Linda dreht eine blonde Haarsträhne um ihren Zeigefinger und beobachtet lachend ihren kleinen Bruder. Und noch einer lacht: Sandro. Der sitzt so selbstverständlich dabei, als würde er zur Familie gehören. In mir steigt Wut auf: auf mich. Wie konnte ich es so weit kommen lassen? Und natürlich auch auf ihn. Sobald Willi oder der Bürgermeister mal von ihren Frauen unbeobachtet sind, werde ich sie anfunken. Keine Ahnung, was genau der Willi da geplant hat, aber eines ist klar: Es wird Zeit, diesen Südtiroler Bergbauernlümmel loszuwerden. Koste es, was es wolle.

Dieci

Sie haben es also getan.

Gestern Abend waren Willi, Herbert und der Bürgermeister noch auf ein schnelles Bierchen zum Trabucco hochgekommen; Herbert mit einem massiven Sonnenbrand, für den er seine Frau verantwortlich macht, weil sie ihn nicht rechtzeitig zum Nachcremen aufgeweckt hatte, als er eingenickt war. Die drei hatten mir ihren Schlachtplan höchst detailgenau geschildert. Den nächsten, den hoffentlich finalen Schlachtplan. Er klingt plausibel. Und er ist durchdacht, wie der eines Schachspielers, der immer mehrere Züge vorausdenkt, dabei die Reaktionen seines Gegners antizipiert und in seine Strategie einrechnet.

Es war kurz vor Mitternacht, als Willi noch mal kurz zu mir hochfunkte und vermeldete: »Auftrag ausgeführt, alles roger.« Ich ging ins Bett und dachte nervös darüber nach, was jetzt noch alles schieflaufen könnte. Bisher ist ja so ziemlich alles in die Grütze gegangen, und ich bin Lena und den Kindern keinen Schritt näher gekommen. Wenn die Jungs jetzt auch noch mein Auto schrotten, dann hat nicht nur Sandro ein Problem, sondern vor allem ich. Wer sonst sollte am Ende für den Schaden aufkommen? Und zwar von dem Geld, das ich immer noch nicht habe.

»Es geht los«, rufe ich, als ich bei Matteo vor der Theke stehe.

»Und du bist sicher, dass es diesmal nicht wieder nach hinten losgeht?«

»Nö. Aber zum Beten ist es jetzt auch zu spät.«

Matteo dreht die Musik leiser und greift zu seinem Feldstecher, den er hinter der Bar deponiert hat. Wir packen zwei Stühle und machen es uns im OP Adlerhorst gemütlich.

Herbert hatte mich alarmiert. Mit seinem wuchtigen Concorde Charisma steht er wie auf einem Opernbalkon oberhalb von Lenas Stellplatz; und als die heute Morgen wie üblich ins Auto steigen und Semmeln holen wollte, sah sie sofort, dass der vordere linke Reifen platt ist.

Willi hatte gestern Nacht noch die Luft rausgelassen. Jetzt ist der Berggorilla gefragt. Eine Prüfung, die er nicht bestehen kann.

Das Sträßchen entlang der ersten Reihe macht kurz vor der Grotte eine Rechtskurve, die leicht bergauf geht und dann rüber zum Badehaus führt, dort führt es dann weiter hinter die dritte Reihe, wo Herbert traditionell parkt. Und dort in der Kurve parkt hinter einem Mercedes-Kombi unser kleiner Geländewagen, den mein Kumpel Toni immer nur verächtlich als »Muschi-Panzer« bezeichnet. Bloß, weil er eine Rückfahrkamera hat. Dabei ist die angesichts der Parkplatz-Situation in unserem Viertel echt praktisch.

Sandro hat mein Auto jedenfalls schon mit dem Wagenheber aufgebockt, jetzt macht er sich gerade daran, den Reifen abzuschrauben. Er hält kurz inne und richtet sich auf; mit der freien Hand wischt er sich den Schweiß von der Stirn. Vielleicht will er sich ja auch nur ein bisschen Autoschmiere aufs Gesicht kleistern – um nach harter Arbeit auszusehen und Lena zu beeindrucken. Italiener machen selbst aus einer banalen Autoreparatur noch große Oper.

Auto, Motor, Sport – da hatte Willi recht, das ist in der Tat die Kernkompetenz eines Campers. Ich bin mir sicher, die meisten hier auf dem Platz könnten mit verbundenen Augen einen Reifen wechseln. Jetzt wollen wir doch mal sehen, wie der Berggorilla auf, nun ja: kleinere Komplikationen reagiert …

»Eins muss man ihm lassen«, sagt Matteo, »der Typ ist echt superfit. So ein Sixpack hatte ich in meinen bester Surfer-Zeiten nicht.«

»Jaja, superfit und superhohl. Die Zeit, die der im Fitnessstudio verbracht hat, war ich in der Schule. Ist doch immer dasselbe mit solchen Jungs«, sage ich, »mit den Muskeln mächtig und im Geiste schmächtig.«

Matteo guckt mich etwas irritiert an.

»Na, selbst zum Kacken zu blöd, bedeutet das.«

Wie Sandro so dasteht, in seinen hellblauen Shorts und mit dem Drehkreuz in der Hand, könnte er auch ein gutes Stillleben für ein schwules Pornomagazin abgeben. Von Lena nichts zu sehen. Dafür aber kommen von rechts jetzt Willi und der Bürgermeister wie zufällig angeschlurft.

Mein Walkie-Talkie krächzt: »Hallo? Hallo? Hier Wildschwein. Hör zu, Adlerauge, ich lass die Funke jetzt auf Senden geschaltet, so kannst du mithören. Und jetzt pssst. *Over.*«

»Gar nicht so blöd«, meint Matteo, »das ist wie eine Liveübertragung.«

»Stimmt, nur dass Bild und Ton auf zwei verschiedenen Kanälen laufen.«

So wie das von hier oben aussieht, hat Willi sein Walkie-Talkie mit dem Clip am Gürtel seiner Rentner-Bermudas befestigt.

Sandro legt den platten Vorderreifen neben das Auto auf die Straße, da kommt auch schon Helmut auf ihn zu: »Hey, Sie, wo ist denn Ihr Warndreieck?«, fragt er spitz.

»Ihr zwei schon wieder?«, gibt Sandro zurück. »Ihr taucht auch überall auf, wo es Ärger gibt.« Dem wird das Lachen schon noch vergehen.

»Was soll das denn heißen?«, empört sich Willi ein bisschen zu gespielt.

»Sie müssen hier ein Warndreieck aufstellen, wenn Sie an einem Auto rumschrauben wollen«, insistiert Helmut. Jetzt will er diesem Italiener in dessen Heimat doch mal ein bisschen was über deutsche Ordnung beibringen. »Außerdem wüsste ich nicht, dass wir uns duzen.«

Da ist unser Bürgermeister traditionell ziemlich pingelig. Früher hat ihm seine selbsternannte Funktion eine gewisse Distanz geboten. Dass er gegenüber Fremden dabei bleibt, ist wohl eher die Macht der Gewohnheit als böser Wille oder Hierarchiedenken. Normalerweise herrscht ja auf so einem Campingplatz eine Vertraulichkeit wie in einem Bergdorf, wo die alte Regel gilt: Ab 1000 Höhenmetern gibt's kein Sie. Und so kann es dann schon mal vorkommen, dass die Kassiererin beim Hofer, dem österreichischen Aldi, einen deutschen DAX-Vorstand so kumpelhaft anredet, als wären die beiden schon seit vielen Jahren befreundet. Und dabei liegt unsere hübsche Tiroler Gemeinde doch nur auf 800 Metern.

»Dann eben Sie«, sagt Sandro und schüttelt den

Kopf, »sehen Sie denn nicht, dass ich hier nur einen Reifen wechseln will?«

»Schon gut, Jung'«, schaltet sich Willi ein, »kriegst du das denn überhaupt hin? Oder sollen wir das übernehmen, bevor noch was Schlimmeres passiert?«

»Verstehe schon, ihr Deutschen und eure Autos. Da werdet ihr gleich nervös, oder? Nee, nee, Alter, geht ihr mal schön eure eigenen Karren waschen.«

»Ist auch verboten hier«, kontert der Bürgermeister trocken.

Früher hatten die Deutschen tatsächlich gern jeden Samstag im »Grande Paradiso« ihre Autos gewaschen, so wie sie es von zu Hause gewohnt waren – freilich ohne die dazugehörige Bundesliga-Konferenz im Radio. Aber vor gut zehn Jahren hat Helmut dieses Verbot bei der Campingplatz-Verwaltung erwirkt. Er hatte zunächst umständlich mit Umweltschutz und Trinkwasser und solchen Dingen argumentierten wollen, dabei war den Männern aus der Verwaltung ziemlich schnell klar, was sie da an Wasser sparen würden. Und so ließen sie dem Bürgermeister nur allzu gern seinen Willen. Und waren ihn fürs Erste wieder los.

»Wenn der Helmut so weitermacht«, meint Matteo, »zieht der Typ ihm gleich noch das Drehkreuz über den Schädel.«

»Für Helmut würde's mir natürlich leidtun, aber dann hätte er sich endgültig erledigt. Lena mag definitiv keine Männer, die sich prügeln.«

»Also, hier fahren auch noch andere Autos«, hören wir durch das Funkgerät, wie der Bürgermeister weiterbohrt, »Sie müssen die Unfallstelle absichern.«

Sandro drückt jetzt seinen Rücken noch ein bisschen weiter durch und pumpt Luft in seinen mächtigen Bodybuilder-Brustkorb. Ich glaube, er ist wirklich kurz davor, dem Helmut eine reinzuhauen. Und ich meine, wenn ich vor ein paar Tagen nicht freiwillig vor Sandro die Hosen runtergelassen hätte, wäre ich wahrscheinlich auch mit seiner Faust kollidiert. Latent aggressiv ist er schon, der Berggorilla.

In diesem Moment kommt von oben auch Herbert dazu. Sandro hat ihn noch gar nicht bemerkt, da versetzt Herbert meinem Auto einen kräftigen Stoß. Es rutscht vom Wagenheber runter und kracht mit einem mächtigen Scheppern dem Mercedes-Kombi ins Heck.

Mir fällt die Kinnlade runter.

»Ach du Scheiße«, sagt Matteo. »War das der Plan?«

»Genau so sicher nicht.«

Ich will gar nicht mutmaßen, was exakt passiert ist. Das wäre in etwa so seriös wie diese Fußball-Kommentatoren, die von der Pressetribüne aus bei verletzten Spielern mal eben eine Diagnose auf Kreuzbandriss oder Knöchelbruch stellen. Mir wird allerdings gerade so schlecht, als hätte mir einer sein Knie in den Magen gerammt.

»Das wird teuer«, unkt Matteo.

»Was soll ich sagen? Wenigstens ist meine Kreditkarte seit vorgestern nicht mehr gesperrt.«

»Und du glaubst, dass irgendeine Werkstatt in Sepiana Kreditkarten nimmt? Hier zählt nur cash.«

»Eigentlich klar«, sage ich, »hätte ich mir denken können – wenn Gastronomen schon Gangster sind, warum sollten dann ausgerechnet Automechaniker Steuern zahlen?«

»Was ist denn hier los?«, fragt Herbert dort unten so unschuldig wie vorwurfsvoll. Er steht neben dem Auto und schaut Sandro fassungslos an. »Bist du bekloppt?«

Der Lärm hat jetzt auch Lena auf die Straße getrieben. Sie schlägt ihre rechte Hand vor den Mund: »Ach du Scheiße, Sandro, was hast du denn da gemacht?«

»Ich, ich«, stammelt er, »ich weiß auch nicht. War alles okay, und dann kommen die Typen hier und labern mich voll, und plötzlich …«

»Jetzt sind auch noch wir schuld?«, regt sich Willi auf. »Wer hat dir denn seine Hilfe angeboten, du Vollpfosten?«

»Aber …«, versucht Sandro sich zu verteidigen.

»Wo haben Sie denn Reifenwechseln gelernt?«, fragt der Bürgermeister. »In der Fiat-Werkstatt?«

»Genau«, prustet Herbert, »bei Fiat. Hahaha.«

Sandro läuft jetzt knallrot an. Man sieht die Wut in ihm hochsteigen. Er brüllt: »Jetzt haltet endlich euer Maul, ihr Idioten. Verdammte Scheiße noch mal. Es war doch alles okay, bis ihr Arschlöcher hier aufgetaucht seid.«

»Jetzt mach aber mal halb lang«, sagt Willi.

»Erst das Auto schrotten und dann auch noch rumpöbeln«, schimpft der Bürgermeister. »Sie sind wohl nicht ganz dicht.«

»Was hast du gesagt? Ich geb dir gleich nicht ganz dicht«, schreit Sandro. Der Choleriker in ihm steht kurz vor der Eruption.

»Jetzt mal Ruhe«, sagt Lena schlichtend. Sie geht um unser Auto herum, diesmal rauft sie sich die Haare. »O Gott«, ruft sie, als könnte der ihr helfen. »Willi, weißt du, wem der Mercedes gehört?«

»Keine Ahnung, aber das finden wir schon raus. Eine tolle Hilfe hast du dir da geholt.«

Sandro brüllt nicht mehr, dafür hat es ihm offenbar komplett die Sprache verschlagen. Er rudert unbeholfen mit den Armen wie ein tapsiges Kind.

Meine Kinder wollen sich das Spektakel natürlich auch nicht entgehen lassen; dafür sind Linda und Luca zu neugierig. »Mami, hat der Sandro etwa unser Auto kaputtgemacht?«, fragt Linda.

»Nicht nur eures«, sagt der Bürgermeister.

»Oh, oh«, macht Luca nur. Das hat er, fürchte ich, von den Teletubbies.

»Jetzt hört doch mal auf, den Sandro anzumachen«, sagt Lena. »Glaubt ihr etwa, Markus hätte das besser hingekriegt? Der hätte doch nicht mal den Wagenheber gefunden. Und selbst wenn, hätte er nicht gewusst, wie man den auseinanderklappt.«

Die drei wichtigsten Dinge beim Auto habe ich drauf: hupen, Gas geben und tanken. Für den Rest habe ich Telefonnummern von Leuten in meinem Handy eingespeichert, die sich damit wirklich auskennen. Eines der großen Ziele in meinem Leben war immer, genug Geld zu verdienen, um unangenehme Dinge delegieren zu können. Das ist leider nur bedingt aufgegangen.

Matteo hat uns gerade ein *Nastro Azzurro* geholt, quasi zur Feier des Vormittages. Er stößt seine Pulle mit dem Boden auf meinen Flaschenhals, das Bier sprudelt jetzt heraus wie ein ausbrechender Vulkan und läuft mir über die Beine.

»Der Kerl hat sich erledigt«, stellt Matteo genüsslich fest, »der stellt sich ja an wie ein Mädchen.«

»Das mache ich auch immer.«

»Hm. Aber wenigstens findest du immer einen Doofen, der dir aus der Scheiße hilft. Der hier bringt ja nur alle gegen sich auf.«

Willi und der Bürgermeister beugen sich über unser Auto, dessen vordere Stoßstange ganz offensichtlich im Heck des Mercedes steckt. »Sieht nicht gut aus für dich«, sagt Willi in Sandros Richtung.

»Müssen wir jetzt etwa zu Fuß gehen?«, fragt Linda genervt. »O Mann, kannst du nicht besser aufpassen?«

»Heißt das, wir dürfen für immer hierbleiben?«, will Luca wissen. Er ist offenbar der Einzige, der dem ganzen Malheur auch eine positive Seite abgewinnen kann. Der Kleine hat wirklich ein sonniges Gemüt.

»Ich kann doch nix dafür«, jammert Sandro, »ehrlich, die Kiste stand bombenfest auf dem Wagenheber.«

»Jetzt sieht es aus, als hätte eine Bombe eingeschlagen«, meint der Bürgermeister.

»Was vertraust du auch einem Italiener dein Auto an?«, fragt Herbert, der Hohepriester des Ressentiments. »Warum ist Schumi wohl mit Ferrari Weltmeister geworden? Weil sie Mechaniker aus der ganzen Welt angeheuert haben.«

Lena betrachtet den Schaden und sagt: »Scheiße, Scheiße, Scheiße.« In unserer Ehe ist sie die Kfz-Sachverständige und die Heimwerkerin. Ich nehme mal an, dass sie schon eine Ahnung hat, was Sandro da angerichtet hat. Beziehungsweise Herbert.

»Lena«, sagt Willi, »kümmer du dich jetzt erst mal um die Kinder. Wir regeln das mit den Autos. Und vielleicht will sich ja der Fiat-Mechaniker hier schon mal nach einer guten Werkstatt oben im Dorf umhören. Italienisch kannst du doch wenigstens, oder?«

Sandro sagt gar nichts mehr. Lena nimmt die Kinder an die Hand und verschwindet wortlos in Richtung Wohnwagen.

Was lieben Frauen an Männern? Sie sollten so klug sein, dass man ihnen einen Lehrstuhl in Philosophie aufdrängt, und noch lustiger als Harald Schmidt. Und handwerklich bitte so geschickt, dass sie den ADAC und einen Klempner überflüssig machen. Natürlich wäre es auch schön, wenn sie ihr eigenes Geschirr töpfern und die Gläser mit dem Mund selbst blasen könnten. Muss aber nicht unbedingt sein.

Wir hatten, als wir in Hamburg gewohnt haben, mal so einen Typen als Nachbarn. Der war gelernter Metzger, Bäcker, Tauchlehrer. Ohne Witz. Und er konnte kochen wie Paul Bocuse und Eckhart Witzigmann. Nebenbei hat er dann noch die ganze Wohnung mit selbstgetischlerten Einbauschränken eingerichtet und das Babybettchen der ersten Tochter mit niedlichen Schnitzereien aufgehübscht.

Für seinen Heiratsantrag ist er damals wirklich auf einem Schimmel durch Eppendorf die Allee, in der wir wohnten, bis vors Haus geritten. Ich schwör's, das ist die Wahrheit.

Normalerweise hätte ich ihn hassen müssen. Aber er war auch noch so umwerfend nett und hilfsbereit. Was soll man da machen?

Dass Lena durchaus eine Schwäche für unbeholfene Trottel hat, wurde spätestens mit unserer Hochzeit auch vor Gott und dem Standesamt offiziell bestätigt. Sie wusste ja, worauf sie sich einlässt. Sie sagte immer: »Mit uns, das wird garantiert nie langweilig.«

Im Moment wünsche ich mir allerdings nichts so sehr wie Langeweile. Aber in unserem Leben ist irgendwie permanent die Hölle los. Ich ziehe öfter um, als es mir lieb ist; bin ständig unterwegs und weiß nicht genau, wie ich das finden soll: Einerseits liebe ich das, immer wieder etwas Neues zu erleben, die Reisen in seltsame Gegenden, das Adrenalin, das dabei 24 Stunden am Tag durch den Körper pumpt. Andererseits würde gerade mir ein bisschen mehr Stetigkeit und Ruhe wahrscheinlich am ehesten helfen, endlich mal erwachsen zu werden.

Manchmal kommt mir mein Leben so vor, als wäre ich immerzu auf der Flucht vor dem Teufel Alltag.

»Wow, da ist richtig Feuer unterm Vorzelt«, berichtet Willi, als er sich am Trabucco von Alessandra einen Teller mit eingelegten Frutti di Mare servieren lässt. Auf seinem T-Shirt steht: »Mann kann nicht zu viel trinken. Mann kann nur zu wenig vertragen.«

Quasi als Antithese dazu bestellt er heute zum ersten Mal, seit ich ihn kenne, ein stilles Wasser.

»Der Typ ist so kleinlaut wie ein Kind, das man im Supermarkt beim Kaugummiklauen erwischt hat«, meint der Bürgermeister.

»Aber musstet ihr dafür mein Auto zugrunde richten?«

»Konnte ich ja auch nicht ahnen, dass die Karre gleich so einen Satz machen würde«, verteidigt sich Herbert. »Ich wollte halt nur sicher gehen, dass der wirklich vom Wagenheber runterrutscht.«

»Mission completed«, sage ich mit ironischem Unterton. »Und jetzt ehrlich: Wie schlimm ist es?«

»Na ja, das hat schon ganz schön gerumst«, meint

Herbert. »Und das Blöde ist, dass der Mercedes eine Anhängerkupplung hat.«

Na super. Die hat sich also unten in unsere Stoßstange reingebohrt, wenn ich das richtig verstehe. Und mit dem oberen Teil der Stoßstange ist unser Auto in die Stoßstange des Mercedes rein.

»Bei dem anderen Wagen ist es nur ein Lackschaden. Kriegst du hier von einem italienischen Schrauber für ein paar hundert Euro, wenn du keine Rechnung willst«, vermutet Willi. »Und bei eurem? Tja, schwer zu sagen. Aber ich würde sagen, die Stoßstange ist hin. Musst du dann mal austauschen lassen. Irgendwann.«

»Großartig, Jungs«, sage ich, »ihr solltet diesen Typen zum Deppen machen und nicht eine Art Armageddon veranstalten.«

»Ja, Scheiße«, entschuldigt sich Herbert, »ist halt ein bisschen aus dem Ruder gelaufen.«

»Ein Paar-hundert-Euro-Bisschen«, nörgele ich.

»Aber weißt du«, gibt Helmut zu bedenken, »fürs Erste hat ja mal Lena das Problem am Hals. Du bist doch offiziell gar nicht hier.«

»Aber ich habe sie gleich am Telefon. Jedenfalls, sobald sie den Platz verlässt und wieder Handyempfang hat.«

»Also, ich glaube nicht, dass sie dich anruft«, meint Willi, »die ist jetzt erst mal damit beschäftigt, das Chaos zu beseitigen. Und was soll sie sagen? Ich habe einen neuen Mann gefunden, der hat als Erstes gleich unser Auto geschreddert. Nee, mein Lieber, so cool ist nicht mal die Lena.«

Willi erzählt, dass Lena den Sandro zusammengefaltet hat wie eine ihrer Longchamp-Handtaschen: »Die hat ihn ziemlich angebrüllt und gesagt, dass sie eines nicht leiden kann – und zwar Männer, die sich ständig überschätzen.«

Ich muss schmunzeln. Meine Strategie ist ja tendenziell, mich so dumm wie möglich zu stellen. Erstens sind so die Erwartungen immer hübsch gering, und alles, was dir gelingt, geht als Sensation durch. Zweitens wird mich erst gar keiner um Hilfe bitten. Allein aus Sorge, dass ich sämtliches Ungemach nur noch steigern würde.

Willi sagt: »Die hat auf den eingeredet wie ein Maschinengewehr. Der tat mir schon fast leid. Er kam ja überhaupt nicht zu Wort.«

»Das kenne ich«, sage ich. »Allerdings musst du dafür nicht mal ein Auto zerstören. Das kann die auch so.«

Alles in allem klingt das also gar nicht so übel. Wir wollten aus diesem Alpen-Adonis eine Art Donald Duck machen. Das ist offensichtlich gelungen. Oder?

»Und?«, frage ich. »Hat sie ihn denn nun rausgeschmissen?«

Willi druckst ziemlich gequält herum. »Na ja …«, sagt er, »ich hab sie eben noch mal vor der Toilette getroffen. Und … ähm, was soll ich sagen? … Die hat sich schon wahnsinnig aufgeregt, aber am Ende meinte sie, dass der arme Kerl wahrscheinlich wirklich nichts dafür kann. Und dass er ja nur helfen wollte. Und …«

»Was?!?!«

»Sie meinte nur, dass so was ja mal passieren kann. Und schließlich hättet ihr ja auch eine Versicherung dafür.«

Ich spüre, wie die frittierten Calamari plötzlich in meinem Magen wieder zum Leben erwachen: »Ich denke, die redet hier über die Versicherung, die immer noch ich bezahle. Und für die ich in Zukunft sauber hochgestuft werde.«

Allmählich werde ich wahnsinnig. Die Idee war doch eigentlich, wenigstens eines meiner Probleme loszuwerden. Und nicht, noch ein weiteres dazuzubekommen.

»Markus sieht aus, als könnte er jetzt ganz gut 'nen Grappa vertragen«, sagt Willi.

Damit hat er recht. Und wenn das so weitergeht, werde ich hier noch zu einem Fall für die Anonymen Alkoholiker. Ich bin verzweifelt. Vielleicht sollten wir, was Sandro betrifft, doch noch mal über die große Lösung nachdenken.

Die mit den Bremsschläuchen.

Undici

Die gute Alessandra ist mir inzwischen dermaßen ans Herz gewachsen, dass ich schon überlege, einfach sie zu heiraten, falls das mit Lena weiterhin so schiefläuft. Und dann würde ich einfach nach Sepiana ziehen und Matteos gastronomisches Angebot um eine Cocktailbar erweitern. Ich kann ja nicht besonders viel, aber das hier kann ich: lesen und schreiben, trinken und ziemlich gute Drinks mixen. Letzteres könnte für Sepiana reichen.

Alessandra hat mir also meine Unterwäsche gebügelt und meine beiden gefälschten Lacoste-Polos gewaschen und gefaltet. Offenbar ist sie hier nicht nur für den Service auf der Terrasse, sondern auch für die Waschmaschine in dem kleinen Zuhäusel zuständig. Auf meinem ziemlich überschaubaren Wäschestapel thront ein kleines Schokoherz in rotem Alupapier – so wie man es von Inlandsflügen mit Air Berlin kennt. Meine Midlife-Crisis ist noch so präsent, dass ich das Schokoherz ein wenig überinterpretiere.

Willi hatte sich heute Morgen per Funk angekündigt. Dringendes Task-Force-Meeting, quäkte er. Klang nach Alarm. Es gibt wohl ein Problem.

Einstweilen genieße ich mal die Aussicht. Das prachtvolle Panorama beim Blick von der Terrasse, das glitzernde Meer, die Dauersonne. Ein paar Segelboote gleiten sanft dahin, Yachten durchpflügen das Wasser auf dem Weg hinüber in die Nachbarbucht des »Grande Paradiso«, wo inzwischen angeblich einer der coolsten Beachclubs Süditaliens sagenhafte Partys veranstaltet. Ich war leider noch nie dort. Macht mit den Kindern ja auch keinen Sinn. Aber vielleicht fahre ich nachher mal mit dem Tretboot rüber. Vom Sozialprestige her natürlich nicht gerade auf einem Level mit der Anreise per Yacht, aber immerhin kannst du bequemer am Strand anlanden.

Matteo war so lieb, das Radioprogramm vorübergehend auf Ö3 umzustellen. Passt zwar nicht so recht zum Ambiente, und er hat für Mainstream-Programme auch nichts weiter als Verachtung übrig, aber er meinte: »Wenn du Heimweh hast – von mir aus. Aber nur eine Stunde. Dann ist *finito*.«

Ich kann ohne Ö3 nicht leben. Nicht erst seit ich zu Hause rausgeflogen bin und ziemlich viel Zeit in Österreich verbringe, spielt der Sender den Soundtrack meines Lebens und das Hintergrundgedudel zur Arbeit. Habe ich übers Internet auch in Hamburg ständig gehört. Ich hatte ziemlich dünne Wände, und meine Nachbarn dachten wahrscheinlich, ich hätte nicht alle Latten im Zaun, wenn mitten im hanseatischen Ottensen morgens Österreichs schnellster Verkehrsservice von Problemen vor dem Kärntner Karawanken-Tunnel berichtete oder von Staus und Behinderungen im Wiener Frühverkehr. Wenn ich das nächste Mal dort bin, werde ich mein Sightseeing auf den Autobahnknoten Prater ausdehnen oder mir die Anschlussstelle Kaisermühlen anschauen – der Verkehrsfunk hat sie mir zu guten alten Bekannten gemacht.

Laut Wetterbericht geht daheim die Welt unter.

Seit Tagen regnet es in schier biblischen Ausmaßen; Teile Tirols sind schon überflutet, überall sind Bäume umgestürzt und liegen quer auf der Straße, haben Strommasten und Telefonleitungen zerstört. War also eine ziemlich gute Idee, nach Italien zu fahren. Ich schließe genüsslich die Augen und biete den brennenden Sonnenstrahlen meine Stirn.

»Servus«, sagt Willi in so einem kölschen Pseudo-Bayerisch, als er das Radioprogramm identifiziert. Sein heutiges Bier-Shirt ziert das schöne Motto: »Gerstensaft spendet Manneskraft«. Die Kollektion ist offenbar unerschöpflich.

Es ist ja etwas Seltsames passiert. Je öfter wir uns hier oben treffen und je mehr diese Task-Force-Sitzungen etwas von einem Stammtisch bekommen, desto weniger Bier wird getrunken. Helmut und Herbert bestellen einen Cappuccino, Willi schon wieder ein Wasser. Muss ich mir Sorgen machen? Entweder die Zecherei der letzten Tage fordert inzwischen ihren Tribut, was angesichts des Alters meiner Kombattanten auch nicht so überraschend wäre. Oder sie setzen sich freiwillig auf Entzug. Ich bin jedenfalls ganz froh darüber.

Matteo gesellt sich zu uns und stellt einen Korb mit den Brioches, die von heute morgen übriggeblieben sind, auf den Tisch. Sogar die leckeren mit der Vanillecreme-Füllung.

»Meine Alte läuft Amok«, jammert Willi.

»Weil du ständig weg bist?« Ich hatte befürchtet, dass unser Komplott irgendwann auffliegen würde. War ja nur eine Frage der Zeit.

»Nein, die dreht völlig durch wegen der Spanner.«

»Spanner?« Jetzt ist auch Matteo wie elektrisiert.

Willi erzählt, dass Rita offenbar schon seit Tagen das Gefühl hat, beobachtet zu werden. »Sie hat gesagt: Überall sind die, oben am Trabucco-Felsen, am Strand, sogar auf einem Tretboot war einer.«

»Ach du Scheiße«, sage ich, »und wie kommt die darauf?«

»Die Sonne spiegelt sich in den Ferngläsern.«

Anscheinend blinken unsere Feldstecher wie ein Leuchtturm in der Nacht. Hätte man irgendwie auch ahnen können. Jedenfalls hat die Rita der Ute davon erzählt, Herberts Frau, und die hat mit der Sagrotan-Susi darüber gesprochen, der Bürgermeister-Gattin. Die Spülbecken vor dem Toilettenhäuschen sind traditionell der Marktplatz für Grande-Paradiso-Gossip. Und in den letzten Tagen gab es anscheinend kein anderes Thema mehr bei den »Waschweibern«, wie Willi sie nennt. Lena fand das wohl so ekelhaft, dass sie Massimo von der Direktion Bescheid geben will.

»Auweia«, sage ich. »Und was hast du der Rita gesagt?«

»Was ziemlich Dummes, glaube ich.«

»Na los, sag schon.«

Willi wirkt so zerknirscht, wie ich ihn noch nie erlebt habe: »Na ja, war halt so eine flapsige Bemerkung.« Er macht noch mal eine Pause. »Ich hab sie so im Scherz gefragt: Wer sollte denn bei euch alten Schachteln spannen?«

Die Jungs lachen sich schlapp. Und ich dachte immer, ich hätte ein Monopol auf die tiefsten Fettnäpfchen aller Art.

Rita ist jedenfalls heulend von ihrem Sonnenstuhl aufgesprungen und zur Ute rüber. Im Gehen hatte sie dem Willi gesagt, er solle sich doch eine Jüngere und Knackigere suchen, falls er eine findet, die auf fette Bierbäuche steht.

»Ohne Witz, Leute, diese Spanner sind eine Plage in Italien«, sagt Matteo. »Vor allem im Sommer ist das ein riesiges Problem. Ob ihr's glaubt oder nicht – die Polizei muss sogar vorgehen gegen die *guardoni*.«

Matteos Erklärung dafür ist so simpel wie einleuchtend. Bis zu ihrer Hochzeit bleiben junge Italiener immer schön bei *la mamma* wohnen; die Jungs geben ihr Geld lieber für tiefergelegte Golfs und Lancias aus, die Mädels stecken ihre Kohle in Makeup und Klamotten von Zara. Behauptet jedenfalls Matteo. Er sagt: »Seit der Wirtschaftskrise ist das alles noch viel schlimmer geworden. Die wenigsten haben einen Job, gerade die jungen Leute nicht, und deshalb sowieso kein Geld für eine eigene Wohnung. Also hocken die noch mit Anfang dreißig in ihrem Kinderzimmer. Aber abends laufen sie breitbeinig über den *corso* und kratzen sich am Sack.«

»Und was hat das mit den Spannern zu tun?«, fragt Helmut.

»Du kennst den Begriff *scopare*?«, fragt Matteo.

Der Bürgermeister schüttelt den Kopf.

Matteo verzichtet auf eine wortgetreue Übersetzung und ergeht sich stattdessen in einer sehr blumigen Umschreibung, die damit endet, dass spätestens im Frühjahr die höchste Paarungszeit beginnt und all die Pärchen schließlich irgendwo hinmüssten mit ihren Hormonen. Er sagt: »Dann kannst du nach Sonnenuntergang durch keinen Park mehr gehen, ohne dass sie irgendwo in den Büschen … Na, du weißt schon.«

An Seen, am Strand – überall das Gleiche. Und

Italien wäre nicht Italien, wenn die jungen Leute ihr Treiben nicht auch noch lyrisch umschreiben würden: als eine Nacht voller Leidenschaft unter den Sternen zum Beispiel.

Die Jungs lauschen gebannt Matteos Ausführungen. Herbert wird ein bisschen rot vor Scham, Willi hingegen mit jeder plastischen Schilderung aus Matteos reichhaltigem Anekdotenschatz aufmerksamer.

In Los Angeles gibt es den Mulholland Drive. Er schlängelt sich die Hollywood Hills hinauf, und man hat einen unfassbaren Blick über die Stadt und das San Fernando Valley; am Abend glitzern deren Lichter in der Dunkelheit wie Abermillionen Glühwürmchen. Und an jeder kleineren Ausbuchtung der Straße stehen die Teenie-Couples mit ihren Cabrios oder monströsen Geländewagen und untersuchen gegenseitig ihre primären und sekundären Geschlechtsmerkmale. Hab ich mit Lena auch schon mal gemacht.

Wenn ich Matteo richtig verstehe, ist der Mulholland Drive sogar noch die von der FSK geprüfte Variante gegen das, was in jeder größeren italienischen Stadt so vor sich geht. Und zwar wirklich in jeder.

In Rom zum Beispiel ist der nördliche Bereich des Villa Ada Parks Tag und Nacht voller Paare, Singles, Spanner und Exhibitionisten. Und praktischerweise gibt's auch gleich in der Nähe einen Parkplatz. Die ganz Eiligen, so stand es laut Matteo in der Zeitung, legen gleich dort los.

»Inzwischen gibt es sogar einen Reiseführer zu den besten Plätzen für Freiluftsex«, erklärt Matteo, wobei er offenlässt, ob er den vom Hörensagen oder von der Lektüre her kennt. Da steht anscheinend alles drin: mäßig beleuchtete Straßen, öffentliche Grünflächen, verlassene Parkplätze oder Hügel mit einer atemberaubenden Aussicht. Mulholland-Drive-Style.

Herausgegeben hat diesen Reiseführer eine Website namens C-Date; eine internationale Plattform für lockeren Sex, der über das Internet verabredet wird, ohne Verpflichtung, ohne Kompromisse. Die Seite hat weltweit knapp 10 Millionen Mitglieder – 1,5 Millionen davon kommen aus Italien. Angesichts von 60 Millionen Einwohnern in ihrem schönen Land darf man die Italiener für durchaus überrepräsentiert halten.

Matteo sagt: »Könnt ihr euch ja gut vorstellen, dass unter diesen 1,5 Millionen fast nur Männer sind.«

Willi starrt Matteo an wie hypnotisiert. Ich bin mir nicht sicher, was gerade in seinem Kopf vorgeht. Und um ehrlich zu sein – ich will es auch lieber gar nicht wissen.

»Das sind Orte, da ist am Ende kein einziger Busch mehr frei. In den einen hocken die Pärchen, in den anderen die Schweine, die ihnen zuschauen.« Er sagt: »Das ist bei uns ein echter Volkssport. Aber überhaupt kein Spaß. Wenn die Bullen dich erwischen, bist du richtig dran.«

Laut Matteo gibt es unter italienischen Männern eine ganz klare und allgemein völlig akzeptierte Hierarchie: Da sind die Typen, die fremdgehen. Völlig in Ordnung. Dann kommen solche, die sich beim fremdgehen erwischen lassen. Bisschen peinlich sind schon diejenigen, die gar nicht erst fremdgehen. Richtig schwer haben es immer noch die Schwulen. Da bleibt Italien einfach erbärmlich rückständig. Aber der absolute Bodensatz der Evolution, sozusagen die Mikroorganismen, das sind die Spanner. Die eierlosen Einzeller.

»Wir müssen etwas gegen diese Spanner im Grande Paradiso unternehmen«, fordere ich energisch. Der Bürgermeister grinst.

»Aber wir sind doch die Spanner«, protestiert Willi ein bisschen begriffsstutzig.

»Sind wir natürlich nicht, Willi«, sage ich in exakt dem Tonfall, in dem ich sonst versuche, Luca das Essen mit Messer und Gabel beizubringen. Bisher übrigens vergeblich. »Die Spanner, das sind immer die anderen.«

»Hä?« Er kapiert's leider immer noch nicht.

»Also«, sage ich, »ihr müsst so tun, als würdet ihr die Sorgen eurer Frauen total ernst nehmen und als würde es da draußen tatsächlich echte Spanner geben. Weil: Das ist natürlich auch eine Riesen-Schweinerei so was, verstehst du?«

Matteo sagt: »Der perfekte Job für Helmut.«

»Ich werde eine Bürgerwehr gründen«, sagt der. »Ich trommel noch für heute Abend im Pico Bello eine Versammlung zusammen. Wir machen das richtig groß. Richtig. Ich leih mir von den Animateuren ein Megaphon und mache einen riesigen Info-Abend daraus.«

»Ah, und dann jagen wir uns selbst?« Herbert hat das Konzept jetzt auch begriffen: »Und unsere Frauen können sich auch nicht mehr darüber aufregen, wenn wir ständig zum Trabucco gehen und selbst Ferngläser benutzen. Genial.«

Ich sage: »Das ist wie mit Brandstiftern. Das sind ja ganz oft selbst Feuerwehrleute.«

Helmut will schon aufspringen und seine Mission starten. Er ist jetzt komplett *on fire*. Solche Sachen sind genau sein Ding. Wundert mich ein bisschen, dass er Matteo noch nicht gefragt hat, ob der ihm ein paar Flugblätter drucken würde. Man kann das alles ja gar nicht groß genug denken.

»Bevor ihr jetzt verschwindet«, sage ich, »nur noch eine Frage: Wo steckt Sandro?«

»Bei Lena«, entgegnet Willi.

»Wieso ist der überhaupt immer noch da? Dieser Schneckengestank müsste doch längst verflogen sein.«

»Ist er. Hab ich schon geprüft. Da stehen jetzt auch schon wieder ein paar Wohnwagen rum. Wahrscheinlich hat er ihr bloß nichts davon gesagt.«

Ich denke: So ein mieses, hinterlistiges Schwein. Der kann ja noch so hohl sein, aber am Ende ist er halt ein echter Italiener. Wenn es darum geht, eine Frau rumzukriegen, werden selbst die größten Deppen zu Strategen.

»Bist du sicher, dass der noch im Vorzelt schläft?«, fragt Herbert.

»Das bringt Lena nicht«, sage ich. »Nicht vor den Kindern. Außerdem pennen die eh bei ihr im Bett.«

»Was?«, brüllt Helmut. »Wie alt sind die noch mal?«

»Das ist keine Frage des Alters, sondern …«

»Der Erziehung!« Sosehr er sich auch bemüht, auf Dauer kann unser Bürgermeister den Besserwisser in seinem tiefsten Inneren einfach nicht unterdrücken. »Was macht ihr da bloß falsch?«

»Fang du nicht auch noch an«, sage ich. »Dieses Thema ist bei Lena und mir ein Feld voller Tretminen.«

»Davon scheint ihr ja eine Menge zu haben«, ätzt

Herbert, verstummt aber sofort, als er meinen ziemlich angefressenen Blick bemerkt.

Während wir meine erzieherische Inkompetenz noch ein wenig weiter analysieren, macht der Bürgermeister ein grüblerisches Gesicht. Nach einer Weile erhebt er sich von dem kleinen selbstgetischlerten Bierbänkchen: »Wo wir schon bei den Kindern sind«, er macht eine kurze theatralische Pause, »was wir jetzt bräuchten, wäre ein Verbündeter auf feindlichem Territorium.«

»Wat?« Willi versteht nicht so recht.

Noch bevor er etwas sagt, ahne ich schon, worauf Helmut hinauswill. »Hattest du nicht gesagt, dass Linda ein absolutes Papakind ist?«

»Hatte ich, ja. Aber Leute, lasst meine Kids aus dem Spiel.«

»Wäre aber die effizienteste Methode, Zwietracht zu säen«, verkündet Helmut und ergänzt mit dem Stolz des Gelehrten. »Du weißt schon: *divide et impera.*«

»Ich habe auch Machiavelli gelesen«, sage ich. »Aber der gehört hier ganz sicher nicht her. Nein, nein, nein, lieber wäre es mir, wenn Willi sich mal so ganz unverfänglich bei Lena erkundigt, was eigentlich mit Sandros Stellplatz los ist und ob man ihm mit seinem Wohnwagen helfen kann. Gehst du halt mal mit einem Bierchen rüber. Weißt schon.«

Ich sage: »Wir sollten über einen grundsätzlichen Strategiewechsel nachdenken. Unsere Sabotageakte waren wunderbar, aber sie haben uns nur bedingt weitergebracht. Und mich übrigens der Privatinsolvenz näher. Vielleicht sollten wir es jetzt mal etwas subtiler angehen. So gesehen ist *divide et impera* gar nicht mal der komplett falsche Ansatz.«

»Sag ich doch«, sagt Helmut. »Wenn du deine Feinde nicht schlagen kannst, dann umarme sie.«

Ich schaukele auf meinem Loveboat ganz schön hin und her. Die See ist heute um einiges rauer als in den letzten Tagen, und ich bin gestrampelt wie Jan Ullrich in seinen besten Zeiten, um hierherzukommen. Außerdem fehlt mir Ullrichs Blutbeschleuniger. Und so bin ich auch entsprechend platt, als ich die »Grande-Paradiso«-Bucht erreiche.

»Und kein Kratzer, *capito*?«, hatte Federico mir noch mal ziemlich deutlich zu verstehen gegeben, als ich mit Matteos Vespa zu seinem kleinen Bootshäuschen geknattert war. Ich kann ja verstehen, dass er ein bisschen Angst um seine schwimmende Liebesgrotte hat, aber Federico ist beinahe paranoid.

Den Beachclub-Besuch hebe ich mir mal für einen anderen Tag auf, jetzt will ich erst mal schauen, was Lena und die Kinder so machen. Ich krame das Fernglas hervor und achte diesmal peinlich genau darauf, dass die Gläser nicht gegen die Sonne gerichtet sind. Nachher wird die Rita noch ganz wuschig.

Linda und Luca tragen diese Hüte auf dem Kopf, ohne die sie keinen Zentimeter auf den Strand dürfen. Was die Sonnenbrand-Gefahr betrifft, ist Lena ungefähr so paranoid wie Federico mit seinem Tretboot. Die beiden tapern unten an der Wasserlinie rum und heben tiefe Gräben aus, zwischen denen sie ihre Vision eines modernen Neuschwansteins errichten. Eigentlich ist Linda aus dem Schäufelchen-und-Eimerchen-Alter ja schon raus, aber wenn sie die Bauleiterin geben, sprich: ein bisschen rumbossen kann und ihren kleinen Bruder die Arbeit erledigen lassen – dann ist sie natürlich mit Eifer dabei.

In den letzten Urlauben habe ich immer da. bestanden, dass sie ihre Gräben am Ende des Tag wieder zuschütten und planieren. Spätestens zum Sonnenuntergang nämlich übernehmen die Jogger diesen Strandabschnitt, da können all die Löcher und Gruben zu ziemlich unangenehmen Fallen werden. Und angesichts der medizinischen Versorgung in Sepiana ist selbst ein läppischer Bänderriss fatal.

Drüben, auf Höhe vom »Pico Bello«, zerren die unermüdlich lustigen Animateure ihre unschuldigen Opfer von den Sonnenliegen, die ganzen Ritas und Uschis und Heikes und Melanies; nur die Herren zieren sich zunächst noch, aber dann kommt die fulminante Vortänzerin, deren Brüste aus einem quietschgelben bauchfreien Top herausquellen, und nimmt die Sache mit dem Animieren selbst in die Hand. Ich nehme mal an, sie hat beeindruckende Argumente.

»Hung up« von Madonna bollert jetzt durch die Bucht, der stampfende Fitnessvideo-Sound schallt von den Felswänden zurück. Am Strand hüpfen sie nun alle: silberhaarige Best Ager, die sämtliche Ratschläge ihres Kardiologen missachten, Damen, die versuchen, ihrem Körper durch einen einteiligen Badeanzug ein wenig Form zu geben, dazu einige enthemmte Muttis kurz vor der Menopause.

Ich bin mir nicht sicher, was genau das ist Acqua-Gym oder doch eher ein Tanz. Die Choreographie geht in etwa so: ein Schritt nach links, einer nach rechts, kleiner Hüpfer und dann einmal um die eigene Achse drehen. Schritt nach links, Schritt nach rechts, Arme in die Hüften, Körper nach vorn beugen und lustig mit dem Hinterteil wackeln wie eine badende Ente, die ihr Gefieder ausschüttelt. Dazwischen wuseln die Kinder umher; sie missbrau-

… der Erwachsenen als Slalomstangen. … ıch das Teil der Choreographie, oder … dabei um einen spontanen Parallel-

… aut aus sicherer Entfernung zu den Tän… …nüber. Für einen Augenblick sieht es so aus, als wollte sie mitmachen, aber wahrscheinlich lacht sie sich innerlich schlapp. Anfang des Jahres hat sie Ballett zugunsten von Hockey drangegeben, weil sie findet, »dass Ballett was für Trullas« ist. Ich glaube, seitdem hat sie es nicht mehr so mit dem Tanzen. Luca gräbt und buddelt derweil unbeeindruckt weiter. Gib dem Jungen eine Aufgabe, und er erledigt sie, so tunnelblickartig fokussiert wie ein Formel-1-Pilot.

Diese Vortänzerin ist wirklich grandios. Die perfekte Menschen-, eher Männerfängerin. Bewegt sich wie eine Pole-Dancerin ohne Stange, und in der nächsten Sekunde, quasi in einer fließenden Bewegung, stürzt sie sich auf die letzten Kerle, die sich an ihre Liege klammern. Baut sich vor ihnen auf, streckt die Hand aus und reißt sie mit. Einfach so. Und du siehst selbst aus ein paar hundert Metern Entfernung, wie den Männern die Augen aus den Höhlen treten. Da soll noch mal einer sagen, nur die Italiener seien alle spitz wie Nachbars Lumpi.

Ich muss an all das denken, was Matteo heute Morgen so über seine Landsleute erzählt hat. Keine Ahnung, ob das nur ein informativ gemeinter Land-und-Leute-Vortrag sein sollte, oder doch eher als Warnung an mich zu verstehen war. Im Sinne von: Mit diesem Sandro ist nicht zu spaßen.

Grob zusammengefasst meinte Matteo, dass nirgendwo in Europa mehr Testosteron freigesetzt wird als in Italien. Die hiesigen Männer denken offenbar den ganzen Tag über nichts anderes nach als darüber, wie sie ihre Dates am klügsten arrangieren.

Ich musste sofort an den ehemaligen Bayern-Spieler Luca Toni denken, einen 1,93 Meter großen Parade-Schönling, der während seiner zweieinhalb Jahre in München morgens brav an der Säbener Straße Kicken geübt hat und sich der Legende nach den Rest des Tages ausschließlich um die schönen Töchter der Stadt kümmerte. Wahrscheinlich hatte auch er mindestens fünf Handys. Ein Kumpel von mir, der sich bestens im Nachtleben auskennt, vermutet, der hübsche Luca würde allein deshalb so oft den Verein wechseln, weil er so zügig mit allen lokalen Mädels durch ist.

Das Paradoxe an Italien ist ja, dass die Gesellschaft, zumal jener Teil mit dem zweiten Chromosom, dermaßen übersexualisiert ist, dass man schon fast Mitleid bekommen muss. Denn gleichzeitig ist sie so verkniffen und verklemmt und klammheimlich, dass vielfach nur noch kalt duschen hilft. Oder Youporn.com.

Ein Land und sein permanenter Konflikt zwischen Trieb und Sublimation. Eigentlich schade, dass Dr. Freud das nicht mehr erleben darf.

Wir hatten mal während einer Reportage in Afghanistan einen Übersetzer, der gerade seit wenigen Wochen verheiratet war. Er war echt ein netter Kerl, und den ganzen Tag fragte er uns auf seine ebenso niedliche wie naive Art über westliche Frauen aus. Und dann erzählte er, dass nirgends auf der Welt so umfangreiche Pornosammlungen existierten wie in seinem geschundenen Land. Und sobald einer in der glücklichen Position ist, verheiratet zu sein und sein theoretisches Wissen in die Praxis umsetzen zu dürfen, dann gibt er seine Sammlung großzügig an einen Cousin weiter. Bis auch der verheiratet ist.

Matteo sagte: So ähnlich läuft's Italien auch. Nur dass eben hier ein ziemlich orthodoxer Katholizismus die Moralvorstellungen prägt und nicht der greise Imam aus der Moschee nebenan.

»Das Problem ist doch«, erzählte Matteo, »dass die italienischen Frauen immer sofort geheiratet werden wollen. One-Night-Stands wie bei euch laufen da nicht. Und darum lassen sie die Jungs auch nicht ran.«

Seit es Ryanair und easyJet gibt, hat er heute Morgen erzählt, fliegen viele Jungs kreuz und quer durch Europa, um dort die Frauen flachzulegen. Im Sommer nach Bulgarien und Kroatien, im Zweifel sogar Spanien; winters sind London und Moskau die Premium-Destinationen. »So groß ist deren Not«, meinte Matteo.

Und alle, die sich nicht mal den Flug mit einer Billig-Airline leisten können, schmeißen sich halt daheim an ausländische Touristinnen ran. In den meisten italienischen Discos ist es immer noch so, dass Frauen keinen Eintritt zahlen. Da triffst du dann all die Deutschen, Holländerinnen und Schwedinnen. Die Italienerinnen existieren zwar auch, aber nur als ästhetisches Konzept. Als Dekoration.

Ich kann das jeden Abend beobachten, wenn Matteos Vater seine absurden Gameshows in Tele Cinque anschaut. Für diese Sendungen braucht der Produzent nicht mehr als eine Showtreppe und ein Tanzballett mit geringfügig bekleideten Damen, die neben dieser Treppe aufgereiht sind, während der kleinwüchsige, gern auch glatzköpfige Moderator mit lässigem Schwung in den Hüften heruntergeschwänzelt kommt. Worum es in der Sendung geht, ist natürlich völlig irrelevant, solange nur ausreichend Blondinen, deren Hauptqualifikation die Körbchengröße ist, die Karten oder Buchstaben umdrehen oder Stichworte geben.

Matteo hat es aufgegeben, sich über seinen Vater zu ärgern. Wir hatten vor ein paar Tagen mal darüber geredet. »Weißt du«, sagte Matteo, »diesen Trash hat es immer schon gegeben, aber Berlusconi hat es perfektioniert.« Seine drei Fernsehsender sind der feuchte Traum sabbernder Sportsbar-Besucher. Für die macht er das TV-Programm und ebenso seine Politik.

Matteo sagte: »Und die Leute bewundern ihn auch noch dafür, die wollen so sein wie er. Männer diskutieren nicht darüber, ob es wohl strafbar ist, dass er sich Minderjährige in seinen Palazzo kommen lässt, sondern darüber, ob und wie er in seinem Alter überhaupt noch einen hochkriegt.«

Ich kann Matteos Zerrissenheit nachvollziehen. Einerseits liebt er das alles. Wie fast jeder gebürtige Sepiano. Andererseits ist er froh, wenn er im Oktober seine Theke verrammeln und den Winter über nach Australien verschwinden kann. Gerade in den Dörfern hier im Süden gibt es nicht viele Männer wie ihn, die durch ihre Reisen auch eine intellektuelle Distanz zu ihrer Heimat entwickelt haben; eine kritische Draufsicht. Italien ist ein im Kern durch und durch frauenverachtendes Land. Es ist nur nicht besonders populär, darüber zu reden. Schon gar nicht als Mann.

Matteo hat es natürlich auch leicht. Er ist verheiratet mit einer unfassbar hübschen Frau. Und, in italienischen Kategorien gedacht, steht er noch dazu auf der höchsten Stufe der Evolutionsleiter. Als Chef eines angesagten Restaurants in unmittelbarer Strandnähe ist er der Gipfel der Schöpfung. Einer, der nicht mal zum Jagen rausmüsste – dem läuft die Beute gewissermaßen freiwillig in die Höhle.

Wenn ich so darüber nachdenke, erstaunt mich dieses Spanner-Problem nicht mal im Geringsten: Das sind sozusagen die Verlierer unter den Verlierern.

Am Strand tanzen und hüpfen sie immer noch, als gäbe es kein morgen; mittlerweile sind da ein paar Dutzend Leute zusammengekommen. Wobei: Mit einem Mal wird es ganz schön windig hier. Matteo hatte mich schon vorgewarnt, und als mäßig erfahrener Camper und routinierter Skifahrer weiß man ja – am Berg und an der See ändert sich das Wetter manchmal noch schneller als Angelas Merkels Haltung in Sachen Atomenergie.

Die bunten Sonnenschirme flattern in der Luft, und auch die See wird immer wilder, die Wellen immer höher und kräftiger. Sie treiben mich merklich Richtung Strand und vor allem: Richtung Grotte. Also geradewegs auf Linda und Luca zu.

Ich glaube, es wird höchste Zeit, mal wieder zurückzustrampeln.

Linda und Luca bauen immer noch mit Hochdruck an ihrer Burg, als wäre es das Finale eines Strandarchitektur-Wettbewerbs; Lena hängt im Schatten ihres Sonnensegels ab, vom Berggorilla ist dagegen erfreulicherweise nichts zu sehen. Luca buddelt und schippt und buddelt und schippt und buddelt und schippt. Und Linda holt gelegentlich einen Eimer Wasser, um den trockenen Sand zu verkleistern. Ansonsten macht sie das, was sie noch besser kann: Anweisungen geben. Sie gestikuliert und deutet an. Luca gehorcht und führt aus. Wie wunderbar unsere familiäre Hierarchie doch funktioniert.

Ich sollte mich jetzt allerdings tatsächlich mal ein bisschen mehr auf mein ungewolltes Workout hier konzentrieren. Ich trete stramm in die Pedale, aber irgendwie komme ich nicht so richtig von der Stelle. Verdammt. Das fühlt sich immer mehr an wie eine mittlere Alpenetappe. Und ich komme mächtig ins Schwitzen.

Die Wellen treiben mich immer näher Richtung Strand und Grotte. Soll ich S.O.S. an die Jungs funken? Aber die können mir ja auch kaum helfen. Ich trete noch härter rein und komme mir vor wie auf dem Ergometer. Es gibt da diese Belastungschecks, die sie in der Leistungsdiagnostik einsetzen. Da trampelst du ordentlich, und alle drei Minuten wird der Widerstand um 50 Watt hochergeschaltet. Und nach jeder Belastungsstufe zapfen sie dir einen Tropfen Blut aus dem Ohrläppchen ab, um das Laktat zu messen. Die ersten zehn Minuten geht das noch ganz geschmeidig, nach einer Viertelstunde wirst du immer schwerfälliger, und schon wenig später kommt der Hammer, und du denkst, sie haben dir Blei in die Schuhe gegossen. Plötzlich bewegt sich gar nichts mehr. Als hätte irgendwer den Stecker gezogen.

So ähnlich geht's mir jetzt auch in meinem Boot. Ich trete, und der Wasserwiderstand wird immer heftiger; meine Oberschenkel fangen an zu brennen.

Und der Strand kommt näher.

Ich sehe Linda runter ans Wasser laufen und

in meine Richtung schauen. Das sind jetzt keine 200 Meter mehr. Sie fixiert mich und wiegt den Kopf hin und her, läuft zurück zu Luca und der Burg und dreht sich wieder um. Ich strampel weiter und ziehe den Schirm meiner Fritz-Berger-Kappe tiefer ins Gesicht. Das gefälschte Lacoste-Polo, dazu die Sonnenbrille. Ich bin seit gut zehn Tagen hier und habe mich seitdem nicht einmal rasiert. Inzwischen trage ich einen Bart wie diese Nerds in Berlin-Mitte. Oder der nicht minder verwirrte Chef der »Bild«-Zeitung. Linda kann mich nicht erkennen. Unmöglich.

Aber die Wellen sind unerbittlich.

Immer weiter geht's Richtung Strand und Grotte. Und ich kann gleich echt nicht mehr. Feldstecher raus – was macht Willi? Hockt auf seinem Liegestuhl.

»Adlerauge an Wildschwein! Adlerauge an Wildschwein! Bitte kommen! Notfall!!!«

Ich werde das Boot nicht mehr lange halten können. Die Kräfte der Natur sind einfach stärker als jene meiner Beine. Wenn ich jetzt hier vor den Augen meiner Kinder strande, ist alles aus. Dann sind sämtliche Pläne Makulatur, und ich kann einpacken. In jedem damit verbundenen Sinne.

»Hier Wildschwein, was ist los?«

Gott sei Dank, der Willi ist auf Sendung. Ich trete weiter; halte mit der einen Hand das Steuer, mit der anderen das Funkgerät.

»Ich bin in Seenot. Wenn das so weitergeht, krache ich gleich volles Rohr in die Grotte.«

»Ach du Scheiße.«

»Renn runter zum Strand. Da unten spielen meine Kinder im Sand. Du musst sie in ein Gespräch verwickeln, damit sie mich nicht sehen. Lenk sie irgendwie ab!«

»Und dann?«

»Keine Ahnung. Spring ich über Bord. Scheiß auf das Boot. Darum können wir uns später kümmern. Aber los jetzt! Tu was!«

»Roger. Over.«

Es heißt doch immer, in der Not würden wir übermenschliche Kräfte entwickeln. Alles Bullshit. Auch bloß so ein Mythos. Ich stampfe in die Pedale, als ginge es hinauf nach Alpe d'Huez. Aber das hier ist ein noch ungleicheres Duell als Jan Ullrich gegen Lance Armstrong.

Linda guckt schon wieder rüber zu mir. 150 Meter vielleicht noch. Sie redet auf Luca ein, und der schaut jetzt auch aufs Meer und mein Boot. Er schüttelt aber nur den Kopf und buddelt weiter. Guter Junge. Denk an deinen Auftrag!

100 Meter. Wenn überhaupt. Ich kann gleich nicht mehr.

Willi geht jetzt eilig auf die Kinder zu. Kurz bevor er ihre Großbaustelle erreicht hat, verlangsamt er seinen Schritt. Die Hände in die Hüften gestützt, plaudert er mit ihnen, geht in die Hocke und hebt eine Schaufel auf.

Eines muss man ihm lassen. Wenn's drauf ankommt, ist er auch geistig voll auf der Höhe. Offenbar schickt er Linda los in Richtung seines Wohnwagens. Wahrscheinlich soll sie irgendwas holen.

Mir geht endgültig die Puste aus. Wie damals auf dem Ergometer. Es bewegt sich nichts mehr. Ich sehe gerade noch mal Federico vor mir: »Ein Kratzer, und du stirbst.«

Na ja, ein Testament brauche ich nicht zu machen. Gibt eh nicht viel zu erben.

So wie die Wellen inzwischen laufen, könnte das

Boot mit viel Glück genau in die Grotte treiben und dort auf Grund laufen.

Ich schau noch einmal rüber zu Luca und Willi. Linda scheint immer noch auf dem Weg zum Wohnwagen zu sein. Schade eigentlich um das Funkgerät und den Feldstecher. Ich hoffe, sie überstehen den Crash einigermaßen unbeschadet. Ich klettere auf den Bootsrand und zähle bis drei.

Und dann lasse ich mich ins Wasser fallen.

Dodici

»Paaaa-piii!!!«

Ich fasse es nicht. Da steht jetzt wirklich mein Prinzesschen, mein süßes lachendes Prinzesschen. Frotteeshorts, ein ärmelloses T-Shirt mit England-Flagge drauf; ihr Hütchen und die hellgrünen Crocs, die sie so liebt. Sie steht an der Ecke der Bar und strahlt noch heller und schöner als die Sonne.

Sie rennt mit weit ausgebreiteten Armen auf mich zu und drückt sich so fest an mein Bein, dass ich das Gefühl habe, sie könnte meine Oberschenkel zerquetschen.

»Papi! Wie toll, dass du hier bist. Ich wusste es, ich wusste es. Aber was machst du überhaupt hier?«

»Lange Geschichte, Engelchen, lange Geschichte.«

Ich streichele ihren Kopf und drehe ihr samtweiches, wunderschönes blondes Haar um meine Zeigefinger. Das mache ich immer so, wenn wir zusammen auf dem Sofa liegen. Meine Güte, wie habe ich das vermisst.

Willi ist keine fünf Minuten vor Linda am Trabucco angekommen, um mir einen kurzen Schadensbericht zu meiner Tretboot-Havarie zu geben.

»Jung'«, sagte er, »du hast mehr Glück als Verstand. Das Boot ist noch völlig in Ordnung. Die Wellen haben es in die Grotte gespült, und da blieb es an einer Sandbank hängen.«

»Keine Kratzer?«

»Nix. Gar nix.«

Jetzt fasse ich mir auch schon in den Schritt wie ein echter Italiener. Wahrscheinlich eine unbewusste Geste im Sinne von: Das alles hätte mir Federico mindestens abgeschnitten, wenn sein Loveboat an den Klippen zerschellt wäre. Ich muss ihn gleich mal anrufen und Bescheid sagen, dass ich es ihm erst nachher zurückbringen werde.

Willi war jedenfalls gestern Nachmittag sofort mit den Kindern vom Strand aus in die Grotte gewatet und hatte das gute Stück geborgen. Hatte die neugierigen Kids auf den Beifahrersitz gesetzt und das Boot rüber an den Strand gefahren und dort bei Freddie, dem b*agnino*, über Nacht zur Verwahrung hinterlassen.

»Hat der sich nicht gewundert, wo das herkommt? Der kennt das doch garantiert.«

»Ich hab ihm gesagt, er soll keine Fragen stellen. Und ihm dafür einen Zwanziger in die Hand gedrückt.«

So allmählich fängt der Willi an, dieses Land zu verstehen.

Linda und Luca waren natürlich völlig aufgeregt wegen des Bootes und der Havarie. Deshalb wollten sie auch mit zur Bergung. Linda hatte Willi schon gesagt, dass sie glaubt, mich darauf gesehen zu haben. Sie war einhundert Prozent sicher. Aber er sagte ihr nur: Ach, Kind, du siehst Gespenster.

Und der kleine Luca fragte, ob der Kapitän des Bootes jetzt tot sei, weil: Der muss doch sicher ertrunken sein, da im Meer. Und dann würden die Haie kommen und ihn fressen. Tod und Verderben sind gerade seine ganz großen Themen, seit er jeden Samstag Star Wars in der Zeichentrick-Version schauen darf.

»Sag mir lieber mal, wie du jetzt hierherkommst«, sage ich zu Linda.

Sie grinst: »Ich bin einfach dem Willi hinterhergegangen.«

»Aber woher wusstest du …?«

»Mann, Papi, pass auf. In dem Boot, da lag so ein Walkie-Talkie, wie ich mir das schon ganz lange für unsere Schulhof-Bande wünsche. Ja, und dann habe ich gesehen, dass der Willi genau das gleiche Walkie-Talkie an seinem Gürtel trägt. Verstehst du?«

»Verstehe.«

Sie sitzt jetzt auf meinem Schoß und schmiegt sich ganz fest an mich. Ich gieße ihr ein stilles Wasser ein, das sie in einem Zug austrinkt. Sie sagt: »Ach Papi, ich hab dich so dolle vermisst.«

Linda und ich – wir sind ein Team, schon immer. Unzertrennlich. Ich weiß noch, wie ich am Anfang in einen irren Shopping-Rausch verfallen bin, da war sie gerade erst ein paar Monate alt. Von überall auf der Welt brachte ich ihr Designer-Klamotten und sonstigen Schnickschnack mit, den ein Kind in dem Alter, wie ich dann bald erfahren musste, eh nur zwei-, dreimal trägt. Und schon ist es rausgewachsen aus dem Blödsinn.

Zu ihrem ersten Geburtstag ging ich in München zum Juwelier und kaufte ein Armband mit einer eingravierten 1 als Anhänger – von wegen erster Geburtstag, erstes Kind, und sie sowieso meine Nummer eins. Lena sah mich entsetzt an und sagte: »Was soll der Blödsinn? Das Kind kann nicht mal laufen und bekommt schon Tiffany-Schmuck? Das hier kann sie allenfalls als Halskette tragen.«

Lena versprach, das Armband wenigstens ordentlich zu verwahren. Eines Tages wird Linda schon etwas damit anfangen können.

»Ganz schön schlau, die Kleine«, sagt Willi und nickt anerkennend. Dass er von einer Siebenjährigen beschattet und verfolgt werden würde, damit hatte er natürlich nicht gerechnet.

Sie streichelt mir mit ihren kleinen Händen über das Gesicht. »Warum hast du so einen schrecklichen Bart? Der piekst.«

»Ich geh mich nachher mal rasieren, versprochen.«

»Aber jetzt sag doch mal, was du hier machst. Und warum kommst du nicht zu uns?«

Ich berichte ihr von meiner fürchterlichen Zugfahrt und davon, wie unser Verschwörer-Team jetzt seit Tagen den Wohnwagen beobachtet und ich auf den richtigen Moment warte, ins »Grande Paradiso« runterzugehen und mit Lena zu sprechen.

»Weißt du, Süße, ich will Mami fragen, ob sie mich vielleicht doch noch liebhat. Wenigstens ein kleines bisschen.«

Linda erzählt, dass Lena das Foto von mir, das sie immer im Portemonnaie hatte, inzwischen rausgenommen hat.

»Aber ich habe es wieder reingelegt«, sagt sie.

Jeden Tag geht das so. Lena versteckt das Bild irgendwo, und Linda sucht so lange den Wohnwagen ab, bis sie es gefunden hat. Und dann legt sie es wieder in den Geldbeutel zurück. Es ist ein Spiel. Und Linda gewinnt. Immer.

Sie sagt: »Weißt du, da ist jetzt so ein anderer Mann, der heißt Sandro. Und der ist ganz doof. Der hängt den ganzen Tag bei uns am Wohnwagen rum und hat sogar ein paar Tage im Vorzelt geschlafen.«

Ich erzähle Linda von all den Dingen, die wir Sandro angetan haben. Sie lacht sich schlapp. Solche Sachen sind genau nach ihrem Geschmack. Schulhofstreiche eben.

»Knutscht der mit deiner Mama?«, fragt Willi.

»Willi!«, schimpfe ich.

»Nein«, sagt Linda, »so was macht die Mama nicht.«

»Warum ist der Mann denn doof?«, frage ich.

»Weißt du, am Anfang, als er die Mami getroffen hat, da hat er noch total viel mit uns gespielt. Und er wollte Luca Schwimmen beibringen. Und dann ist der immer mit so einem Surfbrett gekommen und hat den Luca da drauf gesetzt. Aber irgendwann hatte der überhaupt keine Lust mehr auf uns. Der ist immer nur nett zu uns, wenn die Mama dabei ist.«

»O Mann«, sage ich tröstend.

»Und der hat die Mama dann auch immer so angefasst, aber die wollte das überhaupt nicht.«

Sie sagt: »Und weißt du was? Dann hat er auch noch unser Auto kaputtgemacht. Und er und die Mama haben total laut gestritten deshalb. Weil: Der hat gesagt, er kann da gar nichts dafür. Aber die Mama war sauer. Und mit dem Willi und dem Helmut hat der ja auch ganz dolle gestritten.«

»Das kann man wohl sagen«, meint Willi, »der hat mir fast eine reingehauen.«

»Genau«, sagt Linda, »und da hat die Mami auch

gesagt, dass der Willi unser Freund ist und dass der Sandro ihn in Ruhe lassen soll.«

»Und jetzt? Kommt der nicht mehr zu euch?«

»Doooch, das ist ja das Blöde, der war heute Morgen schon wieder da und hat der Mama Blumen mitgebracht und gesagt, dass er uns heute Abend alle zum Essen ins Pico Bello einlädt.«

»Nicht gut«, sagt Willi. Dass Sandro wieder in seinem eigenen Wohnwagen schläft, hatte Willi mir noch gar nicht erzählt. Aber wie war das mit *divide et impera*? Es knarzt und knackt also schon mal zwischen Lena und Sandro. Das ist mehr als ich bisher zu hoffen wagte. Der Keil ist also schon vorhanden – wir müssen ihn bloß noch weiter reintreiben.

»Und das Schlimmste ist, jetzt dürfen wir wegen dem Doofmann heute Abend nicht mal zum Babydance. Weil wir am Tisch sitzen bleiben müssen. Und mit dem Handy dürfen wir auch nicht spielen beim Essen.«

Babydance-Verbot ist in der Tat für Linda das härteste Urteil überhaupt. Babydance, das ist das Abendprogramm, das diese Spaßguerilleros vom Animationsteam für die Kids zu bieten haben. Punkt 21.00 Uhr geht es los, und daran erkennt man auch prima das unterschiedliche Zeitgefühl italienischer und deutscher Eltern. Dann laufen mit stampfenden Discobeats unterlegte Kinderlieder, die so grausam sind, dass man sie nicht mal nach der dritten Karaffe *vino della casa* ertragen kann.

Die Kleinen tanzen mit den Animateuren in einer Art winzigem Amphitheater; außen herum stehen die stolzen Eltern und filmen das arhythmische Gezappel ihrer Brut mit ihren Smartphones. Und zwischen allen hüpft und springt Seppi, der Tintenfisch. Das Maskottchen des »Grande Paradiso«.

Babydance ist das tägliche Hochamt der Kinderbespaßung. Und Linda und Luca dürfen nicht mitmachen. Kein Wunder, dass sie den Sandro nicht leiden können.

»Kannst du nicht mit Mama reden, dass wir doch dahin dürfen? Bitte, Papa.«

»Süße, wenn ich jetzt mit Mama sprechen sollte, dann muss ich über ganz andere Dinge mit ihr reden. Das verstehst du doch, oder?«

Sie guckt säuerlich. Linda kann nämlich manchmal auch ganz schön zickig sein. Jetzt lacht sie aber schon wieder und sagt: »Hast ja recht.«

Wir quatschen jetzt schon seit einer guten halben Stunde, und plötzlich fällt mir ein, dass Lena wahrscheinlich schon den ganzen Campingplatz absucht nach unserer Tochter. Sie wird in fürchterlicher Sorge sein.

»Sag mal, was hast du Mama eigentlich gesagt, wo du hingehst?«

»Zur *animazione*. Aber das war ja nur ein Trick. In Wahrheit hatte ich mich die ganze Zeit seit dem Frühstück hinter Willis Wohnwagen im Gebüsch versteckt und so lange gewartet, bis er rauskommt.«

»Du bist ja eine ...«, sagt Willi lachend.

»Wo hast du solche Tricks her?«, frage ich.

»Du kennst doch die Pfefferkörner, oder? Das ist diese Serie mit so Kinderdetektiven, die ganz schwierige Fälle lösen. Da hab ich so was mal gesehen.«

Na super. Ich finde ja eigentlich, dass die beiden eindeutig zu viel fernsehen, aber ganz offensichtlich scheint es zumindest Linda nicht zu schaden. Im Gegenteil: Es bringt sie auf erstaunlich gute Ideen.

»Kannst du nicht irgendwas machen, dass wir heute nicht mit dem zum Essen gehen müssen, Papi?«

»Hm, wird schwierig, aber ich verspreche dir – ich lasse mir was einfallen. Ich bespreche das gleich mal mit Willi und Helmut und Herbert, okay?«

»Na klar.«

»Pass auf, aber das Wichtigste ist – du darfst keinem, wirklich niemandem erzählen, dass du mich getroffen hast.«

»Mami hat's mir eh nicht geglaubt, als ich ihr gestern von dem gestrandeten Boot erzählt habe. Die hat nur gesagt: Du spinnst.«

»Siehst du, umso besser. Die soll glauben, ich bin in München. Und denk dran: auch kein Wort zu Luca. Der ist noch so klein …«

»… und so dämlich …«

»Genau. Der würde sich garantiert verplappern. Und jetzt sieh zu, dass du wieder auf den Campingplatz kommst, verstanden?«

Ich nehme Linda noch mal fest in den Arm. Sie will gar nicht mehr aufhören, mich zu knutschen. Sie lacht und winkt, als sie wieder um die Ecke verschwindet.

»Und mach dir keine Sorgen, Engelchen«, rufe ich ihr hinterher, »um den Sandro kümmern wir uns schon.«

Willi grinst und klatscht mich mit einem High Five ab.

Tredici

Die Nummer mit dem Boot kostet mich ein Abendessen. Und noch ein paar Drinks; so billig würde ich nicht davonkommen, meinte Federico eben am Telefon. Er sagte, er habe letzte Nacht kaum geschlafen, solche Sorgen hatte er sich gemacht, als ich gestern nicht zurückgekommen und die See immer rauer geworden war.

»Eben drum«, sagte ich, »reine Vorsichtsmaßnahme. Kein Kratzer! Hast du doch gesagt. Ich wollte nichts riskieren.«

Was die Einlösung meiner Schuld betrifft, habe ich ihn auf nächste Woche vertröstet. Leute mit meinem Kontostand und Lebenswandel sind wahre Großmeister darin, andere zu vertrösten. Meinen Bankberater, das Finanzamt, die Stadtverwaltung, die mir ständig Mahnungen wegen der Parktickets schickt.

Es war ja gar nicht so einfach, das Loveboat zu übergeben. Willi hatte es bei Freddie, dem *bagnino*, abgeholt; ich wartete am äußersten Zipfel der Bucht, genau dort, wo ich einigermaßen sicher sein konnte, von niemandem gesehen zu werden. Dann sprang ich ins Wasser, schwamm hinaus und kletterte ins Boot. Willi war zu faul zurückzuschwimmen, also blieb er einfach an Bord, und wir wechselten uns mit dem Trampeln ab. Auf die Idee hätte ich mal früher kommen sollen. Hätte mir einige Strapazen erspart.

Matteo war so nett, uns bei seinem Kumpel Federico abzuholen; und jetzt, da es stramm auf den Nachmittag zugeht, diskutieren wir, wie um alles in der Welt ich heute Abend Sandros Date mit meiner kleinen Familie torpedieren könnte.

»Ercole soll uns helfen«, meint Willi.

Ercole, der fulminante Wirt des »Pico Bello«, ist mein Freund. Schon bei meinem ersten Besuch im »Grande Paradiso« war er mir sofort ans Herz gewachsen. Er verzweifelt seit Jahren regelmäßig an seinen deutschen Gästen, weil die lieber ihren selbstgebrauten Filterkaffee trinken als seinen köstlichen Cappuccino; weil sie ständig nach Schnitzel mit Pommes verlangen und Hauptgerichten mit Gemüse und Kartoffeln, was absolut inkompatibel ist mit seinem italienischen Verständnis von Speisenfolge. Ich brachte ihm in diesem Zusammenhang mal das schöne deutsche Wort »Sättigungsbeilage« bei, das er zwar immer noch nicht korrekt aussprechen kann. Aber jedes Mal, wenn ich es erwähne, platzt er fast vor Lachen.

Was ihn jedoch richtig fertigmacht: dass die Deutschen unbedingt ihr Lieblingsbier vom Fass haben wollen. Und weil ihm ständig ein anderer Gast seine Lieblingsmarke als die ultimativ beste in *Germania* angepriesen hat, finden sich nun sechs Zapfhähne in seinem Ausschank. Allesamt gefüllt mit *birra tedesca*.

Ich versuchte ihm klarzumachen, dass ein Wirt, der es allen recht machen will, garantiert irgendwann in der Insolvenz landet. Oder in der Klapse. Aber inzwischen bin ich mir ziemlich sicher, dass Ercole noch weniger von Wirtschaft versteht als ich. Also von Wirtschaft im ökonomischen Sinn.

»Stimmt«, sage ich, »Ercole soll diesem Arschloch einfach irgendwas ins Essen mischen. Damit ist das Date durch. Und nichts ist unangenehmer auf einem Campingplatz als ein ordentlicher Durchfall.«

»Bist du komplett irre?«, empört sich Matteo. »Du kannst ja viel gegen uns Italiener sagen, mache ich ja selber, aber eines würden wir niemals tun – unsere Gäste vergiften. Es gibt so was wie Ehre, verstehst du?«

»Nicht mal im Notfall?«

»Niemals.«

»Auch nicht für einen Freund?«

»Nicht mal für den Papst. Vergiss es.«

»Okay, dann muss ich aber irgendwie auf den Campingplatz kommen, in Ercoles Laden, ohne dass mich jemand erkennt«, sage ich.

»Was willst du machen?«, fragt Willi. »Dich vielleicht verkleiden?« Er lacht resigniert.

»Verkleiden!«, ruft Matteo. »Bingo! Das ist es!«

»Kapier ich nicht.« Diesmal stehe ich auf der Leitung. Aber so was von. Und mit beiden Beinen.

»Du kennst Seppi, den Tintenfisch?«

»Das Maskottchen. Klar. Kennt jeder. Meine Kinder lieben den.«

»Und? Klingelt's?«

»Matteo«, sage ich, springe auf und nehme ihn in den Arm, »du bist genial.«

»Bist du schon seit zwei Wochen hier und meldest dich nicht ein einziges Mal?« Ercole spielt jetzt den Beleidigten, allerdings mit einem verschmitzten Grinsen in seinem Gesicht. Er schließt mich in seine Arme, als wollte er mich nie wieder loslassen.

Meine Güte, ja, wie konnte unsere Verschwörergruppe bloß auf diesen Mann verzichten? Ich werde nie vergessen, wie wir damals bei meinem Premierenbesuch im »Grande Paradiso« sternhagelvoll auf einer geklauten Ape – das ist dieses motorgetriebene Dreirad von Piaggio – mitten in der Nacht nach Sepiana hoch sind. Auf der Suche nach Lena, die mit so einem gegelten Schönling aus dem Ort zum Tanzen gefahren war. Und mich hatte dann doch die erbärmlichste aller menschlichen Regungen erfasst: die Eifersucht.

Ercole, der Willi und ich auf diesem alten Ding. Und weil es kaum den Berg hochkam, mussten Willi und ich bei jedem Anstieg von der Ape runterklettern, und dann hatten wir irgendwo in den Büschen den Willi verloren, weil der nicht wieder rechtzeitig aufsteigen konnte. Es war einer der lustigsten Abende meines Lebens.

Ich halte ihn mit ausgestreckten Armen an den Schultern – mein Kumpel Ercole! Das Haar ist in der Zwischenzeit etwas schütterer geworden, dafür hat sein Bauchumfang noch üppigere Ausmaße angenommen. In seinem strahlenden Gesicht diese wunderbare Hakennase, die sich kein Comiczeichner besser ausdenken könnte. Unten im »Pico Bello« hängt über dem Pizzaofen ein Porträt, das ein Karikaturist von ihm angefertigt hat. Da ist seine Nase beinahe ausgeprägter als die von Pinocchio. Nur krümmer.

Unsere miesen kleinen Untaten sind offenbar das Witzigste, was er seit langer Zeit gehört hat. Auch das mit den Spannern hatte sich schon bis zu ihm rumgesprochen.

»Müsst ihr vorsichtig sein«, sagt er, »nachher komme die Bullen.«

Das »Pico Bello« ist ja das Epizentrum des abendlichen Frohsinns im »Grande Paradiso«; und Ercole ist sozusagen der Zeremonienmeister. Noch dazu mästet er die Animateure mit Pizza und Pasta – so viel Acqua-Gym können die gar nicht machen, um die Kohlehydrate zu verbrennen, die sie hier zu sich nehmen.

Die Idee mit der Verkleidung findet Ercole offensichtlich großartig. Und weil schließlich er sozusagen Seppis Chef ist, will er das auch schnell regeln. »Ist keine Problem«, sagt er, »rufe ich den an und gibt er dir das Kostüm. Makst du dir keine Sorgen.«

Matteo holt das Telefon vom Tresen und reicht es an Ercole weiter; und während der mit dem Seppi spricht, läuft er die Terrasse auf und ab wie ein Tiger im Käfig. Lena macht das auch immer. Was ich an Ercole aber viel bemerkenswerter finde: Selbst am Telefon gestikuliert er.

»*Bene*«, sagt Ercole, als er aufgelegt hat, »wird er gleich da sein. Muss ich nur jetzt weg. Geht jetzt die Happy Hour los in meine *ristorante*.«

Er heißt Rinaldo. Was für ein poetischer Name! Natürlich muss man sich fragen, was in einem Leben alles schieflaufen kann, damit du noch mit Anfang dreißig hauptberuflich ein Tintenfischkostüm trägst. Aber dass in Rinaldo einiges und bislang verschüttetes Potential steckt, genau das lässt er uns jetzt spüren …

Da sitzt also der ewige Seppi in Zivil vor einem Bierchen am Trabucco: Er ist etwa so groß wie ich, trägt ein schlabbriges T-Shirt, das auf Mottenbefall hindeutet, und eine lustige Out-of-Bed-Frisur; ungefähr so eine, für die ich bei meinem Münchner Schicki-Micki-Coiffeur jeden Monat 50 Euro löhne. Aber ich glaube, bei Rinaldo liegt das eher daran, dass ihn Ercoles Anruf vorhin überhaupt erst geweckt hatte.

»So«, sagt Rinaldo, »und du willst also den Seppi geben?«

»*Esatto*«, sage ich.

»Große Verantwortung«, meint Rinaldo.

»Das denke ich mir.«

»Du weißt, die Kinder lieben den Seppi. Er darf sie nicht enttäuschen.«

»Eh klar.«

Rinaldo nimmt sich ungefragt eine Zigarette aus meiner Gauloises-Schachtel. »Hast du mal Feuer?«

Er schaut mich mit so einem bohrenden Blick an: »Kannst du denn überhaupt gut mit Kindern umgehen?«

»Ich habe selber zwei. Genau darum geht's ja.«

»Jaaaa«, sagt er, »aber weißt du, die Kids im Grande Paradiso sind ein Qualitätsprogramm gewöhnt. Ganz große Show. Weißt du, die kennen ihren Seppi.«

Ich fürchte, ich ahne, worauf dieser kleine Drecksack hinauswill.

Er sagt: »Das Ding ist, ich liebe meinen Job. Und ich liebe die süßen Kleinen.« Er macht eine kurze dramatische Pause. Er hätte wohl gern, dass wir uns Trommelwirbel dazu vorstellen. »Eigentlich würde es mir echt das Herz brechen, wenn ich heute Abend nicht für sie da sein könnte.«

Natürlich hasst er die meisten dieser kleinen vorlauten Bratzen. Wenn nicht sogar alle. Garantiert. Jeder Alleinunterhalter verachtet sein Publikum; das muss er schon allein aus Selbstschutz. Auch um seine Restwürde zu bewahren. Und dieser hier ist noch dazu ein verdammt schlechter Entertainer.

Rinaldo schaut mir jetzt noch mal extra tief in die Augen. Ich glaube, es ist seine Art, ganz groß auszuholen. Und er sagt noch mal: »Du willst also für einen Abend mal der Seppi sein?«

Und während ich nicke, schlägt er zu. »Also gut: 500.«

»Hä?«, sagt Willi, der ebenso wie Matteo bis hierher schweigend zugehört hat.

»500 was?«, frage ich, obwohl ich die Antwort längst kenne. Ich glaube, auch Matteo macht sich da keine Illusionen mehr.

»500 Euro, was denn sonst?« Rinaldo sagt: »Der Job ist eine Ehre, verstehst du? Es gibt nur einen Seppi. Jedenfalls kenne ich nur einen. Und der bin ich.«

»Boah, ey«, stöhnt Willi, »hast du'n Knall?«

Matteo macht mit seinen Händen eine beschwichtigende Geste in Willis Richtung. Das hier wird jetzt ein harter Deal. Rinaldo nimmt sich noch eine von meinen Zigaretten und auch gleich das Feuerzeug, das ich auf dem Tisch hatte liegen lassen. Ganz genüsslich zündet er sich eine an. Dann bläst er einen Kringel in die Luft. Und noch einen.

Er schaut demonstrativ auf seine Uhr und sagt: »Meine Schicht beginnt in genau einer Stunde.« Er grinst jetzt vergnügt in die Runde und sagt: »Ticktack, ticktack, ticktack.«

Willi, Matteo und ich ziehen uns in den hintersten Winkel der Terrasse zurück, ich lehne mich schlapp gegen das Geländer wie ein Boxer, den sein Gegner mal sauber in die Seile gedroschen hat.

»Du willst diesem Arsch doch keine 500 Euro in den Hintern stecken, oder?«, echauffiert sich Willi.

»Hast du eine Alternative?«, fragt Matteo.

»Hm«, grummelt Willi.

»Wir könnten ihn jetzt niederschlagen oder anderweitig betäuben und dann fesseln und ins Klo sperren«, sage ich, »aber, ganz ehrlich, ich denke, das scheidet als realistische Option eher aus.«

»Bei mir wird auch keiner festgehalten«, insistiert Matteo.

»Also zahlen«, sage ich. »Ich meine, 500 Tacken mehr oder weniger machen's jetzt auch nicht mehr aus. Bei dem, was ich eh schon auf der Uhr habe.«

Keine Ahnung, was ich Matteo inzwischen schulde. Wegen der Sache mit dem Auto hat sich Lena immer noch nicht gemeldet – wobei weder sie noch ich Handyempfang haben. Und bis zur Hochstufung bei der Versicherung dauert das ja ohnehin bis Jahresende.

»Aber du hast keine 500 Euro«, sagt Willi.

»Jedenfalls nicht cash. Stimmt.« Ich sehe Matteo an. Wobei ansehen das falsche Wort ist für: flehen, betteln, jammern, quengeln, mich in den Staub werfen.

Matteo runzelt die Stirn.

»Hast du so viel in der Kasse? Ab morgen ist *payback time*, versprochen. Ich habe wieder ein bissl was auf dem Konto. Und auf meiner Kreditkarte habe ich ein fünfstelliges Limit. Ich muss halt schauen, dass ich das bis zur Abbuchung wieder irgendwie zusammenbringe. Aber das ist ein Problem für später.«

»Klar habe ich so viel in der Kasse«, sagt Matteo und seufzt. »Aber ist es dir das wert?«

»Machst du einen Witz? Es geht um meine Frau. Und ich bin seit fast zwei Wochen für genau diesen

Moment hier. Jedenfalls für einen Moment dieser Art.«

Rinaldo trommelt mit den Fingern seiner rechten Hand auf der Tischplatte, als wir uns wieder zu ihm setzen. In der linken hält er eine qualmende Zigarette. Eine von meinen Zigaretten. Ich wette, diese miese kleine Ratte raucht sonst nicht mal halb so viel.

»*Gentlemen*, es ist mir eine Freude, mit Ihnen Geschäfte zu machen«, sagt er und reicht jedem einzelnen von uns die Hand. Willi sieht so aus, als würde er am liebsten seine Faust benutzen. Und zwar in Form einer klassischen Geraden.

»Für 'nen Hunderter extra zeige ich dir noch ein paar Zaubertricks.« Rinaldo steht auf und geht zu seinem Auto. Als er zurückkommt, trägt er das Tintenfischkostüm in der einen Hand, den Kopf hat er unter die Achsel seines anderen Arms geklemmt.

»Ein paar Dinge musst du noch wissen«, sagt er und holt zu einem Grundsatzreferat aus über Wesen und Wirken von Seppi, dem Maskottchen.

Er sagt, ich solle auf die Jugendlichen achten. Vor allem auf die Jungs, die ihre kleinen Urlaubsfreundinnen beeindrucken wollen. Die versuchen nämlich immer, den Seppi zu quälen. Manche von ihnen wollen auch ihre Zigaretten auf seinem Kostüm ausdrücken. »Pass da bloß auf«, warnt Rinaldo.

Beruhigend ist: Seppi redet nicht. Tintenfische können schließlich nicht sprechen. Somit entgehe ich schon mal dem Problem, mich mit den italienischen Kindern unterhalten zu müssen. Rinaldo gibt mir einen ungefähren Ablaufplan. Ankommen vor der *Animazione*-Hütte, die sich hinter der Bühne des kleinen Amphitheaters befindet. Dann ein paar

Faxen für die Kinder machen, während sie Pizza, Pasta, Pommes futtern. Luftballons aufpusten, Seifenblasen, Luftschlangen werfen. Den üblichen Kindergeburtstag-Irrsinn also.

Sobald die Musik vom Babydance losgeht, soll ich durch die Tischreihen tanzen und die Kinder auf die Tanzfläche zerren, falls sie nicht sowieso schon freiwillig losstürmen und ihr Essen achtlos stehen lassen.

»Die Kinder rufen den Tintenfisch auf die Bühne. Und dann kommt der Seppi-Song, kennst du den?«

»Natürlich, tausendmal gehört.«

»Prima«, sagt Rinaldo, dann steht er auf und beginnt zu singen und führt dazu den Seppi-Tanz auf. Er sagt: Später, wenn das übliche Programm beginnt, soll ich einfach die gleichen Tanzbewegungen machen wie die übrigen Animateure. Und das ist es eigentlich auch schon an Briefing.

Ich denke: Dieser Rinaldo ist ein gerissener bauernschlauer Mistkerl, aber die tiefen Teller hat er nicht gerade erfunden. Wenn der diesen Job erledigen kann, sollte mir das doch wohl auch gelingen.

Es gibt ja die verschiedensten Dinge, die man tragen kann, um sich wie ein anderer Mensch zu fühlen. Es gibt den Fatsuit, der dir ein Gefühl dafür vermittelt, wie das wäre, mit vier Konfektionsgrößen mehr durchs Leben zu laufen. Oder GERT, den berühmten gerontologischen Testanzug, der einem schon mal einen Eindruck verschafft, wie sich das körperlich anfühlen wird, wenn man dereinst in Rente geht.

Aber was ist das alles gegen ein Tintenfischkostüm? Dieses Ding ist auf groteske Weise unförmig, überall schlackern Tentakel. Und ich fühle mich, als hätte ich den Wendekreis eines Schwerlasttransporters.

Das Problem ist der Kopf. Ich schaue aus einem ziemlich schmalen Schlitz heraus, das Blickfeld ist ungefähr so eingeschränkt wie bei einem Ritter in der Rüstung. Was links und rechts von mir passiert – keine Ahnung. Ich habe keinen Rundumblick mehr, und in Kombination mit der Unförmigkeit des Kostüms habe ich das Gefühl, mich zu bewegen wie ein hochgradig betrunkener Seemann.

Schwer zu sagen, wann Rinaldo das Kostüm wohl zum letzten Mal gewaschen hat, aber es stinkt erbärmlich. Wahrscheinlich haben die Kunstfasern schon den Schweiß von mindestens einer ganzen Saison aufgesogen.

Aber gemessen an den Schnecken unter Sandros Wohnwagen duftet das Kostüm dann doch eher wie ein Rosenfeld.

Die ersten Kinder kommen auf mich zugelaufen, sie klammern sich an mein Bein. Rinaldo hatte gesagt, ich soll immer in die Knie gehen, damit ich mit den Kleinen auf Augenhöhe bin. Das gibt ihnen Sicherheit. Und dann soll ich ihnen ein Küsschen geben und sie in den Arm nehmen. Alles fein. Und die Eltern knipsen mit ihren Smartphones Bilder von mir und ihren Gören fürs Familienalbum.

Ich fühle mich inzwischen ganz gut in meiner Verkleidung, habe meine Rolle jetzt auch innerlich komplett angenommen. Als ich aber – wohl etwas zu forsch – auf so einen süßen Dreijährigen mit niedlichen schwarzen Locken zugehe, fängt der fürchterlich an zu weinen. Hat sich wohl vor mir erschreckt.

Es ist schon kurz nach sieben, und ich spüre, wie ich selber zu schwitzen anfange. Wir haben ja noch locker 30 Grad, und in meinem Kostüm sind es sicher noch mal 20 mehr. Ich tapse durch das Amphitheater und bewege mich auf die Terrasse zu. Und das ist gar nicht so einfach. Meine Orientierung ist brutal gestört, und klar ist auch: Je schlechter man sieht, desto schwerfälliger werden die eigenen Bewegungen. Vor allem beim Treppensteigen habe ich echt Angst zu stolpern.

»Wenn's passiert«, hatte mir Rinaldo mit auf den Weg gegeben, »tu einfach so, als würde das zu deiner Nummer gehören.«

Tisch 23. Da sitzen sie. Sandro schleppt gerade so ein hölzernes Hochstühlchen für Luca heran. Der arme Kerl ist noch zu klein für die hässlichen silbernen Alustühle, die hier zum Terrassen-Mobiliar gehören. In dem Hochstuhl aber scheint er über dem Tisch zu schweben. Linda streitet derweil mit Lena wegen des Handyverbots. Geht ja schon gut los, der Abend.

Nun also wird der Seppi mal hübsch sein übliches Programm ändern. Solo-Show für einen einzigen Tisch. Für meine Kids.

Willi, Helmut und Herbert sind als Rückendeckung da. Eigentlich wollte Herberts Frau ja wieder grillen. So wie gestern und vorgestern und vermutlich auch morgen. Aber die Jungs haben sie dann doch überredet, ins »Pico Bello« zu gehen. Jetzt sitzen sie mit ihren Gattinnen zwei Tische von Lena und den Kindern entfernt. Solider Abstand, aber nah genug, um jederzeit eingreifen zu können, falls das hier aus den Fugen gerät.

Ich stehe am Tisch direkt hinter Lena und blase umständlich einen Luftballon auf. Und zwar so deppert, dass er mir direkt zurück in mein Tintenfischgesicht flatscht. Linda und Luca brüllen vor Lachen.

Okay, okay. Ich versuche es noch mal mit dem Ballon, ich halte ihn beim Aufblasen so zwischen den Fingern, dass er ohrenbetäubend quietscht, markerschütternd. Dann lasse ich ihn los, und die Luft entweicht, und der Ballon platscht Sandro direkt an den Kopf. Die beiden kreischen. Sie lieben es.

Kinder im Vorschul- und Grundschulalter, das habe ich mal in einem dieser Lifestyle-Magazine für moderne, superurbane Eltern gelesen, besitzen einen speziellen Humor. Sie lieben Klamauk, aber nicht mehr diesen extrem infantilen und dümmlichen. Hand vors Gesichts halten und dahinter verstecken und dann wieder wegziehen. Huhu. Sie verstehen sogar im weitesten Sinn Ironie, jedenfalls solange sie die Grenze zum Sarkasmus nicht überschreitet.

Ich nehme eine Banane und gebe vor, damit zu telefonieren. Offenbar das Lustigste, was Linda und Luca seit langem zu sehen bekommen haben.

Die Wahrnehmung von Kindern ist ja geprägt von ihrer eigenen Unvollkommenheit, und sie bewundern die Erwachsenen für das, was die alles können.

Und hier kommt der Seppi ins Spiel. Er kann gar nichts, noch weniger als die Kinder; so verleihe ich ihnen ein Gefühl der Stärke und Überlegenheit.

Ich nehme ein Wasserglas vom Tisch und tue so, als wollte ich einen großen Schluck daraus trinken. Schütte es aber über meinem Kopf aus. Linda und Luca rasen vor Schadenfreude.

Nun gut, ein neuer Versuch. Nächstes Glas. Seppi, der Tintenfisch ist leider sehr ungeschickt. Er kippt es Sandro über seinen Bauernschädel und sein frisch gebügeltes blütenweißes Hemd. Luca schlägt vor Lachen mit der flachen Hand auf das kleine Tischchen, das an seinem Hochstuhl befestigt ist. Sandro dreht sich kurz um zu mir, und seine Augen flackern schon aggressiv. Sehr schön.

Genau darüber hatte ich eben noch mit Matteo und Willi gesprochen: Ich muss ihn so lange provozieren, bis das Blut in seinen Adern kocht und der Dampf aus seinen Ohren qualmt. Ich meine, der Kerl ist Italiener, das sollte sich machen lassen. Und dass er ein Choleriker ist, hat er bei der Auto-Sache ja schon hinreichend bewiesen.

»Er wird sich zusammenreißen«, hatte Matteo mich gewarnt.

Sandro bleibt tatsächlich ruhig, er lacht sogar verständnisvoll. Ich fahre, ganz aus Versehen, mit meinen Tentakeln einmal kräftig durch den Teller mit seiner Fischsuppe. Er zuckt mit den Schultern. Ist ihm alles demonstrativ wurscht. Entweder, er hat sich für heute Abend irgendwelche Tranquilizer eingeschmissen, oder er verkrampft innerlich schon vor Wut.

Ich denke: Fein, Sandro, du willst hier den Dalai Lama spielen. Aber warte, warte nur ein Weilchen, dann mache ich noch einen Amokläufer aus dir.

Der DJ auf der Bühne hat gerade »Beautiful Day« von U2 aufgelegt. Das haben Lena und ich damals bei unserer kirchlichen Hochzeit, die auf einer Tiroler Berghütte stattfand, einspielen lassen – direkt nach dem Hochzeitskuss.

Als die ersten Takte laufen, versuche ich, was ganz schön umständlich ist, in diesem verdammten Kostüm, Lena zum Tanzen aufzufordern. Ich habe die

Tentakel immerhin schon so weit im Griff, dass ich eine Komm-mit-Geste machen kann. Und dann packe ich sie an der Hand und ziehe sie auf die Tanzfläche in dem kleinen Amphitheater.

»You love this town / Even if that doesn't ring ring true«, singt Bono, *»You've been all over / And it's been all over you.«*

Ich versuche, mich so gut es geht an Lena anzuschmiegen. Das fällt mir ja schon ohne Kostüm schwer genug, ist jetzt aber noch komplizierter.

Lena fühlt sich großartig an, soweit ich das durch die Tentakelfinger beurteilen kann. Zumindest die Situation fühlt sich großartig an. Und wie gerne würde ich jetzt mit meiner Nase an Lenas langem Hals entlangfahren, ihren Geruch einsaugen und abspeichern, aber alles, was ich rieche, ist der Schweiß, den Rinaldo in den Kunstfasern hinterlassen hat.

Und wir drehen uns, und ich reiße meine Tentakel in die Höhe. Und Lena lacht. Sie sagt: »Du tanzt genauso schlecht wie mein Mann.«

Und als das Lied vorbei ist, begleite ich sie zurück, wo die Kinder schon ungeduldig auf die Fortsetzung des Entertainment-Programms warten.

Seppi, der Tintenfisch, hat noch einige großartige Sachen auf Lager. Schaut mal Kinder, wie toll er mit drei Bällen jonglieren kann! Die Bälle sausen durch die Luft und plumpsen auf den Boden.

»Das musst du aber noch ein bisschen üben, Seppi«, lästert Sandro arrogant.

Und ja, gern, der Seppi übt noch ein bisschen. Gleich hier am Tisch. Und wieder und wieder fallen die Bälle in den Dreck. Linda und Luca grunzen jetzt. Und als dann ein Ball exakt in Sandros *spa-*

ghetti aglio e oglio landet, hebe ich nur entschuldigend beide Hände in die Höhe. Als wollte ich mich ergeben.

Na also, jetzt habe ich ihn gleich so weit. Er atmet bereits schwer, pumpt wieder Luft in seinen Brustkorb. Das kennen wir ja schon.

Linda und Luca sind verzückt. Die ganz große Show, und das alles exklusiv für sie. Ich denke, sie fragen sich nicht mal eine Sekunde lang, wie sie das verdient haben. Lena übrigens Gott sei Dank auch nicht.

Sandro, das merkt man ihm an, hat sich diesen Abend wohl ein wenig anders vorgestellt.

Ercole tritt an den Tisch, und mit großer Geste serviert er die Hauptgerichte: *scaloppine al limone con verdure grilliate* für die Erwachsenen, Pizza Margherita für Linda und Luca. Lena schneidet Luca die Pizza in Achtelstücke. Ich greife auf seinen Teller und klaue mir ein Stück, lasse es aber fallen. Ungeschickt wie der Seppi eben ist.

Von der Tomatensauce sind die Klauen meines Kostüms ganz rot. Wie Blut. Ich halte mir eine Hand vor die Augen und taumele erschrocken zurück, gerade so, als würde ich mich vor meiner eigenen Hand erschrecken. Ich taumele um den Tisch herum und stoße dabei so unglücklich gegen die Tischkante, dass ich mit der einen Hand Sandros Rotweinglas erwische und dessen Inhalt sich über seine schicken beigefarbenen Shorts ergießt.

Uuups, sorry. Linda und Luca jauchzen ausgelassen und schütteln sich vor Vergnügen.

Sandro springt jetzt auf und packt mich am Kragen; er schiebt mich in die Mitte der Terrasse, da ist eine kleine Freifläche. »*Testa di cazzo*«, brüllt er, was im Italienischen die Spitze des männlichen Geschlechtsteils bezeichnet. Oooh, er ist endlich richtig sauer. Die Gespräche an den Tischen ringsum verstummen, alle blicken auf uns.

Tintenfisch gegen Berggorilla – das ist ein ungleiches Duell.

Und jetzt ist es höchste Zeit, ihm den Rest zu geben. Er hält mich immer noch am Kragen gepackt, da versetze ich ihm einen kräftigen Stoß und, so hart ich kann, schubse ich ihn zurück. Er stolpert und fällt fast hin, gerade noch kann er sich abfangen.

Sandro explodiert. »*Vaffanculo*«, schreit er, dann holt er aus und verpasst mir mit der Faust einen brutalen Schlag mitten ins Gesicht. Und gleich noch einen hinterher. Seine Faust detoniert förmlich an meinem Kopf. Ich taumele zurück, alles dreht sich, und mir wird ein bisschen schwarz vor Augen. Halb im Unterbewusstsein spüre ich noch, wie meine Knie weich werden, ich sacke zusammen und schlage rückwärts hin auf den Terracotta-Boden der Terrasse.

Alles, was jetzt um mich herum geschieht, nehme ich erst mal nur verschwommen wahr. Die Stimmen, die Aufregung. Läuft alles wie ein Film ab. Wie ein Film in Zeitlupe.

Lena eilt zu mir und will mir den Tintenfischkostüm-Kopf abnehmen. Aber da hatte sie nicht mit dem Willi gerechnet. Der war so geistesgegenwärtig wie selten. Sofort ist er herbeigestürmt, dazwischengegangen und hat sich um mich gekümmert. Helmut und Herbert stehen auch um mich herum.

»Lass ihn!«, bellt Willi sie an. »Das mit dem Seppi machen wir schon, kümmer du dich lieber um deinen Hooligan, dieses Arschloch.«

Lena ist sprachlos. So habe ich sie noch nie erlebt. Dann gehen bei mir alle Lichter aus.

Allmählich komme ich auch wieder zu Bewusstsein. Keine Ahnung, wie lange ich ohnmächtig war. Willi, Herbert und Helmut packen mich jetzt jedenfalls und tragen mich davon, sie schleppen mich durch das Ristorante »Pico Bello« und hinein in Ercoles Büro. Der kommt jetzt auch dazu und grinst breit.

Die Jungs nehmen mir den Tintenfischkopf ab. Ein bisschen *dizzy* bin ich immer noch. Aus meiner Nase läuft Blut, das Kostüm sieht nach meiner Show eh schon aus wie Sau, aber dass es dringend mal gewaschen werden müsste, war vorher schon klar.

Der Knochen unter meinem Auge pocht vor Schmerz. Ich schaue die Jungs an, und aller Schmerz ist verschwunden. Und ich muss tierisch lachen.

Quatordici

»Auf geht's«, sage ich zu Matteo, »ich glaube, es gibt Neuigkeiten im Großen Paradies.«

Wir sitzen gerade noch beim Frühstück zusammen. Matteo war so nett, mir noch mal einen Beutel mit Crushed Ice zu befüllen, wobei ich mir nicht sicher bin, ob das jetzt, gut zwölf Stunden später, überhaupt noch hilft gegen die Schwellung in meinem Gesicht.

Ich habe ein blaues Auge und finde, es steht mir auch ganz gut. Spuren eines tapferen Kampfes. Meine Nase ist übrigens entgegen erster Befürchtung nicht gebrochen. Aber selbst das hätte ich ertragen. Manche Niederschläge können große Siege sein.

Willi hat gerade hochgefunkt. Er hatte ja Gott sei Dank den Feldstecher und das Walkie-Talkie aus dem havarierten Boot gesichert und mir gestern Morgen wieder zurückgebracht. Und nun stehen Matteo und ich an unserem *Observation Point* und klatschen einander mal so richtig ab.

Da unten packt der Berggorilla zusammen. Er trägt seine Lieblingshose und ein schlabberiges T-Shirt und hat sich gegen die Sonne ein Halstuch so piratenmäßig um den Kopf gebunden.

Das Vorzelt hat er schon abgebaut, gerade ist er dabei, seinen Liegestuhl und das übrige Mobiliar im

Inneren seines Wohnwagens zu verstauen. Bin mal gespannt, wie er das alles allein hinkriegt, denn weit und breit ist niemand zu sehen. Außer Willi, Helmut und Herbert natürlich, die seinen Abschied aus nächster Nähe betrachten.

Normalerweise sind An- und Abreise eines Campers immer Anlass für ein großes Hallo im »Grande Paradiso«. Aus allen Himmelsrichtungen strömen die Leute herbei und bieten ihre Hilfe an. Nein: Sie bieten sie nicht an, sie drängen sie auf. Das ist die berühmte Camper-Solidarität. Ohne die ich im Übrigen noch nie ein Vorzelt zum Stehen gebracht hätte.

Wenn du aber den Seppi verprügelst, den Liebling aller Kinder auf dem Campingplatz, dann wirst du sehr schnell ein sehr einsamer Mann. So wie jetzt Sandro.

Der Berggorilla ist raus. Jetzt aber endgültig.

»Er hat's einfach nicht kapiert«, sage ich.

»Was kapiert?«, fragt Matteo.

»Was den Kindern dieser Tintenfisch bedeutet.«

»Es musste ja nicht mal der Tintenfisch sein. Dass er sich überhaupt prügelt, dieser Vollidiot.«

»War auch wirklich kein guter Umgang für meine Kinder«, sage ich grinsend.

Willi hatte sich gestern Abend kurz nach Mitternacht noch einmal davongestohlen, um mir einen umfassenden Lagebericht zu geben. Wenn ich das alles so glauben darf, war Luca unmittelbar nach Seppis Knockout, also meinem K.o., in Tränen ausgebrochen, er schrie hysterisch und tobte und ließ sich minutenlang nicht beruhigen. Erst als Tanja, Ercoles deutsche Frau, ihm eines dieser mit Traubenzucker-Drops gefüllten Spongebob-Plastikhandys brachte, ging sein Gezeter in leises Schluchzen über. Und schließlich in ein noch leiseres schnüff-schnüff.

Nachdem ich abtransportiert worden war, brüllte Lena Sandro vor versammelter Mannschaft an, dass er die wirklich ärmste Sau der Welt sei. »Einen Tintenfisch zu schlagen«, schimpfte sie immer wieder und schrie ihn an, er solle sich verpissen. Aber *subito*.

Und während der Berggorilla, bis auf die Knochen blamiert und komplett sprach- und hilflos inmitten der aufgebrachten Menge stand, kopfschüttelnd, da trat Linda ihm noch einmal kräftig gegen sein Schienbein. Rache für Seppi.

Ich dagegen hatte den besten Abend seit Monaten. War Lena so nahe wie schon lange nicht mehr. Habe mit ihr getanzt und mit meinen Kindern gespielt und sie zum Lachen gebracht wie nie zuvor. Und ich habe meine Wange hingehalten. Mehr musste ich nicht tun.

Ich denke, ich darf jetzt durchaus einen gewissen Märtyrerstatus für mich reklamieren.

Der Berggorilla klappt gerade seinen Esstisch zusammen, faltet ihn klein und räumt ihn in den Wohnwagen. Das war's dann. *Ready for take off.*

»Meine Güte, was haben wir dem nicht alles angetan …«, sage ich.

»… und am Ende erledigt er sich selbst.«

»Na ja, fast. Ein bisschen was hab ich wohl auch dazu beigetragen. Aber ohne Scheiß – ich hab noch nie 500 Euro besser investiert als gestern.«

Unten auf dem »Grande Paradiso« pirschen sich meine drei Rentnerfreunde gerade an Sandro heran.

Ich weiß nicht, wie ich das finden soll. Hat ein bisschen was von Nachtreten.

»Adlerauge an Wildschwein«, spreche ich in mein Funkgerät. Willi und die anderen sind vielleicht noch 100 Meter von Sandros Wohnwagen entfernt.

»Was gibt's?«

»Leute, lasst den Typen doch in Ruhe. Eigentlich sollte man aufhören, wenn einer am Boden liegt.«

»Hey«, sagt Willi total unschuldig, »wir wollen ihm doch bloß unsere Unterstützung anbieten. Der kriegt den Wohnwagen doch nie allein von seinem Stellplatz weggerollt. Und weißt du eigentlich, wie schwierig das ist, den Anhänger allein anzukuppeln?«

»Natürlich nicht.«

»Eben.« Willi sagt: »Wenn du willst, lasse ich die Sprechtaste eingeschaltet.«

»Und ob ich das will, mein Lieber, und ob.«

Die drei stehen jetzt vor den Trümmern eines Campingurlaubs. Sandros Urlaubs. Er schließt gerade die Wohnwagentür ab, als er die Jungs bemerkt.

»Geht mir aus den Augen«, blafft er.

»Wir wollen doch nur helfen«, sagt Herbert.

»Ach ja?«, fragt Sandro höhnisch. »Ihr habt mir schon genug geholfen.«

»Sie hatten ja auch so viel Pech mit dem Auto«, sagt der Bürgermeister, »habt ihr in Italien eigentlich so etwas wie eine Haftpflichtversicherung? Die würde Ihnen jetzt sicher ganz gut nützen.«

»Geht mir aus der Sonne«, raunzt Sandro.

»Nee, Jung', ernsthaft. Allein schaffst du das doch gar nicht.« Willi spielt wie immer den kumpeligen *good cop*.

»Außerdem wollen wir nur sicherstellen, dass Sie auch wirklich verschwinden«, setzt der Bürgermeister außerordentlich mutig nach. Wahrscheinlich verlässt er sich darauf, dass dem gedemütigten Sandro nicht noch an einer weiteren Prügelei gelegen ist.

»Keine Sorge. Mich seht ihr nicht mehr wieder. Und wenn ihr unbedingt helfen wollt«, Sandro macht eine Pause und überlegt, »okay, dann nur zu. Umso schneller bin ich weg aus diesem Dreckskaff.«

Sandro kurbelt die Stützen des Wagens hoch und lässt ihn damit runter. Willi entfernt die Keile, die man üblicherweise vor die Reifen legt, damit der Wagen nicht ins Rollen kommt. Herbert macht sich schon mal an der Achse zu schaffen. Und der Bürgermeister schaut zu. Er sieht dabei aber ziemlich wichtig aus – wie ein Supervisor.

Drei alte Männer und der Outlaw. Am Ende geht alles ganz schnell. Nach nicht mal einer Viertelstunde hängt der Wohnwagen an Sandros VW Passat. Als er das kleine Sträßchen Richtung Direktion vorfährt, winken ihm die Jungs noch allen Ernstes hinterher. Aber sie sind ja auch aus dem Alter raus, in dem man Leuten den Stinkefinger zeigt.

Matteo fährt mich runter zu Federicos Steg. Von allen Möglichkeiten, mich Lena und meinen Kindern jetzt, nun ja: anzunähern, erscheint mir das die eleganteste, auch im metaphorischen Sinne: Normalerweise kommt der weiße Ritter auf einem Schimmel angeritten. So wie mein Hamburger Nachbar damals. Und in diesem Fall landet Vati eben mit dem edelhölzernen Loveboat auf dem Strand an. Das allein ist schon Spektakel. Dazu noch ein blaues Auge und eine ziemlich geschwollene Nase: ein Mann, gezeichnet von der entscheidenden Schlacht um seine Liebe.

Die Endorphine tanzen Samba in meinem Körper, als ich um den Trabucco-Felsen biege und die Bucht des »Grande Paradiso« vor mir liegt. Es ist ein windstiller Vormittag, das Meer so glatt und ruhig wie eine Badewanne. Ich fasse mit einer Hand hinein – es ist auch exakt so warm.

Am Strand patrouilliert der Bürgermeister mit seinem Feldstecher um den Hals; ab und zu hält er ihn auch mal vor Augen und fährt die Bucht mit einem 180-Grad-Schwenk ab. Seine wichtigste Mission: die Jagd auf die miesen Spanner-Schweine. Als er sehen kann, dass ich ihn sehen kann, winkt er fröhlich und gibt mir die Daumen-hoch-Geste.

Herbert hat es sich derweil auf einem Campingstuhl neben seiner Festung von Wohnmobil bequem gemacht, auf einem Tischchen hat er sein Fernglas abgelegt. Gerade studiert er eine sehr dicke Zeitschrift oder einen Prospekt, das ist vom Meer aus schwer auszumachen. Wahrscheinlich der Fritz-Berger-Katalog. Während Willi – wie auch jetzt gerade – ständig damit beschäftigt ist, an seiner Einrichtung zu schrauben und sie weiter zu optimieren, ist Herbert die Inkarnation eines Camping-Shopaholic.

Auch Camping ist letztlich eine Frage des Kontostands. Wenn ich die Jungs da richtig deute, hat in den letzten Jahren eine rechte Verschnöselung eingesetzt. Oder freundlich ausgedrückt: Camping und Luxus schließen einander nicht mehr aus. Das liegt natürlich auch am demographischen Wandel unserer Gesellschaft. Mittlerweile gibt es so viele wohlhabende Rentner wie nie zuvor; und weil wir jetzt schon ziemlich lange keinen Krieg mehr hatten, haben sie heute auch keine Angst mehr davor, ihr Geld auszugeben. Sie gönnen sich Komfort und Abenteuer und haben dabei längst kein schlechtes Gewissen mehr. Und an den Wohnwagen kleben dann Sticker, auf denen Sachen stehen wie: »Zum Arbeiten zu alt. Zum Sterben zu jung. Zum Reisen topfit.« Gern auch: »Wir verjubeln das Erbe unserer Kinder«. Und damit ist eigentlich alles gesagt.

Lena und die Kinder haben sich unters Sonnensegel verkrümelt und spielen Mensch ärger Dich nicht. Wie immer eigentlich. Vielleicht sollte ich warten, bis sie am Strand sind und ihr Neuschwanstein wieder aufbauen, das Freddie, der *bagnino*, offenbar heute Morgen planiert hatte. Dann kann ich gleich das Boot präsentieren und den Überraschungseffekt nutzen. Das wäre gewissermaßen mein Entree zurück in Lenas Leben. Da haben wir ja jetzt wieder Platz geschaffen.

Ich bereite mich innerlich auf den großen Augenblick vor: Was sagt man in solchen Momenten? Ich bin wirklich nicht gut in solchen Dingen. Das richtige Wort zum richtigen Zeitpunkt. Mir ist schon klar, dass Frauen Romantik lieben, Lena ganz besonders – die stellt sich auch Kerzen auf den Badewannenrand, wenn sie mal entspannen will. Nur: Ich komme mit Romantik nicht so recht klar, mir ist die Grenze zur Groschenheft-Prosa nicht weit genug. Das wird mir schnell peinlich.

Meinen Heiratsantrag habe ich damals ganz passabel erledigt. Allerdings muss man dazu sagen, dass Lena mir vorher auch klar und deutlich zu verstehen gegeben hatte, dass die Zeit für gemeinsame Kinder allmählich reif sei. Und wenn eine Frau solche Sachen sagt, dann stehst du vor einer gemähten Wiese. Alles, was dann noch fehlt, ist ein nettes Lächeln, ein Kniefall vielleicht noch und der angemessene Verlobungsring. Und welcher das ist, zeigt einem schon ihre beste Freundin.

Das letzte Mal, dass ich in Lenas Leben zu Gast war, verstanden wir uns eigentlich ganz gut; wir waren mit den Kindern an der Isar grillen, ich hatte sogar das Gefühl, es würde wieder ein bisschen knistern zwischen uns. Es war kurz vor ihrem Urlaub und eigentlich lief auch alles ganz schnuckelig – bis zu jenem Moment, als sie mich fragte, ob ich diese Geschichte mit Sandra eigentlich auch beendet hätte, wenn sie nicht von sich aus Schluss gemacht hätte mit mir.

Ich war ein bisschen verblüfft von der Frage, stammelte ein wenig und sagte etwas wie: »Öh, ja, höchstwahrscheinlich schon.« Das war dann der Zeitpunkt, als sie mich mit den Worten »Du bist so ein verdammter Idiot« aus der Wohnung schmiss und hinter mir abschloss. Seither kommunizieren wir per SMS. Und wenn ich anrufe, dann reicht sie wortlos das Handy an Linda oder Luca weiter.

Ich meine, es war doch bloß die Wahrheit. Und ich dachte, wir seien allmählich schon wieder so weit *on good speaking terms*, wie man so sagt, dass ich nicht blöde rumlavieren müsste. Falsch gedacht.

Einer meiner besten Freunde kann nicht nur aus dunklen und treuen Augen schauen wie ein Frauenversteher, er versteht Frauen sogar tatsächlich. Als ich von meinem letzten Gespräch mit Lena erzählte, pflichtete er ihr bei. Von wegen verdammter Idiot und so. »Pass auf«, sagte er, »Frauen wollen keine Wahrheit, und schon gar keine Höchstwahrscheinlichkeit. Die brauchen Sicherheit.«

Er hat sich eingehend damit beschäftigt. Gut fünfzig Jahre Emanzipation, sagte er, hätten nichts daran geändert, dass Frauen- und Männerrollen auch heute noch nach ähnlichen Prinzipien funktionieren wie in der Steinzeit. Vermutlich hat er recht. In einem Artikel über die Tragödie beruflich erfolgreicher Single-Frauen hatte ich das schon mal so ähnlich gelesen. Da hieß es, dass selbst die smartesten Akademikerinnen immer noch nach einem Ernährer-Typen suchen. Sie nennen es inzwischen nur anders. Reden von Augenhöhe und so weiter. Aber egal, wie arriviert sie selbst sind – Frauen orientieren sich bei der Partnerwahl weiterhin an der nächsthöheren sozialen Stufe. Das alte Spiel. Die Ärztin sucht den Chefarzt, die Anwältin nach einem Kollegen, der es zum Partner einer Kanzlei gebracht hat. Offenbar ist dieses Beuteschema sogar sozialstatistisch nachweisbar.

Mein Kumpel sagte: »Dieses Streben nach Sicherheit ist anthropologisch programmiert. Da ist die Angst, dass der Kerl unterwegs vom Säbelzahntiger gefressen wird und sie mit der Brut allein in der Höhle hockt, verstehst du?«

Wenn man's mir so sagt, kapiere ich das in der Tat. Vielleicht ist das der Kern meiner Überforderung. Letztlich habe ich Lena nie so richtig verstanden. Wie jede andere Frau auch will sie keinen Schwächling, sondern einen, bei dem sie sich auch mal anlehnen kann, starke Schulter und solche Sachen. Aber warum hat sie dann mit mir einen Typen geheiratet, der eher durch sein Leben stolpert, als es mit breiter Brust zu durchschreiten?

Solche Sachen frage ich mich jetzt seit einiger Zeit. Was hat man eigentlich davon, mit mir zusammen zu sein? Nun gut. Es ist, glaube ich jedenfalls, immer recht unterhaltsam mit mir. Und würde ich es irgendwann mal fertigbringen, weniger auszugeben, als ich einnehme, dann würde mein Gehalt auch eine gewisse materielle Absicherung bedeuten. Aber ansonsten? Schwer zu sagen.

Ich glaube, Lena und ich haben eine Menge Gesprächsbedarf.

Ich liebe diese seltsame Stille gegen Ende der Siesta; es ist, als würden alle noch mal kurz Luft holen, bevor der Tag dann seinen Schlussspurt anzieht.

Die Hitze geht allmählich von heftig in angenehm über; das ist jetzt die Zeit, in der die ersten Sonnenjunkies aus dem Schatten hervorkriechen und sich wie die Hendl braten lassen. Vor allem Rentner kennen da keine Gnade mit sich selbst.

Ich glaube, dass für die Kriegsende- und Nachkriegsgeneration ein gebräuntes Gesicht immer noch Gesundheit, Wohlstand und Fitness symbolisiert. Und nicht fürs Ozonloch steht oder Hautkrebs. Lena schmiert die Kids gerade wieder fingerdick mit Sonnencreme ein – das heißt, sie werden wohl gleich an den Strand entlassen. Manchmal ist das wie ein Start beim Pferderennen. Es wird der übliche Wettlauf hinunter ans Wasser. Der kleine Luca schlägt dabei gern mal hin. Er heult dann so lange, bis Linda ihm aufhilft – und kaum, dass er wieder steht, flitzt er ihr davon. Er will halt immer gewinnen.

Willi hat offenbar gerade seine Rita zum Abspülen geschickt. Als das »Grande Paradiso« damals abgebrannt ist, wurde auch sein selbstgebauter mobiler

Geschirrspülschrank ein Opfer der Flammen. Er hat nie wieder einen neuen gebaut. Helmut döst derweil auf dem Mäuerchen vor seiner Parzelle und beobachtet das Meer.

Oben bei Matteo blinkt es jetzt plötzlich blau, das Licht zuckt über der Bucht.

»Hey, Helmut, Willi, seht ihr das auch da oben am Trabucco?«

»Funkdisziplin bitte«, mahnt der Bürgermeister, und ich bin mir nicht sicher, ob er das wenigstens scherzhaft meint.

»Sieht aus wie ein Polizeieinsatz«, sage ich.

»Wahrscheinlich bloß wieder eine Übung«, vermutet Willi.

Letztes Jahr hatten sie oben bei Matteo tatsächlich ein Feuerwehrtraining gemacht. Ich fand ja: definitiv ein paar Jahre zu spät. Bei anderen »Grande-Paradiso«-Gästen allerdings, die damals auch den Brand auf dem Campingplatz miterlebt hatten, kam die Übung überhaupt nicht gut an. Sie wühlte üble Traumata auf.

»Übung kann nicht sein«, sage ich, »die sind jetzt auch auf dem Platz!« Willi und Helmut können das nicht sehen, aber gerade fahren drei Carabinieri-Autos mit blinkendem Blaulicht an der »Bar Agostino« vorbei; ein Auto biegt jetzt in die dritte Reihe der *Zona Dragone* ab, die beiden anderen in die *prima fila*. »Seltsam«, sage ich.

»Seltsam, kannst du wohl sagen«, ruft Helmut in sein Funkgerät. »Auf dem Wasser sind sie jetzt auch. Dreh dich mal um!«

Hinter mir kommt ein kleines Motorboot angebraust; auch das ist blau. Carabinieri-Blau. Es steuert direkt auf mich zu. Vielleicht doch eine Übung?

»Chhh, chhh«, macht der Polizist, der offenbar über ein Mikro in sein Megaphon spricht, wahrscheinlich sogar mit mir, aber ich verstehe kein einziges Wort. *Niente*. Es klingt wie: »Ψ∇ψτ.∵ζ℘ϖ.«

Oder so ähnlich. Ich vermute, der Polizist spricht Italienisch, aber für mich hört es sich an, als hielte er einen Fön vor das Mikrophon. Das Schnellboot ist jetzt noch gut 20 Meter von mir entfernt, und ich sehe, wie einer der Beamten hektisch und ausladend in meine Richtung gestikuliert. Vermutlich will er mir bedeuten, dass ich stehen bleiben soll. Ich denke, die wollen tatsächlich was von mir. Bloß was?

Die Carabinieri drosseln ihr Tempo. Dass ich mit meinem Tretboot flüchten könnte, wird mir wohl nicht mal der dümmste italienische Bulle unterstellen. Sie machen aber solche Gesten. Ich drehe mich noch mal um zum Strand, kann aber mit bloßem Auge auch nicht erkennen, was im »Grande Paradiso« vor sich geht. Wenn ich das richtig sehe, stehen die beiden Polizeiautos in der ersten Reihe direkt hinter den Wohnwagen von Willi und jenem unseres Bürgermeisters.

»Helmut, hast du eine Ahnung, was hier los ist?«, rufe ich in mein Walkie-Talkie.

Keine Antwort.

»Willi? Hörst du mich?«

Null Reaktion.

Die Carabinieri halten direkt an der Flanke meines Loveboats. Der eine Beamte zieht jetzt die beiden Bootsaußenwände gegeneinander. Sieht aus wie in einem Piratenfilm, wenn die Halunken sich bereitmachen zum Entern. Und wie der Polizist da die Bootswände gegeneinanderwuchtet, denke ich sofort an Federico. »Ey«, brülle ich, »keine Kratzer, sonst bin ich ein toter Mann.«

Aber erstens versteht der Polizist kein Deutsch. Und zweitens schaut er mich an, als wolle auch er mich töten. Und zwar noch bevor mich Federico wegen der Kratzer in die Finger kriegt.

Was zum Teufel geht hier vor sich?

Er brüllt mir irgendwas an den Kopf, für das mein Italienisch definitiv nicht ausreicht. Ich bin gerade bei »Allegro Due«, dem zweiten Lehrbuch. Polizeieinsatz hatten wir noch nicht.

»Scusi, ma parla tedesco?«, frage ich betont unschuldig. Ich bin mir nämlich wirklich keiner Schuld bewusst.

Der Polizist hängt schon halb in meinem Boot. Ob die mich für einen Drogendealer oder so was halten? Mein Herz beginnt zu rasen. Das hier ist ernst.

»Inglese?«, frage ich jetzt. Wohl wissend, dass in Italien nicht mal Ärzte Englisch können. Warum sollte es ein einfacher Bulle draufhaben?

Der Typ redet so schnell und so wütend und aufgeregt in seinem *terrone*-Akzent, dass ihn wahrscheinlich nicht mal ein Norditaliener verstünde. Aus seiner Gestik darf ich allerdings schließen, dass er mich in das Motorboot hinüberbittet. Vielleicht sollte ich sagen: befiehlt. Wortfetzen, die er mir wütend entgegenschleudert – *coglione – testa di cazzo – guardone* –, rasen durch mein Hirn und setzen sich zu einer schrecklichen Ahnung zusammen.

Guardone: Hatte nicht Matteo gesagt, dies sei das italienische Wort für Spanner?

Ich halte die Arme in die Höhe, als würde ich mich ergeben. Auch so etwas lernt ein Krisenreporter in diesen Lehrgängen zum richtigen Verhalten in Konfliktregionen: Leg dich nie mit Uniformierten an, zumal, wenn sie sauer und bewaffnet und in der Überzahl sind.

»Calma, calma«, versuche ich, ihn zu beschwichtigen. *»Non è giusto«*, radebreche ich noch, um ihm klarzumachen, dass sich doch alles bloß um ein Missverständnis handelt. Die halten mich wahrscheinlich echt für einen Spanner.

Der Polizist blökt mich nur an: *»Vieni qua.«* Herkommen! Und dann zerrt er auch schon an meinem Arm.

Ich klettere, halb freiwillig, halb gezogen auf das Motorboot rüber. Der Polizist dreht mir beide Arme auf den Rücken und fesselt mich mit diesen Kabelbindern aus Plastik, die mir fies ins Fleisch am Handgelenk schneiden. Nicht mal ordentliche Handschellen haben diese Bauern.

Während der eine Beamte jetzt das Loveboat vertäut, um es mit dem Motorboot Richtung Strand abzuschleppen, gibt der Kollege am Ruder mir noch einen kurzen Nachhilfekurs in Sachen italienischer Schimpfwörter: *»Figlio di putana«*, brüllt er, *»pezzo di merda«,* und *»Segaiolo«*.

Das Interessante ist: Das meiste könnte ich zwar wortwörtlich übersetzen, es käme mir aber nicht über die Lippen. Und das liegt nicht allein am Unterschied zwischen aktivem und passivem Wortschatz.

»Seid ihr bescheuert?«, brülle ich sie an. Ich protestiere auf Englisch, auf Französisch. Für Italienisch fehlt mir das Vokabular. Und: Es ist auch nicht die adäquate Situation, in der ich sie höflich bitten sollte, meine Arme freizulassen, damit ich in der Wörterbuch-App auf meinem iPhone nach den richtigen Worten suchen kann.

Ich sage: *»Vaffanculo!«* Weil ich dachte, das passt immer. Aber der Polizist packt mich am Kragen und hält mir drohend den Zeigefinger unter die Nase. *»Chiudi il becco«*, zischt er. Ich glaube, das heißt so viel wie: »Halt's Maul!«

Wir kommen jetzt dem Strand immer näher, und ich sehe, wie andere Beamte den Willi und Herbert und auch den Bürgermeister abführen. Arme auf den Rücken gedreht, aber wenigstens nicht gefesselt. Vorerst jedenfalls.

Die Strandbesucher strömen von allen Seiten herbei und betrachten dieses groteske Schauspiel. Einer spuckt uns an, ist aber zu blöd zu treffen. Aus dem Gemurmel der Menge sind bloß einzelne Worte zu verstehen: »Ihr Schweine!« – »Einfach ekelhaft!« – »Schämt euch!« – »Widerlich!« – »Eine Schande!« – »Lustgreise!« – *»Bastardi!«*

Als Einzige von den Frauen ist die Rita dabei, sie steht stumm und kopfschüttelnd unter den Schaulustigen.

»Mensch, Mutti, mach doch was«, bettelt der Willi.

Aber sie schüttelt nur energisch den Kopf.

Linda und Luca sind auch hergelaufen. Kein Spektakel ohne die beiden. War ja klar. »Papi!«, brüllt der Kleine, »Papi, Papi, was machst du denn hier?« Er ruft: »Ich will auch mitspielen.«

Als ich zu ihm laufen und ihm einen Kuss geben will, dreht der Polizist mir den Arm noch ein bisschen fester auf den Rücken, ein stechender Schmerz fährt mir in die Schulter. Er stößt mich zu Boden und drückt meinen Kopf in den Sand.

»Papi, wo bringen sie euch hin?«, fragt Linda.

»Ich habe keine Ahnung«, stöhne ich, und der Sand

knirscht zwischen meinen Zähnen. »Aber erklär Mami alles, was wir dir erzählt haben, hörst du? Der Tintenfisch gestern Abend, das war übrigens ich!«

Der Polizist ist unerbittlich. Ich drehe meinen Kopf nach hinten und brülle zu Linda herüber: »Und sag Mama, dass ich sie ganz doll liebhabe!«

Quindici

Sie haben ein Gemeinschaftszimmer für uns vorbereitet. Also eines nur für die *tedeschi*. Zwei Stockbetten, Waschgelegenheit, sogar eine Toilette. Kleiner Haken: Die Tür hat von innen keine Klinke. Aber das war auch nicht zu erwarten.

»Egal, wie dringend ihr müsst«, sagt der Bürgermeister, als wir unsere Zelle beziehen, »wehe, einer macht hier ein großes Geschäft.«

»Die alte Wohnwagen-Regel?«, frage ich, um die Situation ein wenig aufzulockern.

»Das ist nicht der Ort für Galgenhumor«, wettert Willi.

»Na ja, hängen werden sie uns schon nicht«, sage ich.

Lena hatte mir das bei unserem Premierenbesuch im »Grande Paradiso« unter massiver Strafandrohung eingeschärft: Die schlimme Notdurft wird einzig und ausschließlich im Toilettenhäuschen erledigt. Und weil das unter echten Campern weitgehend Konsens ist, sieht man sie auch immer wieder unbefangen mit einer Klorolle unterm Arm über den Platz schlurfen und dabei freundlich grüßen. Ist ja ein menschliches Bedürfnis.

Herbert hockt komplett zusammengesunken wie ein Elendshäufchen auf der Pritsche, die mit einem fleckigen weißen Betttuch bezogen ist; er hat die Ellbogen in die Oberschenkel gebohrt, den Kopf auf den Händen aufgestützt. Für jemanden, der an gut neun von zwölf Monaten in einem etwa zehn Meter langen Wohnmobil namens Concorde Charisma durch Europa kreuzt, ist das hier natürlich die maximale Form der Demütigung. Nicht mal einen Flatscreen-Fernseher haben sie hier drin. Herberts Tourbus hat sogar zwei. Und überall feinstes Leder und edelste Hölzer.

Ich muss sagen: Bei Matteo hat's mir natürlich besser gefallen, Verpflegung, Service, Ansprache und das alles, aber ansonsten ist das Ambiente meines Kämmerchens am Trabucco auch nur unwesentlich schicker. Und den Gottessohn haben sie selbst in der Gruppen-Untersuchungszelle der Polizeistation von Downtown Sepiana an die Wand genagelt. Da fühlt man sich gleich heimisch. Das Kreuz ist ein klassisch-italienisches Einrichtungsfeature. Einerseits. Andererseits vermag der Herrgott, selbst den liederlichsten Delinquenten wieder auf den rechten Pfad zu führen. Und wir sind definitiv der Abschaum unter den Bösewichten.

Das ließen sie uns gleich spüren, als wir zum sogenannten Verhör eintrafen, vorne in der ähnlich spartanisch eingerichteten Amtsstube. In Wahrheit hörte uns niemand zu. Matteo, den wir erst hier wiedertrafen, hatten sie offenbar ziemlich rüde hinter seiner Theke weggezogen. Er gab den Dolmetscher und versuchte, so gut das überhaupt geht auf einer italienischen Polizeistation, das Missverständnis auszuräumen.

Sie lachten bloß über uns: die drei alten Lustsäcke und die zwei auch nicht mehr ganz so jungen Schmutzbuckel. Ich denke, wenn sie uns beim Bau einer Autobombe erwischt hätten, bei einem anständigen Drogendeal oder einem soliden Waffengeschäft, das wäre alles – wenn schon nicht rechtskonform – dann doch im Sinne eines anständigen Kriminellen soweit okay gewesen. Aber alten Frauen auf die gepolsterten Lebensringe zu starren?

»Matteo, dir hätten wir das am wenigsten zugetraut«, sagte einer der Beamten. Er klang dabei ein wenig wie Caesar, nachdem Brutus ihm auch noch mal den Dolch in den Leib gerammt hatte. »Tss, tss, tss«, machte er nur und plapperte irgendwas vor sich hin, was so klang wie: Da hat er wohl ein Doppelleben geführt, der Matteo. Da baut er sich eine bürgerliche Existenz als Touristinnen-Beischläfer und Restaurantbesitzer auf, und dann solche Abgründe. Der Mann in der Uniform verzog angewidert das Gesicht, sämtliche Aufklärungsversuche von Matteos Seite schlicht ignorierend.

»Dass du so was nötig hast«, sagte sein Kollege, und dann lachten sie beide.

»Und? Wie viel Kilo Fleisch habt ihr euch denn da jeden Tag so angeschaut?«, wollte ein anderer Polizist wissen. Er trug sogar hier drin seine Sonnenbrille. Ins Haar konnte er sie wohl schlecht stecken, weil er deren Gläser nie wieder von all dem schmierigen Gel hätte säubern können. Und auf die Schenkel klopfen vor Lachen angesichts seiner Frage, das konnte er auch.

»Hast du einen guten Anwalt?«, fragte ich Matteo, bevor sie uns in unsere Zelle brachten.

»Bullshit«, meinte er. »Das regeln wir so. Sobald eure Frauen da sind, ist die Sache geklärt, und die lassen uns wieder laufen.«

Das war am späten Nachmittag. Vor gut fünf Stunden. Die Frauen sind immer noch nicht da. Dafür allerdings schalten diese Drecksäcke in Uniform jetzt auch noch das Licht aus. *»Buona Notte«*, ruft einer von ihnen mit ironischem Unterton durch das vergitterte Fensterchen in der Tür. Ich wette, der nässt sich gerade ein vor Lachen.

Ich hätte sogar ganz gut geschlafen, wenn ich nicht ein paarmal wegen Willis mächtigem Geschnarche hochgeschreckt wäre; er klang wie ein sexuell erregter Eber zur Brunftzeit. Und nur unter geduldigem Zureden gelang es mir, Helmut davon abzuhalten, sein Kissen dem eigentlichen Zweck zu entfremden.

»Wir wollen doch nicht noch länger als nötig hier drinbleiben«, sagte ich.

Im Morgengrauen haben wir alle Ringe unter den Augen; und es wird Zeit, mit einem weitverbreiteten Urteil über unsere Gastgeber aufzuräumen. Auch unter den Italienern gibt es Frühaufsteher. Jedenfalls dann, wenn sie die Uniform und den grimmigen Gesichtsausdruck eines Carabiniero tragen. Punkt sechs serviert er uns wortlos das Frühstück, das aus trockenen Weißbrotscheiben, übersüßer Marmelade und einem dermaßen miesen Kaffee besteht, für den man sogar in deutschen Büros die Sekretärin fristlos feuern würde.

»Wann stehen eure Mädels normalerweise auf?«, frage ich in die Runde.

»Wieso fragst du?«, entgegnet der nicht nur seiner Amtswürde beraubte Bürgermeister.

»Na ja, sie werden uns doch wohl nicht ewig hier schmoren lassen.«

»Die wissen doch gar nicht, wo wir sind«, meint Willi resigniert.

Ich muss lachen: »Also die einschlägige Kleidung unserer Reiseleiter lässt da wohl keine Missverständnisse aufkommen.«

»Ich glaube, die sind so sauer, dass sie uns erst in frühestens drei Tagen abholen«, jammert Herbert, der nur mühsam zu sich kommt.

Ich habe zu wenige Donna-Leon-Krimis gesehen, um einschätzen zu können, ab wann die Bullen in Italien einen Verdächtigen auf freien Fuß setzen müssen. Aber drei Tage wird es wohl nicht dauern.

Da hocken wir also an unserem schäbigen Tisch und schlagen die Zeit tot. Ein bisschen wie während der Grundausbildung bei der Bundeswehr; auch vom Ambiente her. Wäre nett, wenn sich wenigstens Matteo zu uns gesellen dürfte. Oder die Wärter uns zumindest ein Kartenspiel in die Zelle bringen würden. Für so ein Anliegen müsste ich aber erst mal in mein elektronisches Wörterbuch schauen. Falls so eine Bitte überhaupt opportun ist. Aber das Handy hatten sie mir abgenommen.

Es ist kurz vor zwölf, als die Zellentür aufgeht. Draußen steht ein Beamter und neben ihm der grinsende Matteo.

Die Polizisten hatten sich wortreich bei ihm für ihre Fehleinschätzung entschuldigt. Wahrscheinlich auch getrieben von der Sorge, dass sich Matteo bei ihrem nächsten Besuch am Trabucco nicht an seine Gastronomenehre halten könnte. Von wegen nichts ins Essen mischen und so. Sie hatten ihm sogar angeboten, ihn mit Blaulicht wieder heimzufahren, damit er rechtzeitig zum Mittagsgeschäft wieder hinter der Theke stehen würde. Volle Rehabilitation also.

»Eure Frauen warten schon draußen«, sagt Matteo.

Als wir vor das Polizeigebäude treten, blendet die Sonne stechend.

Alle, alle sind sie gekommen. Rita, Ute, die Sagrotan-Susi. Eine fehlt: Lena.

»Mensch, Menne, was machste für Sachen?«, sagt Rita und nimmt ihren Willi in den Arm. »Warum habt ihr nie was gesagt?«

»Ihr könnt euch bei der kleinen Linda bedanken«, erklärt Ute, »die hat uns erzählt, was ihr da getrieben habt.«

»In eurem Alter ... ihr Esel!«, schimpft die Susi, die gut 20 Jahre jünger ist als ihr Helmut.

»War ein Geheimprojekt«, sagt der Bürgermeister, so schneidend, als hätte es die letzten Stunden der Demütigung nie gegeben.

Ich schaue an den Frauen vorbei. Nichts zu sehen von Lena und den Kindern. Wenn sie jetzt nicht kommt, um ihren Idioten aus dem Knast zu holen, was bedeutet das wohl? Ich muss gegen meine Tränen ankämpfen.

»Wo ist Lena?«, frage ich. So tapfer wie möglich.

Die drei Frauen sehen betreten zu Boden.

»Wir nehmen dich jetzt mit, Jung'«, sagt Rita, »und dann klärt ihr das unter euch.«

»Wir kümmern uns auch gern für ein paar Stündchen um die Kinder«, ergänzt Ute.

Zum ersten Mal setzt sich Willi freiwillig auf den Beifahrersitz. Jedenfalls in nüchternem Zustand. Wir fahren rüber ins »Grande Paradiso«; schweigend sitzt der Willi neben seiner Frau. Ich hinten auf der Rückbank und sage auch kein Wort. Die Serpentinen hinunter; dieser Blick auf das glitzernde Meer. Früher, wenn wir nach zwölf Stunden Autofahrt bei

Nacht hier ankamen, war diese Aussicht immer das Versprechen auf eine unbeschwerte Zeit in einem Milieu, das mir immer vertrauter geworden ist. Sonne. Strand. Freunde. Richtig ehrliche Menschen. Nicht so kompliziert und voller Komplexe wie wir selbst und unsere Freunde daheim.

Mir wird übel. Und das nicht etwa wegen der vielen Kurven. Ich habe dieses Paradies für uns als Familie zerstört. Jedenfalls bin ich mir da ziemlich sicher. Ob für immer – das werde ich gleich erfahren.

Wir passieren den Schlagbaum vor der Rezeption. Gott sei Dank ist Massimo nicht da. Auf den kann ich jetzt gut verzichten. Ich nehme mal an, der hat uns die Polizei auf den Hals gehetzt. Was seine beamtische Korrektheit betrifft, hat er viel von seinen deutschen Gästen übernommen.

Rita stellt den Mercedes im Schatten ab. Als wir aussteigen, hakt sie ihren Willi unter und lacht: »So, Alterchen, 'nen Kölsch?«

»Aber hallo«, sagt er und wirft mir einen Blick zu: »Du auch?«

»Nee, andere Pläne.«

»Mut antrinken?«

»Du bist süß, aber ich brauche einen klaren Kopf.«

»Soll ich dich begleiten?«, fragt Rita.

Ich seufze. »Nein, nach Canossa muss jeder allein gehen.«

Es sind keine 200 Meter bis rüber zu Lena. Und jeder Schritt fühlt sich so schwer an, als hätte ich Blei in den Schuhen. In der Luft liegt der Geruch von Grillfleisch; das Aroma verbrannter Schweinenacken. An dem kleinen Wasserhahn, wo wir immer Trinkwasser zum Kochen holen, setze ich mich noch mal kurz auf einen Stein.

Wie sagt man das Unsagbare?

»Tut mir leid« ist der Standardsatz meines Lebens. Niemand wird ihn häufiger sagen. Ich bin ein notorischer Tölpel, der ständig Dinge umhaut, irgendwas kaputtmacht – und das eben nicht nur im gegenständlichen Sinn. Ich bin der Typ, der in jedes Fettnäpfchen tritt. Und auf den Gefühlen anderer rumtrampelt.

Seit ich meine Familie verraten habe und von Sandra sitzengelassen wurde, habe ich ein paar Dinge über mich gelernt. Vor allem habe ich kapiert, dass ich überhaupt vermissen kann. Und dass Vermissen ziemlich weh tut. Leere kann eine Lehre sein.

Es gibt viele Leute, die behaupten, im Verzicht liege der Weg zum Glück. Und ja, herzlich gern: Ich kann sehr gut auf Abenteuer verzichten, Flirts, Anerkennung, all den Midlife-Crisis-Käse, der mich so weit gebracht hat – bis in den Knast eines italienischen Provinzkaffs. Kann aber auch gut sein, dass Lena mir eine scheuert, wenn ich ihr sage, dass Familie ja irgendwie auch Verzicht bedeutet. Und sie hätte verdammt recht damit.

Ich habe sie jetzt fast zwei Wochen lang beobachtet wie ein gottverdammter Groupie einen Star, der eine Nummer zu groß ist. Unerreichbar, nur per Fernglas zu betrachten. So weit weg. Und was ich gesehen habe, macht mir ein bisschen Angst und erfordert Demut: Meine Frau kommt ganz geschmeidig ohne mich aus. Und während ich auf einem blöden Tretboot saß oder wie ein Affe auf einem Felsen und sie beobachtete, spielte ich überhaupt keine Rolle für sie.

In den letzten Tagen wurden all diese verschütteten Bilder plötzlich wieder so präsent. Als hätte ich sie aus den Trümmern einer Beziehung hervorgebuddelt.

Wie wir uns damals am Altpapiercontainer unseres Hauses kennenlernten. Wie ich mich in sie verknallt habe, als wäre ich ein pickeliger Teenie. Unser erstes Date an einem lauen Sommerabend mit einer Pulle Prosecco an der Isar und den Sternen über uns. Wie wir mit meinem neuen Cabrio durchs bayerische Oberland fuhren und in der Ferne die Sonne schien, und wir der Sonne immer hinterher, und doch regnete es die ganze Zeit, und wir lachten, und es hätte nicht schöner sein können.

Eine wie Lena hatte ich noch nie getroffen. Wenn sie einen Raum betritt, geht das Licht an. Du kannst sie auf einer Party mit 150 Leuten aussetzen, von denen sie niemanden je zuvor gesehen hat, und sie wird dir nach ein paar Stunden jeden einzelnen vorstellen.

Ich bewunderte ihre Selbständigkeit, im Prinzip war sie auch immer der bessere Kerl von uns beiden. Sie kann Abflussrohre reparieren, anstreichen und Waschmaschinen anschließen. Natürlich wollen wir Männer eigentlich keine Frauen, die uns auch noch im Billard schlagen. Aber ich fürchte, wir werden uns daran gewöhnen müssen, dass sie es können. Dass sie vieles besser können. Dafür kann ich mehr Bier trinken und Punkte in Flensburg sammeln.

Damals war *sie* der Mittelpunkt meines Lebens. Und ich war glücklich. Und wann wurde ich unglücklich? Genau in dem Moment, als *ich* zum Mittelpunkt meines Lebens wurde.

Egozentrismus ist die Pest unserer Zeit, hat neulich mein kluger Frauenversteher-Freund gesagt; er meinte, der sicherste Weg in die Depression ist, sich selbst für den Nabel der Welt zu halten. Und wenn ich ehrlich bin: Ich habe mich lange genug so verhalten, als würde sich die Erde nicht um die Sonne drehen. Sondern um mich.

Und jetzt? Bin ich knapp zwei Wochen nur um Lena gekreist.

Mein Konto ist überzogen, ich bin mit meinen letzten Kröten nach Italien gefahren, habe die Hosen runtergelassen und einem kleinen Arschloch von Animateur 500 Euro dafür bezahlt, dass er sich einen freien Abend machen durfte. Und das alles für eine relativ schlichte Einsicht: So wichtig bin ich nicht.

So eine Erkenntnis kriegst du bei uns in Schwabing von jedem Psychologen für 150 Euro. Aber dann ist sie wahrscheinlich nicht so schmerzhaft. Und so nachhaltig.

All das werde ich ihr sagen. Falls sie mich zu Wort kommen lässt.

Ich lösche meine Zigarette unter dem fließenden Wasser und zähle die Wohnwagen hinunter bis zu ihr. Der Countdown bis zum Moment der Wahrheit.

Das Bescheuerte an so einem Campingplatz ist ja: Du kannst nicht klingeln. Also platzen die Leute immer mitten rein in das Leben der anderen. Ungefragt. Der Eingang zu Lenas Welt ist schmal: Links das Heck des Wohnwagens, rechts die trockene Hecke, die ihre Parzelle begrenzt.

Keine Stimmen zu hören. Linda und Luca sind wahrscheinlich am Strand. Gut so. Können wir reden, ohne dass Lena das Gefühl hat, ich würde die

Kinder instrumentalisieren. Das wäre selbst mir zu peinlich.

Als ich um das Vorzelt biege und unterm Sonnensegel stehen bleibe, deckt Lena gerade den Mittagstisch ein. Drei Teller, drei Bestecke, drei Gläser.

Sie schaut mich an, und ich kann in diesem Gesicht überhaupt nichts lesen. Ist das Wut? Trauer? Vielleicht auch ein bisschen Belustigung über meine absurden Aktionen, von denen sie ja längst gehört hat?

»Öhm, hallo«, sage ich unbeholfen. »Ich bin raus aus dem Knast«, sage ich und stammele noch erbärmlicher als Edmund Stoiber in seiner legendären Rede zum Transrapid in München. »Ich wollte dir nur, äh, sagen, dass ich, öhm, dass mir das alles …«

»Lass gut sein«, sagt Lena. »Setz dich einfach.«

Sie dreht sich zur Seite und geht ins Vorzelt. Als sie zurückkommt, stellt sie wortlos einen vierten Teller auf den Tisch und legt ein zusätzliches Besteck daneben.

Sie fragt: »Wasser oder Wein?«

ENDE

Grazie

Ich bin – wie so oft in meinem chaotischen Leben – vielen Menschen zu Dank verpflichtet. Das geht los mit meiner wunderbaren Frau, die allem Irrsinn zum Trotz immer noch mit mir verheiratet ist. Und mir aufopferungsvoll den Rücken frei hält und sich um unsere zauberhaften Kinder kümmert, wenn ich mich zum Schreiben verdrücke. Ohne ihre kluge, kritische, konstruktive Unterstützung hätte es dieses Buch niemals gegeben.

Ebenso möchte ich meinem großartigen Freund Juan Moreno danken, der mir immer wieder mit phantastischen Ideen und geistreichen Ratschlägen bei der Stoffentwicklung und Dramaturgie geholfen und jedes einzelne Kapitel so gewissenhaft gelesen hat, als wäre es sein eigenes Werk.

Mille grazie auch an Arnd von Wedemeyer für sein großzügiges Kultursponsoring. Ebenso an meinen Agenten Thomas Hölzl von der Agentur Eggers und meinen Programmleiter bei Ullstein, Daniel Oertel: für ihre scharfsinnigen Tipps und ihre unendliche Geduld.

Ich sollte zugeben, dass ein Ort namens Sepiana nicht existiert; genauso wenig wie ein Campingplatz, der »Grande Paradiso« heißt. Jedenfalls wäre mir keiner bekannt. Dennoch gibt es ein reales Vorbild für diesen Schauplatz, und etliche Leser meines letzten Buches »Alles Azzurro« haben ihn auch erkannt. Viele waren sogar schon einmal dort.

Das Gleiche gilt für die Figuren in diesem Buch. Wer je auf einem Campingplatz seinen Urlaub verbracht hat, wird sie erkennen. Wie alte Freunde. Natürlich gesellt sich hier und da aus dramaturgischen Gründen auch ein gewisses Maß an Fiktion hinzu.

Die Geschichte in diesem Buch ist leider sehr viel wahrer, als es mir lieb wäre. Aber auch dabei gilt: Das beste Happy End schreibt dann doch das echte Leben …